《随笔》文丛
朱正　陈四益　主编

拾零新集

朱正　著

SPM 南方传媒　花城出版社

中国·广州

图书在版编目（CIP）数据

拾零新集 / 朱正著. -- 广州：花城出版社，2023.6
（《随笔》文丛 / 朱正，陈四益主编）
ISBN 978-7-5360-9717-9

Ⅰ.①拾… Ⅱ.①朱… Ⅲ.①随笔－作品集－中国－当代 Ⅳ.①I267.1

中国版本图书馆CIP数据核字(2022)第198502号

出 版 人：张 懿
策 划 人：麦 婵　王 凯
责任编辑：王铮锴　王 凯
责任校对：李道学
技术编辑：凌春梅
封面设计：张年乔

书　　名	拾零新集 SHILING XINJI
出版发行	花城出版社 （广州市环市东路水荫路11号）
经　　销	全国新华书店
印　　刷	深圳市福圣印刷有限公司 （深圳市龙华区龙华街道龙苑大道联华工业区）
开　　本	880毫米×1230毫米　32开
印　　张	12.25　2插页
字　　数	205,000字
版　　次	2023年6月第1版　2023年6月第1次印刷
定　　价	86.00元

如发现印装质量问题，请直接与印刷厂联系调换。
购书热线：020-37604658　37602954
花城出版社网站：http://www.fcph.com.cn

自　序

　　《随笔》是一本我读着很喜爱的杂志，起初却并没有去投稿的意思。那是 1987 年，一天我忽然想起《三国演义》中的一个情节，于是写了《改写曹操的一段话》这篇短文。这篇文章，在我，可说是有感而发。文章里说"打败仗的时候，就不要奢望没有人反水"，这时候，正是我打败仗的时候，因为出版了一本《查太莱夫人的情人》，受到查处，我们社就像发生了一场地震一样。这时，我就写了这篇文章。我觉得它也许适合《随笔》，就寄去试试看。没想到它很快就在这年第 5 期刊物上刊出了。开了个头，我就陆陆续续向《随笔》投稿了。积久也就刊出了许多篇。现在要出"《随笔》文丛"，我请编者从这许多篇里面挑选出现在还可以让读者看看的这些篇，编成这一本。

1988 年我应邀出席贵州日报社主办的杂文笔会。那真是杂文界的一次盛会。许多著名的杂文家，曾彦修、邵燕祥、蓝翎、牧惠、舒展……都到会了。那次笔会的热门话题，是议论那时有人提出的所谓"新基调杂文"。什么是"新基调"呢？用它的提倡者所下的定义，是"自觉地克服鲁迅式杂文基调的积习"。从这一句话，也就足以明白这"新基调"是一种怎样的基调了。与会者都不以这种"新基调杂文"为然，都写了文章批驳。我也写了《两条分界线》一文，没想到发表之后它还真引起了反响。"新基调杂文"的提倡者在他办的刊物（请恕我忘记了刊名）上发表专文骂我，说《两条分界线》一文"近似胡扯"，于是我就写了《正是"近似胡扯"》一文来回敬它。也许是因为我这种挨了骂还很高兴的态度，后一篇文章发表以后再没有什么反响了。我曾经想把骂我的这篇文章收入我的杂文集，附录在我文章的后面，让读者对照看看，岂不有趣。可是责任编辑说不行，这样做必须事先得到作者的授权，同意转载。这样我就没有能够模仿鲁迅编印文集的办法了。

《随笔》2008 年第 1 期发表了薛涌先生的《从中国文化的失败看孔子的价值》一文，开始，我并没有去看它。

因为有读者向编辑部写信对这篇表示了不满，编者要我说说我的看法。薛涌这一篇全面否定中国知识分子的历史作用和历史地位的文章，以鲁迅为最主要的靶子，以最轻蔑的口气说"鲁迅这样的精神贵族"，甚至要追究《阿Q正传》对山西黑砖窑中的奴隶制度、广东打死讨薪民工的惨案这些事情应负的教唆或影响的罪责。他用他自己和他的子孙都愿意永远流寓在外国这种态度作为论据，证明"中国文化是个失败的文化"！这样的逻辑论证恐怕很难服人吧。于是我写了《知识分子和老百姓》这一篇。

我曾经应命为一些朋友的著作写序。2011年我把到那时为止所写的编成一册《序和跋》在海豚出版社出版。这以后我还写了一些。本书中收了为闵抗生先生作的《尼采遗稿夜读记》序言一篇。鲁迅和尼采的关系是鲁迅研究中的一个绕不开的问题。而且我觉得书中有一些很好的见解，例如，"'不做一切人的奴隶！'——这就是鲁迅对20世纪中国人的告诫。""21世纪中国的现代化，最根本的是人的思想的现代化"，我完全赞同这些意见，很高兴写了这一篇序言。

2019年我偶然得到一部《谭延闿日记》排印本的复印件。原本是台湾"中央研究院"近代史研究所数位资料库2012年编印的。长沙定王台文化市场一家书店的女老板送了我一部十册。谭延闿果然是名不虚传的翰林，诗文都好，特别是其中有许多历史细节资料。我看了，立刻写了《〈谭延闿日记〉中的李小溪》这篇。因为李积芳（字小溪）是李锐的父亲，李锐1996年在三联书店出版的《我心中的人物》书中收的《我的父亲》就是写他的。我这一篇正好供李锐那一篇的读者参考，就把它寄给三联书店出版的《读书》杂志，刊登在2019年5月号上。接着我又写了谭延闿与江霞公、谭延闿与孙中山寄给《随笔》了。江霞公不论现在和将来都不是一个必须怎样重视的人物，我因为他的名字在鲁迅的《而已集·谈"激烈"》里出现过，就把《谭延闿日记》里和他交往的事情抄下来。孙中山可是大人物了，《谭延闿日记》提供的资料甚至可以补正《孙中山史事编年》这样的大部头著作。

《曾老与〈鲁迅选集〉》这篇，是为纪念曾彦修先生逝世写的。曾老晚年，我有幸同他交往颇多。这篇文章只说他邀我协助他编辑《鲁迅选集》这一件事。我当然乐于从命，也做完了他让我分担的那一部分任务。可惜这事最后还是流产了。编《鲁迅选集》这件事我自己做过两次。一次是2013年为海南出版社编了一部三卷本的，一共五十万字。那时我为了省事，第一卷创作部分，采用了《鲁迅自选集》；第二卷早期杂文部分，采用了瞿秋白编的《鲁迅杂感选集》；我自己编辑的只有第三卷《鲁迅后期杂文选集》。我写的《〈鲁迅后期杂文选集〉序言》就登在2012年《随笔》第4期上。另一次是2020年为岳麓书社编的一部四卷本的，一共一百万字。创作部分所选的比《鲁迅自选集》多了许多；所选早期杂文与瞿秋白所选《鲁迅杂感选集》也不尽相同，像《"醉眼"中的朦胧》《我的态度气量和年纪》这些鲁迅传记的重要史料，是不应该不收的。我为这个选本另写了一篇《〈鲁迅杂文选集〉序言》，现在就选收在这本书里。这一部《鲁迅选集》我做得比较用心，在校注方面，比以前的版本似乎略有进步。

"《随笔》文丛"按说只收在《随笔》上发表的文章，可是本书最后两篇却不曾在《随笔》上发表。一篇是《都是偏见》，它写好后，最初是向《随笔》投稿的，可是好几个月不见回信。我想，大概是不用了。于是改投《东方文化》，《东方文化》编者很快回信，说决定在2001年第2期刊出。不久收到《随笔》决定采用的通知。我赶忙回信：这一回就请你们千万别用了，要是《东方文化》登出来，接着《随笔》登出来，都是广州的刊物，那多不好！还以为我一稿两投呢。这一篇和《随笔》可说有一点缘分，收在这里也许是合适的。还有一篇是《从"一屋图书"说开去》，这一篇没有全文发表过。文章的结尾我提出了一个自己感到困惑的问题："我这个出版行业的从业人员，开始职业生涯的时候，是只有纸质的书，没有电子书的；现在是纸质的书和电子书并存的时代：我不知道将来会不会有电子书完全取代纸质的书的时候。不知道那时还有没有出版社和图书馆，那时的出版社卖什么给读者，也不知道那时的作者怎样发表作品和得到他想要得到的报酬。以我贫弱的想象力，实在想不出来。"我收在这书里是想请朋友们也帮我想一想。

我这本书，内容很杂，有述往事的，有怀故人的，有读书笔记，有给朋友和自己的书写的序，有正正经经的议论，也有和人开玩笑的文章。总之，杂得很。我想不出一个可以概括全书内容的书名。前人用过《拾零集》的书名，以为很是切贴，于是模仿一下，名之为《拾零新集》。朋友，您说好吗？

2021 年 11 月 24 日

朱正于长沙

目　录

改写曹操的一段话 \ 1

两条分界线 \ 4

名教 \ 8

正是"近似胡扯"\ 11

赦免麻雀的"说法"\ 15

公式的缺陷 \ 23

歇后郑五 \ 34

两面之缘 \ 40

重读《为了忘却的记念》\ 50

家书可征国史 \ 60

知识分子和老百姓 \ 74

六首诗的著作权问题 \ 89

遗札盈箱有泪痕 \ 96

傅斯年与周氏兄弟 \ 115

从曹州教案到普方协会 \ 139

孙中山和宋庆龄的婚事 \ 149

鲁迅与尼采

　　——闵抗生作《尼采遗稿夜读记》序 \ 162

曾老与《鲁迅选集》\ 176

史料与史料学 \ 194

"精品"成书记 \ 198

鲁迅与中国现代木刻运动

　　——《鲁迅藏中国现代版画全集》序 \ 216

电报日期错了 \ 228

重读鲁迅《答徐懋庸并关于抗日统一战线

　　问题》\ 232

陈独秀与章士钊 \ 249

《谭延闿日记》中的江霞公

　　——给《鲁迅全集》寻找一点注释材料 \ 269

谭延闿和孙中山的交往

　　——在《谭延闿日记》中所见 \ 289

陈独秀和鲁迅周作人兄弟的交往 \ 325

《鲁迅杂文选集》序言 \ 355

都是偏见 \ 368

从"一屋图书"说开去 \ 374

改写曹操的一段话

《三国演义》第30回，讲官渡之战后，有这样一段文章：

操获全胜，将所得金宝缎匹，给赏军士。于图书中检出书信一束，皆许都及军中诸人与绍暗通之书。左右曰："可逐一点对姓名，收而杀之。"操曰："当绍之强，孤亦不能自保，况他人乎？"遂命尽焚之，更不再问。

这不是小说作者的虚构。《三国志·魏·武帝纪》对此事有记载：

公收绍书，中得许下及军中人书，皆焚之。

裴松之注：

　　《魏氏春秋》曰：公云：当绍之强，孤犹不能自保，而况众人乎？

　　看来，罗贯中只不过把这里的几句话稍微铺张得完整一点而已。

　　小说采用这个细节，可见作者的眼光。这确实可以显示出一位豁达大度的统帅的气概。一场大战过后，清理敌方档案，发现自己的部属中有人通敌有据。怎么办呢？对此，曹操表示了理解和宽容的态度，命令一把火烧掉。这表明：他不但拒绝了"逐一点对姓名，收而杀之"的建议，而且无意于采取以观后效的态度，留待日后有必要时再抛档案。他这一把火，对于稳定人心，增强向心力所起的作用，是显而易见的。

　　我看小说至此处，却有一点小小的不满足。我以为，这故事是好的，可是曹操说的"当绍之强，孤亦不能自保，况他人乎"，总有点令人泄气。这太不像青梅煮酒的时候自许为英雄的气概了。在这里，罗贯中其实不必太拘泥于文献记载的。

　　当编辑的人有一种职业病，就是喜欢改别人的文章。

错别字要改，语法修辞逻辑方面的疏忽要改，自己看不懂的地方要改，不合自己口味的地方也要改……我既然也是以编辑为职业，当然也就不免……了。

正好，我今天发了这病，于是就动笔来给罗贯中改一段文章：

"操笑曰：'不可。趋炎附势，固人情之常。此辈睹河北兵强，惧孤或将败绩，而预留地步，亦无怪其然。使尽诛之，设他日临阵，再遇强敌，必又有通敌之人，则诛之不可以胜诛矣。智伯败亡，而豫让矢忠不改，国士也，岂可责众人皆为国士乎？今袁氏已破，宇内再无强敌，此等趋附之辈，欲不为孤所用又为何人所用耶！孤之势日盛，则此辈必竭忠尽智为孤效命矣，又何疑焉。'遂命尽焚之，更不再问。"

古人无从质证，我也不知道罗贯中会不会认可我的改本。如果能得到今天读者的赞同，我就大喜过望了。我确实认为：打败仗的时候，就不要奢望没有人反水，而打胜仗的时候呢，这些可能反水的人又会是表现得最忠诚、最恭顺、最勤劳的好干部的。曹操有必胜的信心，所以他深信这些人将会是他的好干部。

1987 年 5 月 13 日于枫林宾馆

（原载《随笔》1987 年第 5 期）

两条分界线

无论翻哪一本词典，"英雄"和"奴隶"这两个词的释文，大约很少相同之处吧。它们之间的分界线是十分分明，十分确定的。

不过，两个不同心的圆，如果半径适当，它们可能相切，半径再大一点，还可能相交。"英雄"和"奴隶"这两个"圆"，就是有可能相切，或者相交的。诚然，许多英雄并不是奴隶，许多奴隶也并不是英雄。而一个人既是英雄又是奴隶却不是不可能的。比如斯巴达克斯，确确实实是个奴隶，同时也确确实实是个英雄，而且还是空前的（空斯巴达克斯之前的）英雄哩。

为什么要说起这些？因为严秀同志提出了一个问题：

鲁迅究竟是奴隶还是空前的民族英雄？斯巴达克斯就是他的文章中提到过的，他就举出了这个既是奴隶也是英雄的著名例证。毛泽东说，鲁迅是"空前的民族英雄"，瞿秋白说，鲁迅是"封建宗法社会的逆子，是绅士阶级的贰臣"，鲁迅自己说"我觉得革命以前，我是做奴隶，革命以后不多久，就受了奴隶的骗，变成他们的奴隶了。"（《华盖集·忽然想到（三）》）这三种说法不是互不相容的。他觉得自己在做奴隶，正好是表明他充分意识到自己应该是国家的主人。如果他没有强烈的主人翁感，那么他对于那些欺凌和侮辱就不会那么感到难堪了。那些论者责备鲁迅缺少主人翁感，似乎是看浅了一点。

这些论者提出了一个任务，就是要"自觉地克服鲁迅式杂文基调的积习，正确坚持官民一致的立场"。他强调的是"一致"，毛泽东强调的是矛盾。毛泽东说：

> 我们的人民政府是真正代表人民利益的政府，是为人民服务的政府，但是它同人民群众之间也有一定的矛盾。这种矛盾包括国家利益、集体利益同个人利益之间的矛盾，民主同集中的矛盾，领导同被领导之间的矛盾，国家机关某些工作人员的官僚主义作风同群众之间的矛盾。
>
> （《毛泽东选集》第五卷，第364—365页）

分析的方法就是辩证的方法。所谓分析，就是分析事物的矛盾。不熟悉生活，对于所论的矛盾不真正了解，就不可能有中肯的分析。鲁迅后期的杂文最深刻有力，并没有片面性，就是因为这时候他学会了辩证法。

（同上书，第413—414页）

一个说，这里存在着矛盾，鲁迅后期的杂文善于分析矛盾，深刻有力；一个说，应该强调一致，自觉地克服鲁迅式杂文基调的积习。我们要是也想学写杂文，应该相信谁的好呢？

这里发现了"官""民"二字。鲁迅也谈论过这两个字的。他说："有官之所谓'匪'和民之所谓匪；有官之所谓'民'和民之所谓民；有官以为'匪'而其实是真的国民，有官以为'民'而其实是衙役和马弁。"（《华盖集续编·学界的三魂》）衙役和马弁是经常同官保持一致的。如果不一致，还成什么衙役和马弁呢。鲁迅缺少衙役和马弁的气质，所以只写得出有待克服的一些论者深恶痛绝的鲁迅式杂文，这真是无可如何的事。

现在就要说到"两条分界线"这个题目了。我以为，要讨论鲁迅的杂文，分清"奴隶"和"民族英雄"这条界线并不是怎样重要的，更重要得多的，是"奴隶"和"奴才"的分界线。衙役、马弁、听差，诸如此类，通称为奴才。奴才的天职之一是一切听主子的，主子叫他怎样写就怎样写，叫他去咬谁就去咬谁。严秀同志的文章里提到鲁迅的《聪明人和傻子和奴才》，算是给这三种类型的人画了一幅简笔的素描像。至于奴隶和奴才的分界线呢，鲁迅说：

> 一个活人，当然是总想活下去的，就是真正老牌的奴隶，也还在打熬着要活下去。然而自己明知道是奴隶，打熬着，并且不平着，挣扎着，一面"意图"挣脱以至实行挣脱的，即使暂时失败，还是套上了镣铐罢，他都不过是单单的奴隶。如果从奴隶生活中寻出"美"来，赞叹，抚摩，陶醉，那可简直是万劫不复的奴才了，他使自己和别人永远安住于这生活。就因为奴群中有这一点差别，所以使社会有平安和不安的差别，而在文学上，就分明的显现了麻醉的和战斗的不同。

> （《南腔北调集·漫与》）

这一条分界线才真正是十分要紧的。

（原载《随笔》1991 年第 4 期）

名 教

日前，龚明德兄代为购得《近代稗海》一部十四辑，于是就来翻阅。在第十辑中的张祖翼《清代野记》里，有"道学贪诈"一节，写的是尝在曾国藩幕府的桐城人方宗诚（字存之）贪诈的故事。文章的开头，却不是讲方宗诚，而是讲另一位道学家的事，由此而讲到曾国藩对待道学先生的态度。故事很有趣。

我看着看着，越看越觉得似曾相识。我一定在什么地方看到过这故事的。后来终于想起，是几年前在舒芜兄寄赠的《挂剑新集》中看到过的。于是把书找出。果然，1944年所作《"曾文正公"颂》，正是就此而写的。他不是看到这部笔记立刻就写，是事后据记忆写的。故事的梗概记得很准确，细节可就颇有出入，特别是故事中的引文，出入就更大些。现在我把这故事原文抄在下面：

> 曾文正之东征也，以大学士两江总督治军于安庆，开幕府揽人才，封疆将帅出其门者甚夥，一时称盛。有所谓三圣七贤者，则皆口孔孟貌程朱，隐然以道学自命者。池州进士杨长年者，亦道学派也，著《不动心说》上文正。文正阅竟，置幕府案头。时中江李鸿裔亦在幕中，李为文正门人。杨说有"置之二八佳人之侧，鸿炉大鼎之旁，此心皆可不动"云，盖有矜其诣力也。李阅竟大笑，即援笔批曰："二八佳人侧，鸿炉大鼎旁，此心皆不动，只要见中堂。"至夜分，文正忽忆杨说，将裁答，命取至。阅李批，即问李曰："尔知所谓名教乎？"李大惧，不敢答，惶恐见于面。文正曰："尔毋然。尔须知我所谓名教者，彼以此为名，我即以此为教。奚抉其隐也。"人始知文正以道学钳若辈耳，非不知假道学者。

李鸿裔这位促狭的少年名士，字眉生，四川中江人，黎庶昌为他写的墓志铭说他"以拔贡生中咸丰辛亥顺天乡试举人。才高学赡，声誉翔起。公卿多折节枉交。咸丰十年，为胡文忠公林翼奏调赴英山大营。未几胡公薨，从曾文正公于安庆。"曾国藩说他"豁达精敏，应世才也"。

李鸿裔和道学先生开过玩笑之后，曾国藩劝诫他的话，舒文据记忆写的只是：你揭穿了人家的真情，不顾人家的面子，那怨仇可要结得深了。主旨是少结怨，少树敌的世故。事实上曾国藩的世故更深，"彼以此为名，我即以此为教"，这手段多么高明！你既然以道学自命，我就可以拿宋儒说的那些道和理来要求你，尽管我明明知道你口是心非，我偏要把你说的当成真的一样，表示深信不疑，你总不好意思公然越出道理之外去吧。这大约是曾国藩用人的一条"秘诀"。一些颇有手腕的人物大约都会这样做，却并不肯这样说，所以此种材料颇为难得。李在曾幕参与机要，曾尝密疏荐堪大用，关系不比寻常，才把金针度与此人吧。对于那些满口仁义道德，一肚子男盗女娼的人，我看也不妨照此办理，天天同他去讲仁义道德，给他评功摆好，使他也只得道貌岸然，男盗女娼的事情或者也会少做一两件。

（原载《随笔》1992 年第 5 期，原题为《曾国藩一事》）

正是"近似胡扯"

有时有人问我：怎样才能写好杂文，这很使我为难。提问者大约是看到我偶尔也发表几篇杂文，就误以为我对杂文理论也有研究。他不知道会写杂文与会讲杂文是两回事。鲁迅总算得会写杂文的了，似乎并不曾讲过杂文作法。他写的《答北斗杂志社问》《我怎么做起小说来》等等，说的是做小说的经验，不是做杂文的经验。《作文秘诀》中说的"有真意，去粉饰，少做作，勿卖弄"，各种文体都适用，并不专指杂文。足见会写杂文的不见得会讲杂文。至于说他是某种杂文基调的开山祖师，那也如同他生前各种纸糊的假冠一样，乃是别人为了自己的目的加之于他的，他本人并不知道。另一方面，一本接着一本出版杂文理论著作的人，却并没有一篇人们记得的像样的杂文作品，这岂不是表明会讲的不必会写吗，至于我，确实写过不多的杂文，读过不少的杂文，可是当人家问起杂文要怎样写的时候，才深感到自己概括能力的薄弱。对这题目是不能说毫无感受的，可就是无法做出三言两语简明扼要提纲挈领的回答来。

真是踏破铁鞋无觅处，得来全不费工夫。不久前得到一本专门讲杂文的刊物，其中遇到"近似胡扯"四字，真使我拍案叫绝，茅塞顿开，大喜过望：原来答案就在这里！现在我可以回答提问者了：杂文就是近似胡扯的文字。要写好杂文，就要会近似胡扯。

许多杂文名家的作品都可以证明这"'近似胡扯'论"确是杂文写作的要领和秘诀。就说有人觉得颇为可恶的鲁迅吧，他的那些最好的杂文，几乎篇篇都是近似胡扯的。我们看见有一篇题目叫作《现代史》的，里面戊戌年的事，庚子年的事，辛亥年的事，五四，九一八，一·二八，一概都没有，从头到尾讲的是变戏法。一望而知文不对题，连他自己也说是"写错了题目"哩。在这通篇"近似胡扯"之中，细心的读者可以看见鲁迅对现代史的深刻理解，在他看来，那些历史舞台上的活动家，不过是诸如此类变着戏法的无赖罢了。又如《夏三虫》，几乎是公认的名篇，可说通篇都近似胡扯。有哪一本昆虫学的书籍讲过昆虫有近似人类的细致思维呢？凭什么要把蚊子说得那么不堪，那么可恶呢？蚊子"当未叮之前，要哼哼地发一篇大议论"，凭什么设想"所哼的是在说明人血应该给它充饥的理由"，而不是在表示歉意呢？"亲爱的施主啊，请原谅我的不得已吧。你是大度的。我不过吸一毫升的血液，于你所损无几，于我却是活命，生存和繁衍。你真积了德啊！"这样一设想，怕也会对这可怜虫产生恻隐之心吧。鲁迅是对这咬人的东西有太多的敌意，不肯把它设想为尚有羞恶之心的善类。当然，不论怎样设想，其实都是近似胡扯的。只是人们从这种近似胡扯中看出道理来，看出对于某种类型的鞭挞。

从上面的举例可以看出："近似胡扯"仅仅是对杂文形式的要求。"'近似胡扯'论"的要点就在"近似"二字。只能是"近似"的胡扯，不能是十足的胡扯。如果有谁写一篇《现代化养猪场参观记》，在写到猪舍清洁、饲料充足、喂养依时等项之后，还要赞叹猪的幸福，何幸成为一只猪，那么，吃过香肠、火腿、午餐肉的读者就会觉得这是十足的胡扯，不成文章了。

这里有一个临界点的问题，也就是所谓"擦边"问题。一点也不想胡扯，正正经经，第几章第几节，浅探深探新探再探，如此等等，一望而知这是堂而皇之的论说。即使旁人看来是十足的胡扯，但作者的自我感觉总还是正心诚意正襟危坐正经八百正确无误的正论的。这不属于杂文，作者自己也不认为是杂文。至于纯粹的胡扯不成文章，前面已经说过了。如此看来，杂文就是介乎胡扯与非胡扯之间，擦着了这二者的边缘地带。因此，近似胡扯的杂文大都属于擦边文学。

对于其他各种文体来说，"近似胡扯"大抵是个贬词，可是对于杂文来说，这却是很高的赞扬。朋友，如果谁说你"近似胡扯"了，你应该引为文章知己，应该欢喜雀跃。写过许多近似胡扯的杂文的散宜生诗云："且到长街饮一巡"，咱们也来浮一大白吧。

干杯！

（原载《随笔》1992 年第 6 期）

赦免麻雀的"说法"

过来人大约都还记得，1957 年，在打右派的前后，还打过一阵子麻雀。打右派这事，现在是容易讲清楚了，因为几个最重要的文献，都收在《毛泽东选集》第五卷里。打麻雀这事，也得从《毛泽东选集》第五卷讲起。在 1955 年 12 月写的《征询对农业十七条的意见》一文里，第十三条是：

> 除四害，即在七年内基本上消灭老鼠（及其他害兽），麻雀（及其他害鸟，但乌鸦是否宜于消灭，尚待研究），苍蝇，蚊子。

（《毛泽东选集》第五卷，第 263 页）

乌鸦可以算是有惊无险，麻雀是已经无须研究，列入有待消灭的害鸟之中了。

过了一个月，这十七条扩充成了四十条，就是 1956 年 1 月中共中央政治局提出的《一九五六年到一九六七年全国农业发展纲要（草案）》，其中第二十七条是：

> 除四害。从 1956 年开始，分别在 5 年、7 年或者 12 年内，在一切可能的地方，基本上消灭老鼠、麻雀、苍蝇、蚊子。
>
> （1956 年 1 月 26 日《人民日报》）

这个文件简称就是"四十条"，每一条都有具体内容，当然都是要一一付诸实施的，像其中列举的推广新式农具、扩大复种面积、多种高产作物、改进耕作方法……这些条目，只能在春耕开始的时候由农业生产合作社去做，一时还看不见同城市居民有多少直接关系。只有除四害这一条，是不分城乡都得动手的。老鼠、麻雀、苍蝇、蚊子这些东西，可以自由来往于城乡之间，要打就城乡都得打。所以，这个文件在报纸上一刊出，人们看得见的第一个行动就是打麻雀。

一时间，展开了一场向麻雀宣战的人民战争。男女老幼齐上阵：挥舞笤帚赶麻雀，制作弹弓打麻雀，小孩子还爬树掏麻雀窠……各种战略战术都施展出来。还推广除雀的先进经验，有一种经验说，麻雀不耐劳，飞行一阵子就得停下来歇息，如果不断驱赶，不容它有喘息的机会，就会累死，跌在地上。人确实比麻雀要强得多，在这一场人雀大战中，也没有听说有人累死的。

报纸的副刊上出现了一些丑化麻雀的作品，例如历数其罪状的新编山歌快板之类，甚至还有相声小品，记得有一篇相声吧，说有人游园，从树荫下经过，忽有雀粪掉到颈子上，你说晦气不晦气！除了诸如此类的文学作品，副刊上"生活小知识"栏里，还有介绍干炸、红烧、香酥、糖醋等等烹制麻雀菜肴的方法，据说清炖时如果加上一块天麻，对于某种疾病还有特殊疗效云。总之，反麻雀的舆论造得很足，一时间，麻雀也确实减少了许多吧。

打了一阵麻雀，又去打右派了。1957年9、10月间开的八届三中全会，改变了"八大"的路线，可说是中共党史上一次划时代的会议。同时，不论对于打右派还是打麻雀，这也都是一次重要的会。毛泽东在全会上的讲话中说，"比如右派，过去是人民，现在这些人，我看是三分之一的人民，三分之二的反革命。""右派，形式上还在人民内部，但实际上是敌人。"（《毛泽东选集》第五卷，第

478 页）为了处理这些敌人，这次全会制定出了一个划分右派分子的标准，把反右派斗争推向了一个新的高潮。在这篇讲话里，毛泽东也说到了打麻雀。他说："消灭老鼠、麻雀、苍蝇、蚊子这四样东西，我是很注意的。只有十年了，可不可以，就在今年准备一下，动员一下，明年春季就来搞?"（《毛泽东选集》第五卷，第 470 页）接着，他提出了这样一个目标："中国要变成四无国：一无老鼠，二无麻雀，三无苍蝇，四无蚊子。"（《毛泽东选集》第五卷，第 471 页）

根据他的这一要求，这次全会基本通过《一九五六年到一九六七年全国农业发展纲要（修正草案）》，随即在报纸上公布。其中第二十七条：

> 除四害。从一九五六年起，在十二年内，在一切可能的地方，基本上消灭老鼠、麻雀、苍蝇和蚊子。打麻雀是为了保护庄稼，在城市里和林区的麻雀，可以不要消灭。
>
> （1957 年 10 月 26 日《人民日报》）

比起初次公布的草案来，这里稍有一点改动，一是说明了打麻雀的理由，"是为了保护庄稼"，此外在政策上也有所放宽：如果麻雀飞到林区里去，或者飞到城市里来，即可免死了。为什么会有这样的修改呢？听说，是有科学家（生物学家）对于把麻雀定案为害鸟表示了异议，说是外国也打过麻雀，后来是吃了亏的。这话毛泽东听了一点进去了，于是给麻雀划出了两个允许自由活动的区域。

又过了半年，到了1958年5月，中共中央书记处书记、国务院副总理谭震林在中共八大二次会议上做关于《一九五六年到一九六七年全国农业发展纲要（第二次修正草案）》的说明，说麻雀还是要打的：

> 麻雀、老鼠、苍蝇、蚊子，现在有些地方打得看不见了，但是一到夏天，苍蝇、蚊子又会出来了一些，麻雀、老鼠也还会出现。这些东西繁殖是很快的，不是一个或几个"战役"就可以完全消灭的，而是要长期斗争，越打越少，以至基本消灭，并且还要继续斗争，才能把成绩巩固下来。
>
> （《新华半月刊》1958年第11号，第15页）

可见，这政策的"松动"其实还是颇为有限的。

政策的真正改变，决定赦免麻雀，是1960年的事。《毛泽东选集》第五卷在《征询对农业十七条的意见》一文后面，加了一条注释，说：

> 一九六〇年三月，毛泽东同志为中共中央起草的关于卫生工作的指示中说："再有一事，麻雀不要打了，代之以臭虫，口号是'除掉老鼠、臭虫、苍蝇、蚊子'。"
>
> （《毛泽东选集》第五卷，第 263 页）

果然，4 月 10 日全国人大二届二次会议正式通过的这一文件，"除四害"这一条里的"麻雀"就改成"臭虫"了。

最有趣的是这一修改的理由。为什么要赦免麻雀呢？在将文件提交这次会议讨论的时候，谭震林做的说明是这样的：

> 麻雀已经打得差不多了，粮食逐年增产了，麻雀对于粮食生产的危害已经大大减轻；同时，林木果树的面积大大发展了，麻雀是林木果树害虫的"天敌"，因此，以后不要再打麻雀了，纲要所说的除四害中，应当把麻雀改为臭虫。
>
> （《新华半月刊》1960 年第 8 号，第 25 页）

这当然是极其雄辩的文章：过去打麻雀，是为了保护庄稼，没有打错。现在形势大好，粮食逐年增产，让麻雀吃掉一些也不在乎。现在的任务是满足人民多方面的需求，提高生活质量，吃饭之外，人们还要多吃一点柑橘苹果什么的吧。正好麻雀是果树害虫的天敌，保存下来对发展水果生产有益，如此说来，不但可以赦罪免死，甚至还应该立功受奖了，任它吃掉的那些谷物，就算作奖品吧。

谭震林的这篇报告是 1960 年 4 月 6 日作的。如果人们注意到了这个日期，就会觉得他这话未免说得有点蹊跷。由于"大跃进"对农业的破坏，这时正是全国粮食最紧张最短缺的时候。那时粮食紧张到了什么程度呢？手边没有《中国经济年鉴》之类的书籍可查，不能提供具体的数字。只好从中共中央党史研究室所编的《中共党史大事年表》中间抄一段出来：

> 一九六〇年五月二十八日（朱注：即谭震林做上述报告之后 52 天），中共中央发出《关于调运粮食的紧急指示》，指出："近两个月来，北京、天津、上海和辽宁省调入的粮食都不够销售，库存已几乎挖空了，如果不马上突击赶运一批粮食去接济，就有脱销的危险。"为了解决日益严重的市场供应紧张问题，中共中央除多次发出指示，紧急调运粮食以支持最困

难地区外，还采取了减少民用布的平均定量，降低城
乡的口粮标准和食油定量，并提倡采集和制造代食品
等多种应急措施。

（《中共党史大事年表》，人民出版社，1987 年版，第 305 页）

那时的情况就是这样：每一粒粮食都是多么宝贵啊！
谭震林做报告的时候，正好在中共中央这一指示说的“近
两个月”之中，正是粮食最紧张，库存都几乎挖空的时
候。作为中共中央书记处分管农业的书记，他不会不了解
情况。了解情况还要说“粮食逐年增产了”，是为了给赦
免麻雀寻找出一个站得住脚的“说法”，有他的不得已吧。
麻雀的冤案得以平反，总算是做了一件好事。

现在是时过境迁了。当年深以为苦的饥饿的记忆也渐
渐淡忘。今天倒是可以用一种超脱的态度来欣赏这一段妙
文了。

呜呼！雀犹如此，人何以堪。

（原载《随笔》2000 年第 4 期）

公式的缺陷

要讲义和团事件，得从1897年的曹州教案说起。唐德刚的《晚清七十年》说得好："此一瓜分局势之形成，实德意志帝国以'曹州教案'为借口而始作俑者。义和团就是国人对这次国难愚蠢的反应。"曹州教案的直接结果是德国强占胶州湾。德国社会民主党中央机关报《前进报》，在义和团在北京闹事的高潮时期，1900年6月19日，发表了一篇社论，说"义和团运动发生的时期应从德国强占胶州湾算起"，"强占胶州湾一事在中国激起了巨大的愤怒"（见《义和团史料》上册，中国社会科学出版社，1980年版，第25—26页），说得很是确切。

《晚清七十年》书中说：

曹州教案是什么回事呢？原来清末山东曹州府属下的巨野县有个德国天主教堂和属于该教堂的一些教民。一次这批教民和当地人民发生冲突，教堂袒护教民，因而引起群众暴动。在暴动中有非教民三十余人冲入教堂，一下不但把教堂砸了，连教堂内的两位德国传教士能方济（Franz Nies）和理加略（Richard Henle）（朱注：当时译作韩理）也被无辜地打死了。这一来闹出人命，尤其是那时享有"治外法权"（extraterritoriality）的外国人命，就变成列强"强索租借地"（The Battle of Concessions）的导火线了。

新版《辞海》说的也大同小异：

曹州教案又称"巨野教案"。1897 年（清光绪二十三年）德国传教士在山东曹州（治今菏泽）附近各县唆使教民欺压人民，激起公愤。11 月巨野县民众入张家庄教堂，杀死德国传教士两人。德国政府以此为借口，派军舰侵占胶州湾，强迫清政府签订《胶澳租界条约》，允许德国租借胶州湾、在山东享有修筑胶济铁路和开采铁路沿线矿产等特权。清政府还逮捕多人，处死两人，并将山东巡抚李秉衡等官吏革职。

两说详略不同，立论倒很相近：曹州教案的起因是民教冲突，民教冲突的起因又是"教堂袒护教民，因而引起群众暴动"，教堂"唆使教民欺压人民，激起公愤"。这似乎可以概括为一个公式：凡有教案，罪责总是在教会、传教士和教民一方。我看近人编纂的历史教科书，在写到这一段史实的时候，大抵都是遵循这一公式的。例如，胡绳的《从鸦片战争到五四运动》是这样说的：

> 在山东西北部沿运河的各地……又是在全省中外国教堂最密集的地区。入教的中国人中既有受蛊惑的贫民，也有不少地主恶霸流氓分子。广大群众同外国教堂和依仗洋教堂势力为非作歹的坏人的矛盾极为尖锐。
>
> （《从鸦片战争到五四运动》下册，人民出版社，1981年版，第579—580页）

中国社会科学院近代史研究所编的《中国近代史稿》是这样说的：

> 外国教士依仗公使、领事的包庇，横行霸道，气

势嚣张。他们唆使不法教徒，为非作恶。群众对教会、教士的专横凶暴，义愤填膺，切齿痛恨。先后两任山东巡抚也对教会和外国教士表示不满。李秉衡说：莠民入教之后，教士倚为心腹，恃作爪牙，凡遇民教控案到官，教士必为之关说，甚至多方恫吓，不达目的不止。平民饮恨吞声，教民越发志得意满。张汝梅也说：德国主教捏造事实，危言耸听，以洋兵的武力，夸示教民，处处挑衅生事。

（《中国近代史稿》第三册，人民出版社，1984年版，第158页）

曹州教案就发生在山东，李秉衡就因此革掉了巡抚一职，由张汝梅继任，两人必定都详细了解这一案情。《史稿》中的引文，看来就是引自这两位巡抚关于这一案件的谈话。可是编纂者只引用了他们泛论民教关系的内容，涉及曹州教案的具体内容，就未予引用了。胡绳的书，从上面的引文中可以看到，也是只有泛论，没有具体提到曹州教案。

这不能不使读者产生一个疑问：曹州教案在中国近代史上是一件颇有关系的事，为什么像近代史研究所这样权威的机构、胡绳这样有声望的学者，在自己的书里都不肯正面提到呢？

在《义和团史料》上册，有一篇署名若虚写的《胶州事件》，其中提供了一条这样的资料：

> 山东巨野县离城二十五里有一小村，不在商贾大道，居民稀少而且贫苦。村仅一街，街后东首有教士住屋一所，系中国房屋，门向西开，内有北房三间，此为德国教士薛田资（Stenz）与韩理（Henle）之居屋。光绪二十三年十月初六日（朱注：1897年10月31日），又有同教之能方济（Nies）教士自汶上何家堂起身前往曹县，路过是处，即寓于韩理房内。房有两床接连，各用其一。初七夜间十一点钟左右，有贼雷协身、惠二哑吧、朱得法等逾垣开门，进院行窃。韩理、能方济惊觉喊捕，并于窗孔间放枪攻击。贼受伤者二人，乃全部冲入，以标枪扎伤两教士，因以毙命。房中大橱一只，全被翻动，失去物件、赃银二百十一两零。此即断送胶州湾之巨野教案也。
>
> （《义和团史料》上册，中国社会科学出版社，1980年版，第277页）

原来是一宗简简单单的刑事案件。

这样入室行窃惊醒事主以致杀伤人命的案件，至今也不少见。如果常常注意看看街头张贴的那些处决罪犯的罪状，有时就可能遇到这一类性质的案件。也曾有过受害人是外国人的，记得前一两年吧，在南京，德国（又是德国！）奔驰公司派驻中国的代表一家：本人、妻子和子女，四口人都被入室行窃的盗贼杀害了，案情和一百年前曹州张家庄的那一宗杀人案相同。可是这一回没有引起任何外交纠纷，只把案件侦破，案犯处决，也就结案了。这是因为，中国变了，已经不是一百年前那个积贫积弱听凭列强宰割瓜分的清朝；德国也变了，已经没有一百年前那个侵略成性的威廉二世皇帝了。在威廉二世那时，出了这个教案，当然是他实现侵略计划的天赐良机。他的这野心，旁观者都看得一清二楚。那时伦敦《泰晤士报》驻北京记者莫理循写的一封信中说："在我看来，德国采取的立场很笨。她为了报复杀害两名传教士的事，提出一系列要求，在她的要求尚待满足的情况下，竟占领了胶州湾……"（《清末民初政情内幕》上册，知识出版社，1986 年版，第 66 页）在另一封信里，他说："这种要求，当然无理，使德国显得荒谬可笑。"（《清末民初政情内幕》上册，知识出版社，1986 年版，第 63 页）由此可见，在曹州教案里，有罪的人，首先是入室行窃终于杀人的雷协身、惠二哑巴、朱得法这几个窃贼；后来使事态恶化成一场大灾难，有罪的是威廉二世，而不是那两个横死的教士。

这样，就可以明白，胡绳和近代史研究所的书为什么都不正面写出曹州教案的原因了。因为，这一具体的案情，无法容纳到那个"凡是教案错的都是教会、教士和教民"的公式中去，只好那样回避了。唐德刚的史识使他明白这是不能回避的，要写义和团就不能略过不写它。而写的时候没有能够摆脱这个公式的影响，于是叙述就与事实颇有一点出入了。不过，他还是说了，这两个教士是"被无辜地打死"，还是表现出了他的史识和史德。

自然科学中的许多公式都有一个适用的范围，并不总是万能的。中国近代史上，"凡有教案罪责总在教士和教民"这个公式，应该也有一个适用的范围吧。在众多传教士中间，总有些是勾结官府欺压良善因而激成事端的坏人的，但是总也有些是虔诚的信徒，以一种献身上帝的精神来异国传教的吧。至于说到教民，除了仗教会之势横行乡里的那些之外，我想应该也有些是接受了传教士的宣传而信仰一种外国传来的宗教的吧。为什么一定要说他们是"莠民"，是"被蛊惑"呢？《中华人民共和国宪法》规定了公民有宗教信仰的自由，现在生活在中国这块土地上的人都享有此项自由权利，为什么我们有历史学家不允许光绪年间的中国人也享有信仰天主教基督教的自由权利呢？为什么入了天主教基督教的就是莠民，至少是受蛊惑呢？

这里，可以看看夏曾佑提供的情况。他在光绪二十六年二月初四（1900年3月4日）就任安徽省祁门县知县，到任不久就遇上了教民问题。8月21日他在写给汪康年的信中说：

> 敝地六月间，西邻景德镇闹教。隔百里东邻屯溪，又忽来难民千人，于是祁人亦有跃跃欲试之势。先是此间无教民，三年前有廖姓人于县试场外获传递之人，送官办之。而诸官则以欲办此人，已先有关防不严之失，遂坐廖姓以诬告而重办之。廖自狱中逸出，逃至屯溪，不知所向。遇人劝以入教，遂入教焉，此为邑人归教之始。去年又有典当失火，照例，典当自己失火，照赔十成，被人延烧则赔半。而此当实自己失火，当赔十成。行贿于官，乃令赔半。而此当中所质物，皆穷人之物，不能吃此大亏，乃聚众讼之。官则大怒，严办来讼之人。众无奈，又逃往入教（近日教民积至四百余人）。
>
> （《汪康年师友书札》第二册，上海古籍出版社，1986年版，第1369页）

教民为什么入教？这里提供了两个具体的例证，他们是先受到了腐败官吏的损害乃至迫害，有冤无处申，才入教以凭借洋人的势力讨回一个公道吗?

这是一方面的情况。在另一封信里,夏曾佑还讲了另一方面的情况:

先有无赖之人,自知不容于众,归教以求庇护,既已归教,则种种作恶愈于平日。亦不必果有大事,但同一买物,而教民可以减价;同一借债,而欠教民者不得不还,教民欠者不能索取。此等事甚多,不能悉数。乡愚无知,此等细事无不计校,积久遂成衅隙。迨既有意见,则寻常一打架口角之事,若民与民为之,事过即忘,若偶为民与教则分外认真。及讼之于官,而教士未有不横身干预。(亦不得以此罪教士,因教士若不干预词讼,则可以无一教民也,教士何以对教会乎?)若州县欲持平,则事必闻于上官,上官无不奉教士之语者。即使其理甚明,万难倒置,则压阁不批。[此习岘帅(朱注:两江总督刘坤一字岘庄)最甚]支那之地方官岂有为国为民之义!既见上官风旨,自然袒教抑民,不遗余力矣。彼小民者冤愤无可申,自不得不自行报复,而又有无数穷极之人,欲抢教堂以自救,两者合而教祸成矣。

(《汪康年师友书札》第二册,上海古籍出版社,1986 年版,第 1381 页)

这就把教案发生的原因讲得比较客观也比较全面：因细事引起的民教衅隙，教士的干预词讼，地方官的袒教抑民，穷人的盗窃教堂，等等等等，都是原因。曹州教案，就是因为穷人盗窃教堂而引发的。

现在的读者对夏曾佑其人大约不太知道了。他做过教育部社会教育司的司长，那时鲁迅在社会教育司做科长，跟他共事，曾经在一篇文章里称赞过他的史识："夏曾佑先生。弄些什么'国学'的人大概也都知道的，我们不必看他另外的论文，只要看他所编的两本《中国历史教科书》，就知道他看中国人有怎样地清楚。"（《而已集·谈所谓"大内档案"》）就看他在私人通信中不经意地写下的这些意见，我觉得比有些史学家惨淡经营的专著还要说得好些。

民教冲突的原因，光是谈到上面这些还是不够的，还应该看到这里包含了两种不同文化的隔膜和冲突的原因。《晚清七十年》谈到了这一点，它说：

在那时的中国社会里，基督教的生活方式，和中国传统的生活方式，不是水和乳的关系，而是水和油的关系。二者是融合不起来的。

蒋廷黻的《中国近代史》讲得稍微具体一点：

> 民间许多带宗教性质的庙会敬神，信基督教的人不愿意合作。这也引起教徒与非教徒的冲突。民间尚有种种谣言，说教士来中国的目的，不外挖取中国人的心眼以炼丹药；又一说教士窃取婴孩脑髓，室女红丸。民间生活是很痛苦的，于是把一切罪恶都归到洋人身上。洋人，附洋人的中国人，以及与洋人有关的事业如教堂、铁路、电线等，皆在被打倒之列。

德国强占胶州湾，侵略中国，激起了中国人的爱国心，当然是义和团"扶清灭洋"的旗帜能够号召群众的一大原因。但是两种文化的差异、隔膜和冲突，也不能不说是义和团运动的一大背景。

历史研究所面对的是十分复杂的社会生活，恐怕很难归纳到简单的公式里去。从以论带史进一步到以论代史，似乎并不是个可取的办法，我看，还是让我们从具体的史料中来了解历史好了。

（原载《随笔》2002 年第 1 期）

歇后郑五

在唐代众多诗人中，郑綮在后世的名气，倒还不是因为他留下了多少名作，而是他留下了一句名言。他在被任命为宰相（同中书门下平章事）的时候，对贺客说："歇后郑五作宰相，时事可知矣！"千载之后，鲁迅还为这事夸他，说是令人觉得自己说这话的"诚亦古之人不可及也"。[见《且介亭杂文末编·"立此存照"（一）》]

郑綮的事迹，《旧唐书》（卷一七九）本传里说了一点。他做地方官，任庐州刺史。正当黄巢攻城略地之时，他无力应战。于是，"綮移黄巢文牒，请不犯郡界，巢笑而从之，一郡独不被寇。"他这篇移文不知怎样写的，想来不会用韩愈《祭鳄鱼文》那种居高临下的态度，很可能像李密的《陈情表》一样动之以情，大约还很有些文采，很有些风趣，这才能够说动黄巢，"笑而从之"，保全一郡吧。他做京官，任给事中，是个很尽职尽责的谏官，"朝政有缺，无不上章论列，事虽不行，喧传都下，执政恶之，改国子祭酒。"他这样不断纠弹朝政的缺失，行政首长都头痛了，于是把他调出监察机关，让他去当个国立大学的校长算了。

　　进谏，是谏官的职守。如果朝廷不让他当谏官，他就没有言责了。但是一个知识分子的责任感，总在迫使他找到适当的方法来同社会生活中的消极现象做斗争。写讽刺诗的诗人，就是诗人里的谏官。郑綮就正好是一位讽刺诗人。本传说：

　　　　綮善为诗，多侮剧刺时，故落格调，时号"郑五歇后体"。《初去庐江与郡人别》云："唯有两行公廨泪，一时洒向渡头风"，滑稽皆此类也。

竟成为一种诗歌流派的代表作家了。

　　郑綮被任命为宰相这事，说起来，还跟他喜欢写讽刺诗有关。本传说：

光化初（公元898），昭宗还宫，庶政未惬，繁每
于诗什而嘲之。中人或诵其语于上前。昭宗见其激
讦，谓有蕴蓄，就常奏班簿侧注云：郑繁可礼部侍郎
平章事。

皇帝身边的这个太监，把社会上流传的顺口溜呀，讽
刺诗呀什么的，告诉皇帝，也许不过是以为笑乐吧，没想
到昭宗听得这么认真。尤其难得的是，他听了之后，没有
去查究这些诗作是否偏离了主旋律，是否与导向相符，而
是从这些讽刺中看见了作者忧时爱国之心，厌乱望治之
心。由此更想到可以起用他来改革朝政，于是才有了使诗
人自己都大感意外的任命。

郑繁获得这项任命前后的情况，本传做了十分生动的
叙述：

中书胥吏诣其家参谒，繁笑而问之曰：诸君大
误，俾天下人并不识字，宰相不及郑五也。

胥吏曰：出自圣旨特恩，来日制下。

（繁）抗其手曰：万一如此，笑杀他人。

明日，果制下。亲宾来贺。（繁）搔首言曰：歇
后郑五作宰相，时事可知矣！

郑綮就这样在他生命的最后一年做了宰相。既然做了，就认真地做。政务繁忙，也没有工夫做讽刺诗了。本传说他"既入视事，侃然守道，无复诙谐。"只做了三个多月，辞职，以太子少保致仕。光化二年（公元899）卒。

这是一位颇有特色、在当时也颇有影响的讽刺诗人。不幸的是，他的这些诗作没有能够保存下来。《全唐诗》（卷五九七）收了他三首诗，却都不是"侮剧刺时"的作品。现在照录如下，以见一斑：

老　僧

日照四山雪，老僧门未开。

冻瓶黏柱础，宿火陷炉灰。

童子病归去，鹿麚寒入来。

斋钟知渐近，枝鸟下生台。

题庐州郡斋

九衢尘里一书生，多达逢时拥斾旌。

醉里眼开金使字，紫旆风动耀天明。

别郡后，寄席中三兰 （三妓并以兰为名）

淮淝两水不相通，隔岸临流望向东。

千颗泪珠无寄处，一时弹与渡前风。

本传所引两句跟这里文字稍有异同，稍多一点滑稽，大约是另一版本。不论怎么说，这些都不是"郑五歇后体"的代表作，那太监向昭宗介绍的绝不会是这些诗。那些曾经引起昭宗重视的讽刺诗要是保存下来，将是人们研究晚唐历史的重要史料吧。

讽刺作家在怎样的历史关节出现？鲁迅有过一段极有见地的议论：

讽刺作者虽然大抵为被讽刺者所憎恨，但他却常常是善意的，他的讽刺，在希望他们改善，并非要撺这一群到水底里。然而待到同群中有讽刺作者出现的时候，这一群却已是不可收拾，更非笔墨所能救了，所以这努力大抵是徒劳的……

（《且介亭杂文二集·什么是"讽刺"?》）

他这里是泛论，也可以看作是对诗人郑綮的评论的。当他说"时事可知矣"的时候，他大约也是看到了局面已经不可收拾。怎样的"时事"呢？唐朝自安史之乱，藩镇割据，加上黄巢的最后一击，覆亡之势已成，无药可治了。不但诗人热心的讽刺无力回天，就是皇帝破格起用讽刺诗人作为挽救危亡的一种努力，也是徒劳的了。

郑綮死后八年，唐亡。

（原载《随笔》2003 年第 1 期）

两面之缘

收到刘粹的一封信。信就写在安徽省文学艺术界联合会印发的那一页《诗人公刘逝世》的下面。这信说:

> 我父亲走了,我相依为命的老父亲!
>
> 父亲生前曾一再嘱我:他走时不要多惊扰大家,事后由我分别函告他的同道友好,代老父向各位辞行。今寄上这纸由我和单位一同拟定的消息通稿,以遵父愿,以寄哀思。
>
> 十几天了,我全凭理智支撑,为父亲做些事;心,还时时陪护着我苦难一生,抗争一生的好父亲……
>
> 11 日下午,我已将老人接回家中。

匆此，痛楚不堪。

公刘的女儿　刘粹

2003．元．22

　　在收到这信之前，我已经得到公刘兄去世的消息。几天里，一直在想他的一些事。刘粹这封情深意挚的短信，使我深深感动了。我早就从公刘兄的《活的纪念碑》里知道了他们不同寻常的父女关系。这是多么好的父亲和多么好的女儿。现在，她代老父向我辞行，我想，我也应该写点什么来送别吧。

　　现在我怎么也想不起来是什么时候开始同公刘兄交往的，是怎样交往起来的。二十世纪五十年代，不时在报刊上（多是《解放军文艺》吧?）读到他的诗作，很喜爱，很佩服他的才气。不过这只是读者和作者的一般关系，不是相互的交往。可以确说的是，我们是在那一场共同的大难成为过去之后，才开始交往的。

　　想起来，最早是忽然收到一本他寄赠的大型文学刊物，刊名一时想不起来了，也许是《清明》吧，其中刊登了他的欧洲游记。我很高兴地拜读了，写信道了谢。只是他为什么要寄这刊物给我，我却不知道。这以后，我也曾把自己写的书送给他，当然，不是每一本；他也把他的书送给我，当然，更不是每一本。这中间，也有过不多的书信往来。

很意外地，我们得到了一次见面的机会。大约是1996年吧，作家尹曙生先生邀请李锐夫妇和燕祥夫妇去游黄山，正巧那时我在北京，就邀我一同前往。我们一行先到合肥。东道主安排我们同几位作家聚会。那天我第一次见到鲁彦周先生，我看过根据他的小说改编的电影《天云山传奇》，这大约是第一部公开发表了的力图按照历史真实反映反右派斗争的文学作品，记得它还受到卫道之士的非难。我对于这样的作品和它的作者是满怀敬意的，我给他敬了酒。那天没有邀请公刘兄，他正在住院。第二天我就到医院去看望他了。记得是和燕祥兄一道去的。李锐先生另外有活动，没有去，托我们捎去了一本他的《龙胆紫集》，诗集赠诗人，当然是再好不过的礼物了。

这是我同公刘兄第一次相见，可是一见如故，全没有初见的那种客套和拘谨，就跟久别重逢的知己一样交谈。一个大题目是谈我的那本书稿《1957年的夏季》。这书写完好几年了，那时还没有落实出版社。公刘兄对这题目大有兴趣，询问了书稿中的一些内容，问我书中对一些事件是怎样处理的。从交谈中，我发觉，他这位过来人，对这一段历史有很深的思考。这样病室里的交谈当然不能够谈得很充分很清楚，我想，等书印出来，寄去向他讨教吧。

那一天，他还饶有兴趣地谈到几年前的往事，一位闻人的趣闻。这也得怨那一年形势太富于戏剧性变化了，要跟着变来变去，够吃力的。比方说吧，一天之前，抱怨给自己办事的人拖拖拉拉，没有帮他及早送出新作；一天之后，又庆幸那办事人的拖拖拉拉保护了自己。公刘兄的那一副颇具特征的大胡子也成了话题。那天可以说是尽欢而散。

我的那本《1957年的夏季》终于出版了。我托人给公刘兄捎去了一本。抱歉的是送他的那一本装订厂少装了一个印张。可是就是这个缺页本，他还是仔细看了，还写了一篇四千多字的书评。1998年9月10日，他把打印好的书评用挂号信寄给我看，信中并告诉我："此稿我已投《随笔》。"我看了，真是又惊喜又惭愧：公刘兄过奖了。他用"董狐之笔"作标题，这就不只是比之为"古之良史"，而且，"在晋董狐笔"，更以为这显示了天地之间的一种浩然正气。在文章里，我看到不少溢美之词。但是我相信，他是以一种真诚的态度这样说的，他说，关于反右派斗争这个题目，"中外作者写的东西，翻过不少，然而，真正能令我满意者的确不多。"对此我也深有同感，我对看到的这一类作品也少有满意的。我想，他是因此才看好我这一本的吧。

公刘兄也表示了对我的这一本的不满。例如，对于毛泽东是怎样做出反右斗争的决策，他认为我书中的论述"不免带来了立论上的某种逻辑紊乱"，并且为我惋惜："艰窘的写作条件制约着作者的视野和才力，使得本来可以写得更好的书，留下了若干遗憾。"对于这个中肯的而且友好的批评，我是心服的。

每个作者都是一样的：稿子投寄出去，就天天望早点刊登出来，一时不见动静，就有点着急了。公刘兄也是这样。10 月 14 日他又来信说："《随笔》尚无回音，估计希望甚小，尽管我是以'过来人'的身份与角度写的。"稿子寄出才一个多月，对于一个双月刊来说，这时间是不能算长的。不过我在给他的复信中表示了赞同他的"希望甚小"的估计，并且告诉他：不久前《随笔》已经发表了李辉兄的一篇书评，评论同一本书的文章，他们未必愿意再发了吧。其实这是他太性急了。不久，这篇书评就发表在《随笔》1999 年第 1 期上面。

这篇书评的最后一句是："但愿再版时，这本好书能好上加好。"公刘兄希望我把它修改得好一些，这也正是我自己所想要做的。此书印出以来的五年中，我依据新见到的材料，断断续续增补和修改，比原来的印本大约又增加了十来万字吧。只是公刘兄已离我而去，他日新本印成，也无从同他讨论修订的得失了。这在我就不只是失去一位兄长的悲哀，也是这一本书的不幸了。

说起来，我同公刘兄，还在长沙见过一面。那是有一天，我忽然接到徐君虎先生的电话，说公刘兄到长沙来了，住在他家里，希望我同杨德豫兄到他家去见个面。我同徐君虎先生从没有过接触，真没有想到他会给我来电话。但是我早就知道他这个人了。大约是1947年前后，他是湖南省邵阳县的县长，一个著名的清官。在他手上办了一件轰动全国的大案："邵阳永和金号抢劫案"。作案的都是专员公署的官员，首犯孙佐齐正是县长的顶头上司，也就可以想见徐先生办此案的难处了。尽管官官相护，法院只给孙佐齐和几个共犯判了徒刑，还是把直接动手投毒杀人纵火抢劫的专署机要秘书傅德明执行了枪决。1949年徐先生参与起义，成了湖南省的一位高级统战对象，给安排了一个什么名义。后来又被打成右派分子。"改正"之后，被安排为湖南省政协的一名副主席。那天，我同德豫兄到了省政协宿舍，就在徐先生府上，同公刘兄愉快地交谈了一个下午。

我也听徐先生说了他同公刘兄的渊源。

徐先生跟蒋经国是莫斯科的同学。抗日战争中，蒋在赣州当专员，请徐先生做自己的主任秘书。1939年蒋生日，徐先生趁蒋到重庆出差了，发动同事献金祝寿，他把收得的这一笔数目可观的礼金，拿去办了一个难童学校。大约原先蒋经国看到那许多逃难来的失学儿童，曾经表示过想要设法安置的意思，徐先生把这事放在心上，趁着祝寿，把这事给办了。据徐先生说，公刘兄就是那时招收入学的一名难童。

徐先生还说，在学校里众多的难童中间，公刘兄的表现很突出，他那强烈的爱国激情，他那过人的文才与口才，那时就已经显露出来了。一次他作为难童学校的代表，在励志社开的军人联欢会上登台演说，使他的听众都激昂起来了。就这样，他受到了徐先生和蒋经国的重视……

这是一位老年人多年之后的回忆。如果拿公刘兄自己写的《毕竟东流去……》来对照，就会发现他说的与当年的事实颇有出入了。在《毕竟东流去……》这篇回忆里，公刘兄说得很清楚："我没有进过难童学校。"这篇文章把当年他因怎样的机缘认识了徐先生，又怎样因为徐先生而认识了蒋经国，以及这两个成年人对他这个十二三岁的小娃娃是怎样的器重、爱护和关照，都细细写出，比徐先生说的更详细得多，具体得多，读后真令人感动。我亲眼看到一个七十岁一个九十岁的老人在一块儿的那亲切的模样，也就依稀可以想见当年的情景了。

当年的这些关系，也让公刘兄在后来的历次政治运动中吃足了苦头。他在《董狐之笔》一文中讲了一点自己的遭遇："朱正本人正是由'肃反'对象递补为'右派'的，鄙人亦不例外。"同蒋经国的关系，受到蒋经国的赏识，在肃反运动中，这难道不是发掘出了"金矿"吗？当然，这样的经历和社会关系，并不是当一名肃反对象的必要条件。如果过于拘泥，一定要有什么具体的材料，那就怎么也弄不出一百三四十万肃反对象来了。朱正本人，不是也当了一年肃反对象吗？有什么具体材料呢。

长沙一别之后，不久就听说公刘兄又病倒住院了。在一段时间里也就没有书信往来。又是在没有预料到的时候，忽然收到他寄赠的上下两册的随笔集《纸上声》。扉页上写的赠书日期是 2000 年 4 月 30 日，书中夹了一页打印的"通用私函"。当时我并没有想到，这是我收到他的最后的信札。我不知道，日后刘粹在为她父亲编更完整的《全集》或《文集》的时候，会不会收入这一类打印信件。现在且把它照抄在这里，好让大家知道一下他暮年的境况和心情：

　　　　这封"通用私函"的对象是，在我此番住院期间（含发病前夕），曾经写信给我，寄贺卡给我，赠书给我，送花给我，汇款给我，打电话给我（由于家中无人而未曾接应者，就只好抱歉了），以及远道专程看望我或者托人来看望我的，累计约有百数十位。我实在没有足够的时间与精力一一亲笔作复称谢，失礼之处，想必能获宽谅。

且让我简略叙述一下有关种种。

这次住院有两大特点，一是照料我的女儿刘粹本人突罹急症——严重的颈椎病综合征，最后被安排和我同一病房；二是住院时间都忒长，我八个月，她七个月，大破平生纪录。在医院里，先后度过国庆、中秋、迎澳门回归、元旦、春节，还有我们各自的生日。喜事虽多，却难得欢乐；似此情状，倘称之为形影相吊，当别有新解，或曰父亲是形，女儿是影，或曰女儿是形，父亲是影，都说得通。

我们是 2000 年 4 月 7 日回家的——"沙漠"一般的家。

聊堪告慰的是，新近请了一位钟点工，刘粹的日常负担得到了稍许的减轻，她已经正式上班了。

就让岁月这么平平淡淡地打发吧。我将只做我必须做而又能够做的事，不写杂文，不怄闲气，健康至上，生命第一。至于女儿，她虽一如既往地对老父呵护备至，对自家却再也不敢掉以轻心了。

朋友们，请允许我再说一遍，谢谢啦！

此致

朱正道兄

公刘

2000 年 4 月 22 日于安徽合肥

　　信中"朱正道兄"和"公刘"的签名，都是他自己写的。信末，他还写了这样几句："久未联系，顺附此笺代函，奉闻近况。"我想是因为我并不属于这封"通用私函"开头所列举的种种对象，所以在寄给我的这一页上得添写上这几句吧。

　　这些天里，我把公刘兄送给我的书，写给我的信，都找出来，又重温了一遍，想起这些旧事。我跟他，不过匆匆两面之缘，加起来聚谈也不过几小时吧。现在他不在了，我才感觉到，他是我最好的知交之一。我且写下这点滴的交往给他送别吧。我想我也不必做更多的文章，他的诗文，必将永远为他赢得后世的知己。

2003 年 1 月 27 日

（原载《随笔》2003 年第 3 期）

重读《为了忘却的记念》

1931 年 2 月 7 日深夜或 8 日凌晨，有二十四位革命者在上海龙华警备司令部被秘密枪杀。其中的五位，是中国左翼作家联盟的成员，就是柔石、殷夫、冯铿、胡也频和李伟森。他们被称为"左联五烈士"。鲁迅的这篇纪念文章《为了忘却的记念》，就是在他们遇难两周年的时候写的。回忆自己同他们的交往，回忆他们遭难前后的情形。笔端处处流露出深挚的感情。想起了他们，"我又沉重的感到我失掉了很好的朋友，中国失掉了很好的青年"，在悲愤中，他写成了这一篇感人至深的名作。

在五烈士中，同他关系最深的是柔石。文章里写了他跟柔石的交往，写了他们办朝华社的经过，就从这事写出了柔石的忠厚待人，勤劳和克己。他对鲁迅的敬爱，文章里举了这样一个例："他和我一同走路的时候，可就走得近了，简直是扶住我，因为怕我被汽车或电车撞死，我这面也为他近视而又要照顾别人担心，大家都仓皇失措的愁一路，所以倘不是万不得已，我是不大和他一同出去的。"

文章给柔石做了这样一个总评："无论从旧道德，从新道德，只要是损己利人的，他就挑选上，自己背起来。"

因为柔石，鲁迅又认识了冯铿。她是柔石带去拜访鲁迅的。尽管鲁迅说，"我对于她终于很隔膜"，但还是感觉到了她对柔石有很大的影响力，关系很不寻常。事情也确是这样，这一对左翼作家是在恋爱之中，正像她写给他信中所说的一样："唯其因为你我的出发点是大部分的相同，所以，你我便全都陷于不能自拔的境地！"

殷夫的另一个笔名是白莽，本名徐柏庭，是因为给《奔流》投稿，才同鲁迅相识的。文章里说的"第三次相见"，在鲁迅日记里有记载，是1929年9月21日的事。后来鲁迅在《白莽作〈孩儿塔〉序》里，也回忆到了这次相见的情形，可以补充这篇文章所说的：

他的年青的相貌就又在我的眼前出现，像活着一样，热天穿着大棉袍，满脸油汗，笑笑的对我说道：

"这是第三回了。自己出来的。前两回都是哥哥保出，他一保就要干涉我，这回我不去通知他了……"

这哥哥是他的长兄徐培根（1895—1991），曾留学德国，回国后担任过国民革命军总司令部参谋处长，参谋本部第二厅厅长，军政部航空署署长等职务。白莽据以翻译的底本、德文本《彼得斐诗集》就是这位长兄的藏书，可见这一位学军事的留学生对于文学还是颇有一点兴趣和素养的。他对比自己小了十多岁的幼弟也是爱护备至。只是因为政治上的不同选择，白莽终于谢绝了长兄的挚爱，向他道别了。在一次收到哥哥的规劝信之后，他写了一首长诗作为回答。为节省篇幅计，这里只引开头的两小节，也足以见他们手足情深了：

别了，我最亲爱的哥哥，
你的来信促成了我的决心，
恨的是不能握一握最后的手，
再独立地向前途踏进。
二十年来手足的爱和怜，
二十年来的保护和抚养，
请在这最后的一滴泪水里，

收回吧，作为噩梦一场。

白莽在这诗中表白了自己最后的决心：

想做个普罗米修士偷给人间以光明。
真理的忿怒使他强硬，
他再不怕天帝的咆哮，
他要牺牲去他的生命……

他执着于自己的信念，早已置生死于度外。求仁得仁，他的结局可以说是意中的事。

五烈士之中，最早同鲁迅有文字上的交往的，是胡也频。鲁迅1925年发表在《语丝》周刊上的《再论雷峰塔的倒掉》一文（现收入《坟》），是看了《京报副刊》所载胡崇轩的《雷峰塔倒掉的原因》之后，有所感而写的。胡崇轩即胡也频。他在这篇通信中说，他听说雷峰塔之所以倒掉，是因为乡下人迷信，把那塔砖看作吉祥物，许多人都偷偷地挖回家去，久了，塔就给挖倒了。看了这一材料，鲁迅发了一通绝大的议论。鲁迅说："无破坏即无新建设，大致是的；但有破坏却未必即有新建设。""凡这一种寇盗式的破坏，结果只能留下一片瓦砾，与建设无关。"

"瓦砾场上还不足悲,在瓦砾场上修补老例是可悲的。我们要革新的破坏者,因为他内心有理想的光。"鲁迅寄希望于内心有理想的光的新的破坏者,也就是胡也频他们这样的革命家吧。

鲁迅说,"同时被难的四个青年文学家之中,李伟森我没有会见过",这是他记错了。他至少是见过李伟森一次的。1930 年 9 月 7 日,左联的朋友们在荷兰西餐室小聚,庆祝鲁迅五十寿辰,李伟森到场了。史沫特莱在《记鲁迅》一文里记下了他的到场:

> 从我所站着的门口看去,我看见有一些人正在走向我们这地方来。一个瘦长的青年人,急速奔跑着;同时还不断的向背后张望;很明显的他是一个学生。当他经过我们时,我的朋友便告诉我他是《上海报》的编辑,那报纸是一张共产党出版的地下报纸,正在这城市中进行新闻界中的游击战。
>
> ……在他之后发言的便是《上海报》的编辑,从他的报告中,我第一次听到了红军如何生长和农民们"秋收暴动"等事实的真相,这些农民们先和地主们展开战斗,然后小溪汇入巨川似的大批大批的参加了红军。

这里说的"《上海报》的编辑"，就是李伟森，又名李求实。只是那天到荷兰西餐室祝寿的人多，匆匆一见，鲁迅没有留下很深的印象，就说没有会见过了。

鲁迅的文章说，在那个黑夜里，和柔石他们一同遇难的共有二十四人。鲁迅的这篇，纪念了左联五烈士。另外的那十九人是谁，是些什么人，不但鲁迅的文章里没有写到，而且在很长一段时间里，也不见有什么出版物提到他们，更说不上有什么纪念活动了。这是怎么一回事呢？原来，这是中国共产党历史上的一件大事。

1931年1月7日，在共产国际代表米夫的主持下，中国共产党在上海租界秘密举行了六届四中全会。有关详情不可能在这篇短文里细说。1945年中共中央《关于若干历史问题的决议》的说法是："这次会议的召开没有任何积极的建设的作用，其结果就是接受了新的'左'倾路线，使它在中央领导机关内取得胜利，从而开始了革命战争时期'左'倾路线对党的第三次统治。"说穿了，就是开始了中共党史上的王明时期。

在中共中央党史研究室所著《中国共产党历史》第一卷上册中，说六届四中全会："会上不断发生激烈的争论，米夫多次使用不正常的组织手段控制会议的进行。"(《中国共产党历史》第一卷上册，中共党史出版社，2002年版，第391页）从罗章龙的回忆录中可以知道，会场上激烈争论的，一方是米夫和向忠发等人，一方是罗章龙、史文彬、何孟雄、林育南、李求实等人。米夫为了要这些反对者接受四中全会的结果，几天之后，通知他们到上海静安寺路地区一所花园洋房开会，这次会议后来就被称为"花园会议"。这次会议并没有达到米夫所要求的消除分歧的目的，双方都坚持各自原来的意见，说不到一块儿去。最后，随同米夫前来的一个外国人说："我们对于今日会议完全感到失望，这证明你们是有组织、有纲领地来反对四中全会，已经走向反国际反党的道路。你们反对四中全会领导就是反革命，叛徒特务，一律开除中央委员和党籍！"

这些不承认四中全会所产生的中央委员会的人，就另外成立了一个"中共中央非常委员会"，简称"非委"。也就是《历史决议》所说的"第二中央"。

鲁迅这篇文章里说柔石"在一个会场上被捕了"，说的是1931年1月17日他在上海三马路东方饭店被捕。他来这里，并不是参加左联的活动，而是出席"非委"召开的会议。

这是"非委"的一次扩大会议。原来全国苏维埃区域代表大会中央准备委员会（简称苏准会）在东方饭店租用有房间，苏准会秘书长林育南就安排到这里来开会了。罗章龙和史文彬两人临时有别的事没有到场。会议由何孟雄主持。他们不知道，整个会场已经被英租界的巡捕和中国警探五十多人包围了。开完会大家正要撤出的时候，就全都被捕了。当天晚上，一直到第二天，还在别的地方捕去了李求实等人。罗章龙在《上海东方饭店会议前后》一文中说，这次大逮捕显然是有叛徒告密。究竟是谁告密的呢？"对此一般有两种说法：一种说法是顾顺章打电话向工部局告密；另一种说法是一个从莫斯科东方大学回国的学生与龙华惨案有关。此人叫唐虞，他与王明很要好。"（《新文学史料》，1981 年第 1 期）

这也就说明：通常说的"左联五烈士"，并不是因为参加左联的活动，以左翼作家的身份被杀的。而是因为参加非委的活动，以非委的身份被捕、被杀的。在非委内部，这五人中以李求实地位最高，他担任过青年团的中央委员，团中央宣传部长。团中央机关刊物《中国青年》的主编，创办了党报《上海报》。"非委"成立，他是中央常委兼少共书记、文联书记。其次是冯铿，她是非委的候补中央委员，兼文联秘书。其他三位，都是非委文联的成员。

这许多人被捕之后，王明的临时中央不提营救的事，只有"非委"和被捕者亲友极力营救，可是没有什么效果。关于王明的这种态度，刘晓在《我所知道的潘汉年同志》一文中，记下了他所见到的情况。刘晓说：

> 当何孟雄等同志被捕的消息传到江苏省委时，省委正在开会。是潘汉年从特科那里得到消息后来通知的。当时，王明的表情异常冷淡，说什么这是"咎由自取"，他们是"右派反党分子"，是在反党活动中被捕的，与一般同志在工作中被捕的性质有所不同。只布置潘汉年去进一步了解情况。当大家提到如何设法营救时，王明说，他将与中央商量，省委不要管。1931 年 2 月 9 日，何孟雄等二十四位同志英勇就义的噩耗传来，潘汉年和我都主张要追悼纪念这些壮烈牺牲的烈士，却为王明所制止，他说何孟雄等虽然已经牺牲，但对这些人的错误还要彻底清算。
>
> （《潘汉年在上海》，上海人民出版社，1995 年版，第 173 页）

由此也就可以明白：为什么牺牲了二十多人的大惨案，受到纪念的只有"左联五烈士"。另外十九人，甚至连姓名都不让人知道。

直到 1945 年的《关于若干历史问题的决议》，才正式提出纪念这二十几位烈士了。决议的说法是：

在六届四中全会后接着就错误地打击了当时所谓"右派"中的绝大多数同志。其实，当时的所谓"右派"，主要地是六届四中全会宗派主义的"反右倾"斗争的产物。这些人中间也有后来成为真正右派并堕落为反革命而被永远驱逐出党的以罗章龙为首的极少数的分裂主义者，对于他们，无疑地是应该坚决反对的；他们之成立并坚持第二党的组织，是党的纪律所绝不容许的。至于林育南、李求实、何孟雄等二十几个党的重要干部，他们为党和人民做过很多有益的工作，同群众有很好的联系，并且接着不久就被敌人逮捕，在敌人面前坚强不屈，慷慨就义。……所有这些同志的无产阶级英雄气概，乃是永远值得我们纪念的。

在这一案中，除罗章龙一人以外，《决议》对其余二十几位死难者都表示了敬意。虽说按照党内的地位，只写出了林育南、李求实、何孟雄三人的姓名，但显然，冯铿、胡也频、柔石和殷夫他们也都包括在这"二十几个党的重要干部"之中了的。能够在党中央的正式决议中得到这样一个结论，柔石他们也可以瞑目了吧。

（原载《随笔》2006 年第 3 期）

家书可征国史

小沫和永和姐弟把他们爷爷叶圣陶和爸爸叶至善的通信编成一书出版，做了一件很有意义的工作。这部"书稿"的来历，以及他们为什么要出版这部书，他们自己写的文章已经说得很清楚了。我想说的只是：这部家书集生动地、深刻地反映了我国的一段历史。

这是叶至善在共青团中央潢川"五七"干校时同父亲的通信集。第一封信是 1969 年 5 月 2 日父亲写给儿子的，末一封是 1972 年 12 月 21 日儿子写回家的，不久他就回家了。在三年又八个月的时间里，父子共写了 466 封信，两人都是三天四天就写一封。这是纯粹意义上的家书，写的时候完全无意发表出来让外人看的，正因为这样，它就更具有历史见证的价值。从这些身历其境者的现场记录中，人们可以看到，在中华人民共和国，老百姓有过一段怎样的经历。

现在，就从"五七"干校说起。现在的青年读者中，也许有人从自己父祖的口中听说过一些当年"五七"干校的事情，更多的人是不知道这是怎么回事了。在中共中央党史研究室的《中国共产党历史大事记》一书中是这样说的：

> 1966年5月7日　毛泽东看了总后勤部《关于进一步搞好部队农副业生产的报告》后，给林彪写了一封信（简称《五·七指示》）。在这个指示中，毛泽东要求全国各行各业都要办成"一个大学校"，这个大学校"学政治、学军事、学文化，又能从事农副业生产，又能办一些中小工厂，生产自己需要的若干产品和与国家等价交换的产品"，"也要批判资产阶级"。毛泽东还指出："学制要缩短，教育要革命，资产阶级知识分子统治我们学校的现象，再也不能继续下去了。"《五·七指示》反映了毛泽东要在全国每一个基层单位"批判资产阶级"的"左"倾思想，并表现了他对知识分子不信任的错误态度。这个指示在"文化

大革命"中曾经广为推行，在许多方面产生了严重的消极影响。

（《中国共产党历史大事记》，人民出版社，1991年版，第277页）

"五七"干校就是推行这个指示的产物。叶至善信中所提供的数字："中央直属机关和国务院系统的五七干校共136个。"[《叶圣陶至叶至善干校家书（1969—1972）》，人民出版社，2007年版，第219页]"信阳专区的五七干校（中央的）有三十七个，约五万人。"[《叶圣陶至叶至善干校家书（1969—1972）》，人民出版社，2007年版，第183页]中央机关之外，各省市县都有各自的"五七"干校，全国干校的总人数就是个大数目了。许多知识分子就在这里进行脱胎换骨的改造。

也许是出于照顾，叶至善没有分派到大田组，而被分到了养牛组，据说，这里的劳动比较轻一些。他在信中谈到了自己劳动的情况：

每天五时一刻起床，顾不得洗脸，第一件事就是把牛牵出牛棚，免得它们在棚里多拉粪。晚上九点半给牛把了尿屎，一条条牵进棚去，然后洗脸洗手洗脚上床，大概已经十点半了。

[《叶圣陶至叶至善干校家书（1969—1972）》，人民出版社，2007年版，第41页]

现在是早晨五点开始用牛，七点半歇工，九点半又上工，十一点半休息。下午二点半上工，到六点半歇工。这样一来，养牛的工作跟着紧张起来，早晨三点就得开始喂牛。我自愿担负早晨喂牛的工作。现在是两点三刻起床，三点喂牛，给牛吃铡好的草和泡好的豆饼。五点牛上工，可以再睡一会儿，其实也睡不着了。早饭以后，清理牛场上的尿粪，切豆饼，洗刷牛槽，下午可以睡个午觉，以后就铡草，挑水，泡好晚上喂的和第二天早上喂的豆饼，在槽里放好草，为第二天早晨做好准备。

[《叶圣陶至叶至善干校家书（1969—1972）》，人民出版社，2007年版，第103页]

这也就真够艰苦了。叶至善就这样干了三年多。可是他不以为苦，或者说以苦为乐。他在一封信中说："能走上毛主席指示的五七大道，心里应该高兴愉快，不应该老想什么苦不苦。" [《叶圣陶至叶至善干校家书

（1969—1972）》，人民出版社，2007年版，第46页］不但身历其境的儿子是这样看，父亲也是这样看的。这位老教育家还真把"五七"干校看作一种新型的大学呢。他赞颂道：

> 唯有我国在"文化大革命"之初，立即传播毛主席致林副主席的信，此信为各干各业的人规定了一条"五七"道路，指出有这样一种大学校，不是与清华、北大同类的大学，而是人人都得入学，人人都得一辈子入学的大学校，不管你这个干部多么高级，也得进去再受教育。这个制度之确立，不应写在一般教育史里，而应着重写在马克思主义发展史里，因为这是超越了一般学校教育的范畴的。
>
> ［《叶圣陶至叶至善干校家书（1969—1972）》，人民出版社，2007年版，第237页］

> 应有人出来写一篇《干校无所谓毕业论》。一般学校有毕业，干校是毛泽东思想大学校，学无止境，批判资产阶级无止境，改造世界观无止境，故而无所谓毕业。即使调离干校，恢复原职务，或者调任新职务，可是得像在干校时候一样，认认真真走"五七"

道路，故而离校也不是毕业。

[《叶圣陶至叶至善干校家书（1969—1972）》，人民出版社，2007年版，第220页]

毛泽东思想真是深入人心！今天的读者看家书中写的这些话，不免会以为有些可笑。不过我可以凭我这一把年纪做证，那时绝不是只有叶家父子这样看，那时知识分子和干部中的许多人，大都或深或浅这样想的。都走过或长或短的一段迷信和盲从的路。

机关干部走"五七"道路就是进"五七"干校，青年学生也要走"五七"道路，那就是上山下乡。《中国共产党历史大事记》的记载是：

1968年12月22日 《人民日报》传达了毛泽东的指示："知识青年到农村去，接受贫下中农的再教育，很有必要。"各地立即掀起了知识青年上山下乡的热潮。"文化大革命"期间，上山下乡的知识青年达一千六百多万，国家和企、事业单位为安置知识青年上山下乡所支出的经费超过一百亿元。

（《中国共产党历史大事记》，人民出版社，1991年版，第294页）

小沫和永和姐弟就是这时上山下乡当知识青年的，姐姐在黑龙江，弟弟在延安。从这本通信集中不时可以看到他们两人在乡下的情况，可以看到全家对他们两人的挂念，看到要他们坚持走"五七"道路的谆谆教导。这些年轻人在现实的农村中奋斗了几年，逐渐发现原来听说的宣传和自己当初的凌云壮志，都是何等的不切实际，工厂招工，大学招生，回家治病，所有这些，都是一个失望接着一个失望，终于从幻想中回到现实里来。叶至善在一封信中说：

> 小沫和永和初去的时候，的确有一股劲，后来却逐渐消沉了。要不是他们有病，我一定会教训他们一顿的，可是现在，我也没有什么话好说。……他们开初以为，边疆，农村，都像报纸上报道的典型材料那样，处处令人欢欣鼓舞。而不知道就是那些典型，也是经过许多人的劳动和斗争才创造出来的，并不是一开头就那么好。碰到了现实，就不免这也不称心，那也不如意，意气就消沉了。
>
> ［《叶圣陶至叶至善干校家书（1969—1972）》，人民出版社，2007 年版，第 436 页］

1972 年 11 月 27 日，已经是叶至善要从干校调回的前夕了，他在信中对这些上山下乡的知识青年做了一个很奇特也很贴切的比方，他说：

> 干校的生活松弛得有点无聊，我就抓紧时间看《战争与和平》，已经看掉了两本，有个有趣的看法：永和他们这一伙去插队，好像沙俄的贵族子弟去从军。自己花钱购置装备，很好的装备，自己花路费，花自己的零用钱。也正像这些沙俄贵族子弟一样，到了军队里（永和他们是生产队），觉得这也不习惯，那也不理想，引起了他们许许多多心理波动。先是信心十足，后来彷徨、动摇、苦闷，怀疑自己追求的所谓"人生目的"。永和的信所表现的就是这样一个过程，他的经历很可以写成一部小说呢。

> ［《叶圣陶至叶至善干校家书（1969—1972）》，人民出版社，2007年版，第605页］

四年时间，使上山下乡的年轻人从信心十足逐渐变为彷徨苦闷。其实在干校的成年人何尝不也是这样的呢？就同物理学上讲的"弹性疲乏"一样，日子久了，就不免产生厌倦情绪了。叶圣陶在1972年8月13日的信中，写了一个他听来的"笑话"：

纪元谈起，学部干校里创作出自我嘲讽的话："一个世纪，两个年代（已从六十年代到七十年代），三个元旦（在干校经过三个元旦），四个年头。"还有把"斗批改"用谐音的办法造成三句话："逗逗（谐斗）孩子，劈劈（谐批）柴禾，改善改善生活（弄些上菜吃吃）。"

这时干校已经是一种收场的景象了。至善在一封信中说：

干校实在没有什么事，现在主要就是三张嘴：人、牛、猪。牛减少了，牛组的人反而增加了，劳动很轻松，大部分时间是学习。鸭几乎吃光了，猪的头数也在渐减。听说藕也要全部挖起来。由生产队包工，他们得七成，给我们留三成，也吃光算数。鱼也要尽量捞起来吃掉。总之是收场的局面。

[《叶圣陶至叶至善干校家书（1969—1972）》，人民出版社，2007 年版，第 604 页]

不知道他写这信的时候是不是已经意识到，"五七"道路他已经走到头了。

这三年多的时间里，国内国外发生的大事不少，国外的如阿波罗在月球上着陆、柬埔寨政变，国内的如尼克松来访、林彪事件、清查"五一六"反革命集团、"一打三反"运动等等。所有这些，在这本父子的通信集里面都有所反映。这些就不说了，只从其中摘录少许有趣的材料，看看那时中国老百姓是怎样生活的。

先看老百姓的经济生活。

国庆节北京供应之丰富，大家赞不绝口。蔬菜品种至多，副食品堆在人行道上堆不下，又堆到各条胡同里。穿的用的，样样都有，只要你有耐性去排队。

[《叶圣陶至叶至善干校家书（1969—1972）》，人民出版社，2007年版，第22页]

一月份这里未领到你的粮票，应在你那边领了。你不必再向食堂交一月份的粮票了。这件事可以去查一查，弄弄明白。

[《叶圣陶至叶至善干校家书（1969—1972）》，人民出版社，2007年版，第72—73页]

关于粮票，缠不清楚了，也不准备去交涉了。布票看去领四月份的薪水的时候是不是随同发。

[《叶圣陶至叶至善干校家书（1969—1972）》，人民出版社，2007年版，第79页]

我的双妹牌花露水今年快用完了，今天顺便到王府井，在百货大楼探问，柜上的人回说现在没有花露水了。前几天满子出去，也听说如此。莫非认为花露水是奢侈品吗，那可不对，这东西应属于医疗用品项下的。

[《叶圣陶至叶至善干校家书（1969—1972）》，人民出版社，2007年版，第145页]

原松竹园改名人民浴池，上月底开张了。我已经去洗了两次。于是洗澡理发都不必乘车跑远处了。

[《叶圣陶至叶至善干校家书（1969—1972）》，人民出版社，2007年版，第186页]

如果到家在五点左右，你就到原松竹园去洗澡，我屋子里还是蜂窝煤炉子，热度不宜于洗澡。松竹园的盆汤也不行，他们节约，每间装一个暖气设备（只有十来片），又在楼上，暖气升上去很微，又是每星期只营业两天，五天要冷却，所以热度也不够。

[《叶圣陶至叶至善干校家书（1969—1972）》，人民出版社，2007年版，第228页]

老百姓的文化生活：

我往王府井南口新华书店的新大楼参观了一下。营业部分在一楼二楼，一楼全是毛主席著作，二楼才卖各门各类的书。我觉得每层的面积太大了，柜台靠着东南西北四面摆，望去似乎很远，反觉所陈书籍之不富，买客之不多，中间空处之大而无当。中间空处开个三四千人的大会，还是很宽舒的。

[《叶圣陶至叶至善干校家书（1969—1972）》，人民出版社，2007年版，第109页]

再告你书店卖书的事，是前天钟季华来说的。在尼克松来京期间，书店里陈列出《红楼》《水浒》之类的书。买客看见很高兴，抢着买了，到收银柜上去付钱。谁知收银柜上说这些书是不卖的，你就交在这儿吧。大概也引起些口舌。消息也真灵通，外国记者对此事报道了，苏修也广播了，就在以后的一两天内。于是周总理知道了，叫吴德去处理此事，书店就吃了吴德的一顿"排头"。

　　[《叶圣陶至叶至善干校家书（1969—1972）》，人民出版社，2007 年版，第508 页]

再引一点尼克松来访时候的花絮：

　　东城区召集回来的插队青年去开会，恐怕大家不去，会后有某单位演唱的《红灯记》。地点就在八条口的陆军医院里。永和去了。讲话的人讲革命外交路线，"不亢不卑，不冷不热"，都不错。但是后面还有好些设想的问答，外宾如何问，咱们该如何答。其中一个永和回来说了，我以为很不妥。"外宾要是问你们读什么书，就回答，我们读马列的书，读毛主席的书，其他的书都不读。"这末后一句非常要不得。好在青年们未必真当一回事，要是真的这样答复外宾，岂不大坍中国之台。大概这末了一句是讲话的人说得起劲，自己添上去的。思之可叹。

　　据说现在各单位都在讨论回答的问题。总之要说假话。我看美国人也不过四百个光景，北京人口如此之众，大家碰见美国人的机会非常之少。可是这样像学生准备应付老师的考试一样，挖空心思揣摩，而主要为说假话，全背"光明磊落""说老实话"的宗旨。这对社会上的思想影响，倒真是大大可虑的事。

[《叶圣陶至叶至善干校家书（1969—1972）》，人民出版社，2007年版，第416—417页]

尼克松到京前夕，基层曾有布置，劝告居民无紧要事不要上街。我们的人民真是守纪律的，因而街上比较清净。

[《叶圣陶至叶至善干校家书（1969—1972）》，人民出版社，2007年版，第429—430页]

就在上面摘引的点滴材料中，人们可以对这一段历史有更具体更深刻的了解。家书可征国史，这部通信集就是一个显例。

2006年11月7日

朱正于北京旅次

（原载《随笔》2007年第2期）

知识分子和老百姓

薛涌的《从中国文化的失败看孔子的价值》（见《随笔》2008 年第 1 期，以下简称"薛文"）一文的最后结语说，为了中国文化的复兴，"我们需要说的是：知识分子要从老百姓的生活中滚开！"

读完这篇，我就想：难道"知识分子"同"老百姓"竟是如此不共戴天势不两立了吗？要说清楚这个问题，先得弄清楚知识分子和老百姓这两个概念的含义。据《现代汉语词典》的解释，"老百姓：人民；居民（区别于军人和政府工作人员）。"大约这是芸芸众生包括士农工商的总称吧。士，用现代语言来说，应该就是知识分子。薛文中说，"余英时将古代的'士'与现代知识分子的概念相衔接，在这方面做了非常卓越的研究"，文中还用了"'士'或者知识分子"这样的表述方式，表明他是能够赞同古代的"士"即现代知识分子的。一个知识分子，只要他没有成为政府工作人员或军人和军队文职人员，他就是老百姓中的一员。知识分子并不是在老百姓之外，而是在老百姓之中。如果要按照薛文的主张，将知识分子逐出老百姓的行列，于是四民只剩下三民，这种主张可以称为另一种"三民主义"了，一笑。

知识分子即"士"原是老百姓的一部分，这两者是部分与全体的关系。可是，士农工商，毕竟士为四民之首，现在把他单独提出来，当然是着眼于他不同于其他社会成分的特点。既然号称知识分子了，他应该受过比较完备的教育（包括自学成才的那一部分），有较高的文化知识和思考能力，通晓从历史到现实的发展，明白中国同外国的差异，因而在老百姓之中，他应该承担更多道义上的责任，常常很自然地成为老百姓事业的领头人。薛文中用了"精英"一词（从贬义）。知识分子当然并不全是精英，而精英大抵总是出于知识分子，有例外也不多吧。薛文中说的知识分子的过错，有一条是："他们总觉得自己比老百姓更懂得什么是老百姓的根本利益。"在这句话里，"老百姓"一词出现了两次。如果说，第一处是不包括知识分子自己在内的，第二处是包括自己在内的，那么，他们总是这样觉得就不但不能说是什么过错，甚至是应该努力做到的事情。如果他不能懂得并代表老百姓（包括他自己）的根本利益，就不是一个好的知识分子。

薛文反对的，正是对知识分子的这种历史定位。在谈到中国人的国民性的冷漠与麻木的时候，他说："救治这种冷漠，并不是靠鲁迅这样的精神贵族来改造老百姓的灵魂。正相反，这些精神贵族应该少过问老百姓的事务，应该让老百姓来组织自己的生活。当知识分子总要指令老百姓往哪里走时，老百姓当然冷漠。但是，当老百姓自己可以决定自己往哪里走时，他们的责任感也绝不会比知识分子差。"我当然也衷心祷祝中国终于会出现"老百姓自己可以决定自己往哪里走"的局面，但是这并不是必须以排除知识分子的参与为条件。我以为这里说的"老百姓"，应该是把知识分子包括在内的大概念。

不过，薛文也并没有把知识分子完全看成是一种消极因素。他说："乡村秩序最好的解决办法，是让农民真正具有权利来处理家乡的公共事务。他们必要时可以雇用知识分子为自己的利益服务，但知识分子绝无指导他们的权力。"这就是说，知识分子跟老百姓（不包括知识分子在内的小概念）不是一种平等合作共事的关系，而是低人一等的雇工和雇主的关系。看到这里，我就不能不想起孙中山政治学说中"权"与"能"要分别的道理。孙中山在《三民主义·民权主义》第五讲里面说：

> 我们可以拿《三国演义》来证明。譬如诸葛亮是很有才学的，很有能干的。他所辅的主，先是刘备，后是阿斗。阿斗是很庸愚的，没有一点能干。因为这个原因，所以刘备临死的时候，便向诸葛亮说："可辅则辅之，不可辅则取而代之。"刘备死了以后，诸葛亮的道德还是很好，阿斗虽然没有用，诸葛亮依然是忠心辅佐，所谓"鞠躬尽瘁，死而后已"。由这样看来，在君权时代，君主虽然没有能干，但是很有权力，像三国的阿斗和诸葛亮便可以明白。诸葛亮是有能没有权的，阿斗是有权没有能的。阿斗虽然没有能，但是把什么政事都付托到诸葛亮去做；诸葛亮很有能，所以在西蜀能够成立很好的政府，并且能够六出祁山去北伐，和吴魏鼎足而三。用诸葛亮和阿斗两个人比较，我们便知道权和能的分别。
>
> （《孙中山全集》第九卷，中华书局，1986 年版，第 325—326 页）

孙中山的这段话，我看正好和薛文互为注释。薛文中说的，"必要时可以雇用知识分子为自己的利益服务，但知识分子绝无指导他们的权力。"这样的理想境界其实是出现过的。在二十世纪五十年代，农民穿上了干部制服，坐在大大小小的领导岗位上，有权（却无能）；同时雇用了（或者说吸收了、招考了、招聘了）一大批知识分子来工作，他们有能（却无权），于是在全国大小机关普遍实行外行领导内行的制度。虽说1957年把那些不赞成外行领导内行的人一概打成右派分子，但是究竟无法长期坚持，到了"改革开放"时期提出了干部队伍要知识化、专业化的要求，选拔了若干知识分子担任了领导职务。讨论这样做的得失，不是本文的任务。这件事至少表明：薛文中提出的这个主张，在试行一段之后终于以失败告终，不得不改弦易辙了。

薛文批评了"鲁迅这样的精神贵族"。给鲁迅做这样的历史定位，我以为是武断了一点。这里，我愿意介绍他谈知识分子和老百姓的一段话，那是在《且介亭杂文·门外文谈》里说的：

由历史所指示，凡有改革，最初，总是觉悟的智识者的任务。但这些智识者，却必须有研究，能思索，有决断，而且有毅力。他也用权，却不是骗人，他利导，但并非迎合。他不看轻自己，以为是大家的戏子，也不看轻别人，当作自己的喽啰。他只是大众中的一个人，我想，这才可以做大众的事业。

（《鲁迅全集》第六卷，人民文学出版社，2005 年版，第104—105 页）

这里，鲁迅说到了事情的两个方面。第一，"他只是大众中的一个人"，知识分子只不过是老百姓的一部分；第二，他又是最初即把改革的任务承担了起来的人，这不但是中国和外国历史所证明的，就是现在和将来，知识分子恐怕也仍将担当这样的使命。就说这篇薛文，岂不也是表明一个知识分子希望自己在历史进程中发挥一点影响吗？只是他想用贬损乃至全盘否定知识分子这种手段，未必能产生积极的结果罢了。

薛文贬损知识分子，是以鲁迅作为靶子的。在鲁迅的生平事迹中，有两件事是人们津津乐道，任何一本鲁迅传记都要大书特书的。一件是他中断了医科的学业，而改以文学为毕生事业，这样才有了文学家鲁迅；另一件是他写了《阿 Q 正传》，创造出了阿 Q 这一典型形象，这样才使他成为文学史上的不朽的作家。可是正是这两件事，在薛文里却遭到了最严厉的谴责。

鲁迅从医学转到文学，这一"转变"的动机，鲁迅的想法，薛文是这样概括的：

> 在鲁迅和他的追随者们看来，阿Q所代表的中国农民，就是一群蒙昧不堪，甚至没有判断什么是自己利益的基本能力的劣等人类。他们的生命是没有价值的。这一点，在鲁迅对他留日期间著名的"幻灯片事件"的叙述中交代得就很清楚：他作为一个医学院的学生，看到中国人被当作俄国的间谍遭日军处死，一群麻木的国人在那里看热闹；他由此受到刺激，觉得这样的国人心灵不救治的话，肉体也不值得救治。

薛文对鲁迅的想法做了这样的概括之后，就宣称这是"挑战文明社会的基本医学道德的宣言"。这"上纲"就不可谓不高了。不能不指出的是，这一"概括"，只是一种武断和曲解，同鲁迅的原意完全不符。鲁迅的想法，他自己在《〈呐喊〉自序》里说得很清楚。他说，在那场"幻灯片事件"之后：

> 我便觉得医学并非一件紧要事，凡是愚弱的国

民，即使体格如何健全，如何茁壮，也只能做毫无意义的示众的材料和看客。病死多少是不必以为不幸的。所以我们的第一要着，是在改变他们的精神，而善于改变精神的是，我那时以为当然要推文艺，于是想提倡文艺运动了。

（《鲁迅全集》第一卷，人民文学出版社，2005 年版，第 439 页）

这段话的意思，怎么能够"概括"为"声称灵魂没有得到拯救的中国人肉体也不值得救治"呢？怎么能够指它为"挑战文明社会的基本医学道德的宣言"而加以谴责呢？

就来说说医学道德问题吧。假如鲁迅已经是一个医生了，他当然必须遵守医学道德的准则，也就是说，他应该竭尽全力救治他的病人，对待求治的病人应该是只看病情，对症施治，而不问其他。什么身份的尊卑，家境的贫富，关系的亲疏，见解的同异，学问的高低等等，所有这一切都不在考虑之列，都不能影响他对病情的尽心治疗。假如他不是这样做，或者如若干年前说的，在医疗工作中"贯彻阶级路线"，那么当然可以说是违反了文明社会的基本医学道德原则。鲁迅虽然一度学医，可是从未行医为业，怎么能用医生的职业道德去要求他呢？至于一个人是不是愿意选择医生这职业，并不表明他是赞同还是挑战了文明社会的基本医学道德，这本来是分属于两个不同范畴的事情。薛文对鲁迅的这一谴责，我看是不能成立的。

对于鲁迅的名著《阿Q正传》，薛文做了更多的谴责。除了上面已经摘引了的一段之外，还有好几处说到了。请看这一段：

> 《阿Q正传》和那篇声称灵魂没有得到拯救的中国人肉体也不值得救治的《藤野先生》，已经问世了几十年。在这几十年中，几代中国知识分子就被这样的作品所激励。所以也不值得奇怪，我们会有山西黑砖窑中的奴隶制度，会有广东打死讨薪民工的惨案。读《阿Q正传》长大的民族，怎么可能对农民公道？

这里对《阿Q正传》这部才两万五千多字的中篇小说的影响（当然说的是负面影响）未免评价过高了。中华民族的形成，缩小一点，汉民族的形成，少说也是几千年前的事情了。而《阿Q正传》呢，其第一章在《晨报》副刊开始连载，是1921年12月4日的事。它作为一篇完整的小说第一次全文发表，是在1923年8月初版的小说集《呐喊》中，到今天才八十几年，怎么能说这"民族"是读《阿Q正传》长大的呢？再说，山西黑砖窑和广东打死民工这两案的罪犯是否《阿Q正传》的读者，想必在审讯记录中并无记载，无从臆测。如果说，这些案件之所以发生，是因为有《阿Q正传》的"激励"，那么，我想，还可以做点增补：阿Q不是调戏过小尼姑，对吴妈有过性骚扰的记录吗？不是进城去当过窃贼吗？不是抢了静修庵的宣德炉吗？未庄不是当真发生了明火执仗的大抢案吗？因此，现今所发生的一切性犯罪、盗窃、抢劫等等刑事犯罪，大都可以从《阿Q正传》里找到渊源所自，或激励，或示范，或教唆，而且都比薛文所举山西广东两案的关系要更加密切一点。至于说，读了《阿Q正传》就不可能对农民公道，我看也未必尽然，可以举一个显然的反证：薛涌先生肯定是读过《阿Q正传》的，他对农民就不仅十分公道，而且十分偏爱，认为他们比知识分子更好。只是他所主张的叫知识分子滚开的主张，未必真正符合农民的利益就是了。

关于《阿Q正传》，薛文中还提出了这样一个问题："鲁迅本人并无直接当农民的经验。他的阿Q的原型是从哪里来的呢？"接着，他自己做了回答，是来自鲁迅留学日本期间日本的那些把中国人丑化、非人化的媒体："鲁迅留日时，正赶上这类宣传品大行其道。他受了刺激和影响，接受了日本版的中国人的观念，创造了阿Q的形象，也没有什么奇怪的。"

鲁迅为什么要创造阿Q这一形象？他在《俄文译本〈阿Q正传〉序》中说了，他是要"写出一个现代的我们国人的魂灵来"（《鲁迅全集》第七卷，人民文学出版社，2005年版，第83页），后来他在《伪自由书·再谈保留》一文中更说，他写《阿Q正传》，"大约是想暴露国民的弱点的"（《鲁迅全集》第五卷，人民文学出版社，2005年版，第154页）。作品中所写的"国人的魂灵""国民的弱点"，主要只能是他自己观察和思考所得，当然也不排除书报影视等等媒体给他的启发。当年日本那些丑化、非人化中国人的宣传，显然引起了他很深的思考和很深的反感。"幻灯片事件"引起他那么强烈的反应，就是著名的一例。他读外国人讲中国的书，认为说得对的，就接受，认为不对的，就反驳。一直到后来他都是这个态度。这里可以讲一讲他评论安冈秀夫的《从小说看来的支那民族性》这书的事。在看了书中《耽享乐而淫风炽盛》这一篇之后，他在《华盖集续编·马上支日记》一文中说：

　　我对于外国人的指摘本国的缺失，是不很发生反感的，但看到这里却不能不失笑。……"纣虽不善，不如是之甚也。"研究中国的外国人，想得太深，感

得太敏，便常常得到这样——比"支那人"更有性底
敏感——的结果。

（《鲁迅全集》第三卷，人民文学出版社，2005年版，第348页）

接着，鲁迅对安冈这书中所举的一些实例做了反驳。
从这一例也可以看出他绝不是把外国人的那些丑化中国人
的宣传都不加辨析地接受了的。

鲁迅看到过的日本人写中国的书，还应该提到内山完
造的《活中国的姿态》。鲁迅给它写的序言中说，它"有
多说中国优点的倾向，这是和我的意见相反的"（《鲁迅全
集》第六卷，人民文学出版社，2005年版，第276页）。
他不赞成内山书中多说中国优点的态度，是因为他想促使
中国国民性的改变，所以总是强调指出它的缺点，这也就
是他在《〈自选集〉自序》里说的，"将旧社会的病根暴
露出来，催人留心，设法加以疗治"（《鲁迅全集》第四
卷，人民文学出版社，2005年版，第468页）的意思。其
实，就说国民性，鲁迅是既看到了病态的一面，也看到了
另一面的。《活中国的姿态》的中文译本书名作《一个日
本人的中国观》，鲁迅在致中译者尤炳圻的一封信里，比
较了中日两国的国民性：

日本国民性，的确很好，但最大的天惠，是未受蒙古之侵入；我们生于大陆，早营农业，遂历受游牧民族之害，历史上满是血痕，却竟支撑以至今日，其实是伟大的。但我们还要揭发自己的缺点，这是意在复兴，在改善……内山氏的书，是别一种目的，他所举种种，在未曾揭出之前，我们自己是不觉得的，所以有趣，但倘以此自足，却有害。

（《鲁迅全集》第十四卷，人民文学出版社，2005 年版，第 410 页）

像"历史上满是血痕，却竟支撑以至今日，其实是伟大的"这些话，表明鲁迅看国民性，是两个方面都看到了的。《且介亭杂文·中国人失掉自信力了吗?》中的一段话，已经是人们熟知的名言了：

我们从古以来，就有埋头苦干的人，有拼命硬干的人，有为民请命的人，有舍身求法的人……虽是等于为帝王将相作家谱的所谓"正史"，也往往掩不住他们的光耀，这就是中国的脊梁。

（《鲁迅全集》第六卷，人民文学出版社，2005 年版，第 122 页）

这就是鲁迅的看法。说他把中国人看成了生命没有价值的劣等人类，真是厚诬古人了。

薛文中还有一处很有点意思的自我表白，值得在最后拿来谈一谈。那是几年前他对给他看病的外国医生断言："从现代历史的角度说，中国文化是个失败的文化，至少不能说是个成功的文化。"怎样论证他的这一判断呢？用他"单刀直入"的说法是："我愿意我和我的孩子生活在这里。你希望你或你的后代生活在那里吗？"

我相信这是他由衷的选择。但是显而易见，这并不是两种文化的比较和选择，而是两种生活条件（包括社会政治制度、经济发展水平等等）的比较和选择。这样说，完全没有能够回答中国文化是成功或是失败的问题。不过，他这样说，确实表明了他和鲁迅完全不同。增田涉的《鲁迅的印象》中记下了一次鲁迅同几个日本友人的会见：

> 那时，鲁迅很说了些中国政治方面的坏话。白莲君便说，那么你讨厌出生在中国吗？他回答说，不，我认为比起任何国家来，还是生在中国好。那时我看见他的眼里湿润着。

鲁迅写小说，写杂文，揭露中国的消极现象，目的是为了中国好啊。

现在我们在讨论中国的文化，中国的国民性，中国的现状和未来，谁最有发言权？让我来说，应该是挚爱这片土地、坚守在这片土地上、为这里还存在的消极现象感到痛心，而尽自己的一份力量使情况逐渐有所改善的人。这样一种态度就使他绝不会发出不负责任的言论，不会提出不负责任的主张。而像薛文所表白的，他已经厌弃了这片土地，不但自己不想回来了，连子孙后代也不回来，他对这片土地还有什么责任心呢？隔着辽阔的太平洋，说些什么"中国文化的失败，正是孔子所代表的文化精神早已失传的结果"呀，"阿Q的麻木，其实是鲁迅的麻木"呀，等等等等，怎么能让读者认真看待呢？

2008 年 3 月 7 日

（原载《随笔》2008 年第 3 期）

六首诗的著作权问题

我很喜爱绀弩的诗。他的《散宜生诗》的注释本就是我在他本人的指点之下做的。后来山东侯井天先生努力搜集佚诗，编印《聂绀弩旧体诗全编》，一再增补重印，真是绀弩的功臣。每有新的发现，我都是很高兴的。

在《黄河》双月刊（2006年第6期）上看到寓真先生的《六首爱情诗与聂绀弩的离婚逸事》一文，一开头就引了七律六首，都是不见于聂集的，我当然就极有兴趣地来细读这篇文章了。

这篇文章，正如它的标题所表示的，是说了两件事：一件，是作者发现了绀弩的六首佚诗，并且断定是爱情诗；二件，是绀弩和周颖的婚姻关系曾经破裂过，是离婚之后再复婚的。这是两件事。为什么拿来做截搭题呢？寓真认为，这一度的离婚表明了绀弩的感情生活中的波澜起伏，"其原因就是与另一个女性的割舍不断的情缘"，"聂当时深陷于离婚风波和感情矛盾中，六首爱情诗写于这段时间中应是无疑的。""六首诗从始到终，都弥漫着这般缠绵悱恻的思念，和蓬山远隔的惆怅情怀。"这样，一度的离婚就和这六首爱情诗有密切的关系，当然可以拿来做一篇"合论"了。

寓真此文还提到另一件事："聂绀弩在桂林时还和'新中国剧社'一个女演员有过罗曼史。……聂写六首爱情诗是否与这个女演员有关，可作为另一种猜测。"这就是说，他还不能最后断定绀弩究竟是为这一位女士，或是为那一位女士写的情诗，但总是为某一位女士写的一组情诗"无疑"的了。

这一组诗是怎样发现的呢？寓真文说：

以上六首诗，是从聂绀弩的刑事诉讼档案中发现的。原稿是用钢笔竖写在一页信纸上，前无标题，后无落款，因为是和聂绀弩的其他一些佚散材料杂存在一起，所以初步认为是聂绀弩所作诗稿。再结合其他一些情况，大体可以推断六首诗是聂绀弩于1954年前后所写。

这页诗稿是写在印有"人民文学出版社"笺头的信纸上的。

下面，就是介绍同时发现的存放在一起的是一些什么杂件，接着结论说：

由这些收存在一起的文字可以印证，六首诗的诗稿是聂在人民文学出版社工作期间写下的，具体时间应该是与那些研究《水浒》的札记同时，即1954年前后。

发现的过程，写得清楚明白：写诗时的心态，也做了细致的分析，这岂不已经是一篇很圆满的文章了吗。不料这时却发生了节外生枝的事情："就在我写就这篇短文之际，得到了一个信息：舒芜先生说这六首诗的诗稿是他的作品。"假如舒芜此说属实，那么新发现的六首诗，就并不是绀弩的佚诗，而所做的种种分析也就全是白费气力了。

现在很容易知道，这六首诗确是舒芜的作品。早在寓真公布他发现这六首诗（2006年11月）之前5年，2001

年 12 月，河北人民出版社出版了一部《舒芜集》，其第八卷收有《天问楼诗存》，这六首诗就全都收入了。因为这是最后定稿，所以和寓真所发现的手稿文字偶有歧异。而且每首各有标题，作于不同地点和时间，显然并不是一组诗。现据以照录如下，带方括号注明寓真文中的异字：

拟无题次歇脚盒韵

一九四五年　白沙

微波远梦两凋残，裂茧冰丝绪万端；

碧海已看催石转，青春犹是怨更阑；

弥天芳讯惊鹣鹠，失路佳期感凤鸾；

再世浮萍三世水，无 [何] 妨清减为幽兰。

（《舒芜集》第八卷，河北人民出版社，2001 年版，第 439 页）

清　江

一九四五年　白沙

莺飞草长入华年，短梦偏教拾翠钿；

万古贞盟 [梦] 填海石，三生幽事出山泉；

清歌声断春江曲，怅望人归落照边；

楼上轻愁楼下怨，何须回首已成烟。

（《舒芜集》第八卷，河北人民出版社，2001 年版，第 440 页）

归 来

一九四六年　桐城

十载归来对晚秋，秋心过雨小迟留；

巴山历乱青春梦，江水奔腾故国愁；

白眼惯看豺虎［狼］路，黄金能买鹔鹴裘；

千生万死酬恩了，检点人间九世仇。

（《舒芜集》第八卷，河北人民出版社，2001年版，第445页）

经 年

一九四七年　徐州

楼台残照葬芳春，碧草天涯色正新；

两地可同帘外雨，经年难避梦中人；

娉婷旧影宁能老，豌［婉］晚佳期未算［是］贫；

天末云山山下路，情怀长负胆［瞻］轮囷。

（《舒芜集》第八卷，河北人民出版社，2001年版，第445页）

鹅 黄

一九四七年　徐州

篱落阴阴白昼长，蔷薇藤蔓正当窗；

蓬山远近同无恨，人世飞潜总是狂；

旬日顿教观月缺 [阙]，一生终遣梦鹅黄；

只今北地哀风里，只有临风问夕阳。

（《舒芜集》第八卷，河北人民出版社，2001 年版，第 456 页）

铲　梦

一九五三年　北京

铲梦锄花总未真，文章何处赎青春；

无端消息斜阳柳，着意思量陌路尘；

逝水可经前日路，东风不拂 [揣] 再来人；

此生永 [已] 是蓬山隔，笑煞陈王赋洛神。

（《舒芜集》第八卷，河北人民出版社，2001 年版，第 498 页）

这里第二首"梦"改"盟"，第三首"狼"改"虎"，第四首"瞻"改"胆"，第六首"揣"改"拂"，显然都是改正错字。

寓真文说："至于舒芜先生的诗稿如何到了聂的手上而至于被搜去，细节没有详述。"其实这细节不说也是容易明白的。那时舒芜和绀弩在人民文学出版社第二编辑室（即古典文学编辑室）同事，有交情，他们的交情只要看绀弩诗集中那多首赠重禹（即舒芜）的诗就明白了。大约是某日舒芜随手取社中信笺写了这六首诗给绀弩看，在后来的政治运动中，这张写了诗的信纸就随同其他杂件被搜去了。不可解的是，当舒芜提出这六首诗是他的作品之后，发现者为什么不去翻阅一下几年前出版的《舒芜集》。只要一翻，这问题不就解决了吗。因为没有走这条捷径，结果就做了许多不必要的猜测，写了好些不必写的文字。不过，我以为，作者的艺术鉴赏力还是可敬佩的，尽管他努力证明这是绀弩的诗，但是他指出：

这六首诗从内容到艺术风格，都是聂绀弩后来的诗作中所鲜见的。其笔调之幽渺朦胧、低回反复，若似李商隐，这与《散宜生诗》有所不同。但从巧妙用典和工整对仗方面来看，仍然有着聂诗的显著特色。

可知他已经看出这不是绀弩诗的风格了。

【附记】 本篇第一稿写成，我即寄到《黄河》，希望让看了前文的读者看看，以相衔接。寄出一年未见刊出，不得已，只好重写一次，另找地方发表，以免侯井天兄一时不察，又为这六首新发现出一个新的增订本。

(原载《随笔》2008 年第 6 期)

遗札盈箱有泪痕

小芬师妹来电话，希望我将她父亲孙用先生给我的信件送给她。我就从箧底将这一包信件寻了出来。我想，在交还之前，我应该把这些信件，这些每一封都是计算着日子、盼待邮局送来的信件，最后重温一遍。我就一封一封把它打开……

他给我的第一封信是 1975 年 12 月 27 日写的。我不认识孙先生，也没有写信给他，忽然收到他的来信，很觉意外。看了信才知道，他是受冯雪峰先生的委托，寄还稿子给我。他在这信中说：

昨日往访雪峰同志，他因身体不好，嘱我将大稿

《正误》及《管窥》两种，先行寄还，不久当由他直接写信给您，略提意见。又《补注》一种，他说是否可以转给出版社看一看，请他们提提意见？

三种大稿，我都从雪峰同志处借来看过。《管窥》比较专门（语文），我不能说什么。《正误》所指摘的几处，也都凿凿有据。回忆文的可议处，大都由于写作者年纪比较大了，记忆难免模糊，有时就难免以意为之。《补注》稿，我还未看完，因手边另有工作，时看时辍，以致迟迟，实在抱歉。等看完后，我一定提出鄙见，向您请教。

我现在在家工作，很少去社；也因年纪大了，我比雪峰同志还大一岁。

这里，得插说一下这事的起因。1975年，我将我的《鲁迅回忆录正误》的部分书稿，以及另外两种文稿，寄给冯先生请教。这件事，现在这么平平淡淡叙述就行了，可是那时还是在"文化大革命"中间，这就是一件颇有一点风险的事情。例如，《正误》书稿中有一篇《关于瞿秋白在鲁迅家避难的情况》，那时瞿还被诬为"大叛徒"，我在书稿中也不敢写明他的姓名，只用"何苦"这个名字来代替。冯先生当然一看就知道这"何苦"是谁，也完全能够理解我的谨慎。事实上，他也同样（或者说：更加）谨慎，才托孙先生寄还稿子给我。

我收到孙先生挂号寄还的稿子之后几天，收到了冯先生给我的最后一封信（1976年1月5日），他写这信之后二十多天就去世了。信中他详细说明了为什么托孙先生退稿的事：

> 当初我收到你这稿时曾在几天之内分几次翻阅过一遍，因为身体关系，看得很粗略，但也得了印象，觉得你"正"的是对的，你确实花了很多时间和很大精力，做了对于研究鲁迅十分有用的工作，不这样细心和认真加以核正，会很容易这么模模糊糊地"错误"下去的。不过我对你的"口吻"，却很不以为然。你确凿地指出了许先生的这些不符合事实的地方，这指正本身已很有说服力，而用不到"论战"的以至"谴责"的口吻和锋芒的词句。而且一方面，我想我只要一提，你就会感到，在这种口吻中又流露了你的似乎压制不住的骄傲，这是我觉得更加值得你注意一下的。我当初有这样感觉，孙用同志来看我时，我就同他谈起，认为你做了很好的"正误"，但你的"口吻"有缺点，容易引起别人的反感，所以我先不请人

去看，却请他看看，是否也有同感。他看了，对我说他有同感，也觉得容易引起反感，不如先寄回你自己，口吻上加以修改之后，再给人看。于是两人商量之后，我就托他寄回给你了。孙用同志同我是至交，在这件事上他又显出对于你的爱护，虽然他不认识你。其次，你有这稿子寄给我，有好几个人知道，都想拿去看看，向孙用同志要，孙用同志回复说必须得我同意，于是又来向我要，我先回说等孙用拿还给我，让我看看再给；但如第二次再来要，我就不好回复了，于是和孙用商量结果就决定先寄回给你，对别人则说是你来信要立即寄回去修改的。果然第二次又来要了，我也就这样回复了。你能明白这经过并谅解我们的"用心"吗？

这"经过"，其实这信中并没有全部写出来。后来我听孙先生说，才完全明白了。当时急于想看看我这稿子的，是人民文学出版社鲁迅著作编辑室的同事杨霁云先生。冯先生和孙先生考虑到，那时杨先生和周海婴先生交往甚多，不愿意生出些事来，就由孙先生把稿子寄还给我了。在"文化大革命"当中，什么匪夷所思的事情都发生过，弄得不好，这一部书稿也就足以取祸了。知道了这个细节，我更明白了两位先生爱护我的用心。

孙先生第二封来信（1976 年 1 月 31 日）却是一封我极不愿意收到的信：

先报告一极坏的消息：雪峰兄已于本日（1 月 31 日）上午 11 时 40 分去世。关于鲁迅研究，他的死，实在是极巨大的损失。

"人生到此，天道宁论？"

我能够感觉到这八个字包含了多少悲愤。

冯先生是在知道自己来日无多的时候，把我介绍给他的至交孙先生，托他接着照看了我好几年。

2 月 16 日，给冯先生开了一个没有悼词的追悼会，我去参加了，并且趁这机会拜望了孙先生，从此，和他之间信件往来就多了。那时我的政治身份是"现管四类分子"，社会职业是一名测量工，远离学术界，就连一张图书馆的借书证也没有。除了一部 1956 年至 1958 年出版的十卷本《鲁迅全集》，我再也没有任何相关的专业书籍了，想做一点研究，真是寸步难行。孙先生不但是人民文学出版社鲁迅著作编辑室的成员，那时还是鲁迅研究室的八位顾问之一，原来就富有相关的藏书，还不断获得新的书刊资料。

如果他得到的是两册，就一定分一册给我。鲁迅研究室编印的《鲁迅研究资料》第一辑出版，他收到就立刻给我寄了一册来。他1977年6月19日的来信中说："《鲁迅研究资料》最近出版，前天他们给我送来了二册，兹将其中的一册邮上，即以奉赠。对于鲁迅研究，我自认已经无能为力，而您则前程万里，对今人和后人是一定有所贡献的。"他给我这样大的鼓励，是要正处在困顿中的我不要丧失信心，不要放弃努力。接着，孙先生在信中提出：我是不是可以考虑向这个刊物投稿的事。他说："《研究资料》编者的话说，欢迎投稿。您如果有兴趣，不妨整理一些旧稿和写一些新稿寄去。这是我同意河清兄（朱注：即杭州的黄源先生，孙先生介绍我和他通信）的，但我不赞成《正误》中涉及许广平先生的几篇。在现在的情况下，这些大约还要过一个时期再予考虑。《资料》（1）中也有好些许广平先生的回忆，我还没有看。我离群索居，消息迟钝得很。总之，给《资料》寄稿与否，由您决定。"在这封信里，孙先生还谈到了我的《鲁迅手稿管窥》一稿，表示"这一本稿子我是很欣赏的"。

在孙先生的鼓励下，我还真寄了点稿子给这刊物。以我当时政治贱民的身份，碰个钉子可说是意料中的事。后来我在这刊物发表文章，那已经是我恢复了正常人的身份以后的事情了。

我买到了一本上海人民出版社 1976 年 9 月出版的周建人著的《回忆鲁迅》。其中有价值的回忆资料可说是绝无，谈到鲁迅的事情，就是肆无忌惮的歪曲和编造。书中多次出现"深入批邓，反击右倾翻案风"这一类与鲁迅绝无关系的字句。我就写了一篇文章，指出书中涉及鲁迅生平事迹的妄说，可是又想为这位高高在上的作者开脱，说是别人冒他的名的骗局。我把这稿子寄给孙先生看。1977 年 9 月 12 日他回信说："关于《回忆鲁迅》的一篇的内容，当然与《正误》诸篇，同是费力之作，不过'引子'中的说法，私意觉得似有问题。这书的题签系由作者自署，内容一定看过或至少听过，而且有几篇也在近来的报刊发表过，所以说是'冒名'的'骗局'，似乎难以置信，您以为如何？这篇文章，如果是指定题目的约稿，那就没有问题了。"他信中还说："您又说起，是否寄给作者请教，基于以上所提意见，我是不同意的，我要胡说一下，所谓伟人，总是莫测高深者居多。但如果写一下正式的'正误'，则的确'怕不方便'，所以也只能等以后的机会了。不知您又以为如何？"周建人的这本书后来也不见再有人提起，可说是毫无影响。我这一篇如果发表出来，就是无的放矢，当然也就不必保存了。孙先生提醒我不要去招惹莫测高深的伟人，又一次表明了对我的爱护。

当时王世家先生在黑龙江省爱辉县教师进修学院工作，他出版了一种《读点鲁迅丛刊》，在出版界一片荒芜的年月，他这刊物在国内"鲁研界"一时颇有影响。1977年11月2日孙先生的信就是谈这《丛刊》第一辑（1977年7月出版）的：

> 我的亲戚先看了《丛刊》中唐弢同志的文章，觉到其中提到冯先生时，用语似乎不太好，我也有同感！五卷（朱注：指《毛泽东选集》第五卷，1977年4月出版）出版后，冯又成了被斥的对象，最近《解放军报》上也有读五卷的注释文，对冯先生很不客气（我没有见到此文，是别人告诉我的）。这不过使我们生气而已，冯先生如果活着，他也会毫不介意的。因为有位以前骂过他的人，在他去世前不久，又去访问请教他了。别人给他指出来，冯先生却很平静地说："没有什么，他只好骂呀！"唐弢同志的文章，我不大看，尤其是近来发表的理论性的文章，武汉出版的《读点鲁迅》第二辑，还有一篇他写的《关于鲁迅思想发展的问题》，不知您见过否？我最怕趋时（或趋炎）的文和话，因为它早晚市价不同，自己也不知道

怎么好之故。

在这封信里，孙先生还讲了这样一件事："昨日王仰晨同志枉访，我给他看了唐弢同志提及冯先生的话，王即说：如果冯夏熊见到，一定要生气的。"

孙先生这信中提到的唐先生的两篇文章，当时我就看了的。现在各摘引几句，读者看了就知道孙先生为什么如此反感了。在爱辉版的《读点鲁迅丛刊》第一辑有一篇《唐弢同志关于学习鲁迅的报告》（1976 年 7 月 20 日），其中是这样说到冯先生的：

> 1936 年 1 月国防文学这个口号提出的时候，鲁迅就觉得阶级观点不鲜明，正式提出民族革命战争的大众文学的口号，是 1936 年 4 月下旬二十几号的事情，冯雪峰由延安（朱注：当时冯不是从延安而是从瓦窑堡出发的）到了上海（当时党派他到上海，这个人后来变成右派，现在死了），向鲁迅传达了主席在瓦窑堡会议上的讲话。

孙先生信中提到的唐先生的《关于鲁迅思想发展的问题》，是他 1976 年 10 月 28 日在福建师大中文系师生座谈会上的长篇发言。在发表前，"唐弢同志对记录稿重新审阅并做了详尽的修订和补充"。孙先生是把它作为"趋时（或趋炎）的文章"标本提出来的，值得仔细看看。通常人们认为，学术的进步，就在于提出和解决前人没有提出过、没有解决过的问题。唐先生这篇文章的说法却不是这样，他说的是：

> 首先，主席论鲁迅，这是我们主要的指导思想，其他像马克思主义经典作家的评论，也要考虑。我们感到特别幸福的就是毛主席直接谈到鲁迅，这是我们作为讨论研究作为指导思想的最重要的一个方面。

这里"马克思主义经典作家"一语费解。马克思主义经典，即马克思、恩格斯本人的著作，马克思主义经典作家即马克思、恩格斯二位了。后来出现了马克思列宁主义这个提法，于是经典作家又增加了列宁、斯大林二位。我没有听说过马恩列斯这四位经典作家评论过鲁迅。是不是指其他党的高级领导人呢？总之我猜不出。

怎样根据主席的指示来研究鲁迅呢？毛泽东说过："鲁迅后期的杂文最深刻有力，并没有片面性，就是因为这时候他学会了辩证法。"从这句话，唐先生演绎出了这样一些结论："在前期，鲁迅还没有掌握辩证唯物主义。""鲁迅思想有前后期之别，因为这是主席说了的，是符合马克思列宁主义的。"可见他的"鲁迅研究"，不过是把鲁迅剪裁到一个预设的模型里面去。这种文章的命运如何，我只知道这两篇都没有收入十卷本的《唐弢文集》。不要做趋时（或趋炎）的文章，是孙先生对我最重要的教诲。

1977 年 11 月 25 日的来信中，又涉及了唐先生。信中说：

> 最近，鲁编室新增加了三位领导：林默涵及冯牧、秦牧，据说是主持鲁迅著作出版事宜的，还发表了相关的顾问八位，他们是郭沫若、茅盾、周建人、周海婴、王冶秋、李何林、曹靖华、杨霁云。没有唐弢，我想到，如果冯先生还健在，也不会有。

这封信中还说了一件事：孙先生将我缺的《文艺报》分作三大包邮寄给我，信中说："我觉得此刊物，还可以参考，那时的文坛动态和人物升沉，总能查到一些。不过，这对于我已完全无用，看起来又吃力，你也许可以利用一点，只能请你晒纳了。"

那时文学研究所编了一本《鲁迅手册》。孙先生和我都看出了书中不少毛病，在通信交谈对这本书的批评。1977年12月5日的来信中说："我以为意见以校勘性质者最实用，其他即难免词费。对于《手册》，我也写了二页正误表去，只指出了六七点明显的错误而已。这正误表，以笔名一部分为限。"孙先生在这信中讲的一件事，就是寄出了七种书刊给我的事，"这些你慢慢看不要紧，不必着急还我。"

1978年7月8日，孙先生又寄了一包书给我。附信说："我的旧译《腊玛延那·玛哈帕腊达》，最近重印出书，他们送我几十册，现在交邮寄一册，请你指正。此书英译原本节得太多，而我的中译文又诌得太差，实在是不值得重印的。同时寄上《契诃夫小说选》上下二册，你大约早已见过，给你的孩子们看看吧。南京师院寄来《资料简报》本年第4、5期，亦一并寄上。"那时我们小小测量队正在岳阳造纸厂工地测量，我把这书带到工地上去了。读完之后，我就写了一首诗寄给孙先生：

何来妙手巧移栽？天竺奇花震旦开。

息达多情甘粝藋，腊玛有志弃琼瑰。

译得史诗真史笔，能传诗史自诗才。

客中得此共晨夕，酷暑吟哦亦快哉。

到了 1978 年，政治空气又有了一点松动。6 月 16 日我的右派分子帽子被宣布摘掉了。那是根据中央十一号文件《关于全部摘掉右派分子帽子的通知》摘掉的。我把这事写信告诉了孙先生。他 8 月 28 日的来信说："在这以前，仰晨兄和我谈到你的事，总是不胜惋惜，但亦感到无能为力（这仅指仰晨兄而言，我则从来没干过比较重要的职务，如组长、主任之类），徒唤奈何！希望不久可以发表的新结论能使你满意，其实大势所趋，一定要如此的。"这不只是给我安慰，孙先生确实看到了清理历史旧案的"大势"。

1978 年 12 月 15 日的来信，孙先生又写下了对我的安慰和鼓励："您二十年来的生活道路，真也经历了千辛万苦！但愿'严霜烈日都经过，次第春风到草庐'。纸短情长，不尽欲言。"在这封信里还谈了一件我投稿失败的事，我把《鲁迅研究资料》给我的退稿信寄给孙先生看了，他回信说："退稿复信之意见，也就是不用的意思：一是性质不合，二是资料欠足。其实如果资料太多，一定还有不用的理由。回忆资料固然多多益善，但如果未经核实者多，则未免越多越混乱，因为记忆不很靠得住，而况回忆作者大都是老年人乎？所以，您写的《回忆正误》，就显得有益而且有用了，可惜又无处发表，奈何！"

人民文学出版社创办了《新文学史料》，我在 1978 年除夕收到了孙先生寄赠的创刊号，很高兴。连夜读完，就写了一首诗表示感谢：

> 除夕得孙用同志寄赠《新文学史料》创刊号，书此致谢：
>
> 又值人家祝福时，灯昏室静雨如丝。
>
> 家贫喜有新书读，身废唯馀长者知。
>
> 述志尚存千里梦，酬情聊寄七言诗。
>
> 欣然展卷忘忧乐，不觉人间岁序移。

我在复信中表示，希望能在《史料》上读到孙先生的文章，并且出了两个题目：一、《勇敢的约翰》中译本出版的前前后后；二、冯雪峰同志二三事。1979 年 1 月 17 日孙先生复信说："你给我出的文题，我是很乐于接受的，但第一题写起来，难免抬高自己，而第二题又难免侵犯别人，总不如不写之为愈也。"后来他一直没有写这两个题目。

这封信中还谈到："对冯先生的翻案问题，大约可以通过。据说我社各部门都分别讨论过，意见是一致的。一般的主张是推翻以前的结论和恢复党籍等。"

在这信里还有这样一段:"周楠本同志的《索引》稿已寄来,我复信说到二月底以前寄还他,我大约也提不出意见。他下放十年,还能从事此种工作,实在使我有佩服之感!"周楠本是我的老友周艾从的儿子,这时是上山下乡知识青年,好读书,鲁迅著作读了不少。我看鲁迅日记有索引,而书信集没有索引,就请他做了一个,并建议他寄给孙先生请教。

那时,人民文学出版社鲁迅著作编辑室正在着手准备新版《鲁迅全集》,有意借调我去做一点工作。孙先生和王仰晨先生(鲁编室主任)交谈这事。1979 年 2 月 18 日的来信中,孙先生通报了一点交谈的情况:"借调事不知结果如何?我曾于日前致函仰晨兄询及,他来信说'借调事以工资问题无法解决而无进展',现在不知进展得如何,念念。"反右派斗争中我受到开除公职的处分,这问题不解决,就不会有谁承担我的借调工资。不过到了这时候,这问题也接近解决了。

1979 年 3 月我这右派分子的问题终于"改正"了,分配到湖南省出版局上班。这时我就着手整理《正误》书稿,准备付印了。我想起孙先生对这部书稿的关心和帮助,现在得到了正式出版的机会,就想到应该请他题签作序了。3 月 26 日孙先生复信说:

最可喜的是您有了新的转变，这真是好事，可喜亦复可贺！上了新的岗位之后，如能来京查阅资料，我们即可快晤，非常欢迎！

谈到我请他为《正误》出版题签作序的事，他说：

您给我的"差事"，我无以应命。为什么呢？

第一，对于许先生，我还抱有相当的敬意。解放前，我的那本《鲁迅全集校读记》，是由她介绍出版的，她当时还送我两部全集。解放后，我的参加鲁迅著作编刊社，也是由她推荐的。那时我和冯先生还不相识。尊稿《正误》的大部分，都是针对许先生的《回忆录》而发的，如果由我题签、作序，总觉于心不安。

第二，先说几句自己。我自十七岁投考邮局，到四十岁退职，其后在浙江乡间教书或失业，颠沛流离，到解放为止。我读书不多，友人极少，文坛名人，几乎全不认识，真正是离群索居，孤陋寡闻。解放后任鲁迅著作编刊社编辑，不久即转任人民文学出版社编辑（冯先生先是鲁编社的主持者，后来是人文社社长）。一九五二年以后，人文社陆续出版了我的好几个译本，我的生活可以说是太好了，除了"文化大革命"期间曾被隔离审查了六个月。我生性不会发言，又没有真才实学，就使我更不敢说话。等到到了一九七六年十一月我自动申请退休以后，才算还我故吾，心安理得地过着退休的生活。一两年前我还诌了一首小诗，唱出了我的心情：

> 域中海外亦喧阗，徒负虚名实可哀；
> 二十年间春去也，高高兴兴下坡来。

基于上述情况，您一定可以原谅我的有违尊命了吧。

孙先生不肯为《正误》题签作序，我当然有一点失望，不过从这件事情上，确实显出了他"有古人风"。

我恢复工作以后，湖南省出版局因人设事，成立了一个"鲁迅研究编辑室"，由我负责。为了组织书稿，由出版社的领导李冰封先生和我二人到北京、上海去跑了一圈，中间也去拜访了孙先生，说定将他的《鲁迅全集校读记》交湖南人民出版社出版。当我正在处理这部书稿的时候，忽然接到他 1979 年 8 月 25 日的信，提出推迟进行：

"这部书其实不出也不要紧，如果要出，一定要等到新全集出版以后，那才及时而且也许有用。"这意见当然很对。于是就等到新版《鲁迅全集》出版之后，每一条校记注明的都是新版全集的页码，到1982年6月才印了出来。可见孙先生对自己著作负责、对读者负责的精神。

1980年这一年，我是借调到人民文学出版社了，距孙先生的住处红星胡同不远，当有趋前请益的机会，这期间当然就不用写信了。

孙先生给我的信很多，我在一封一封重新展读的时候，仿佛又回到那岁月去了。"身废唯馀长者知"，那时，除了他之外，再没有一人这样看重我，关切我，帮助我了。我读它们还像当年第一次拆阅时一样的感动。屈指算来，他去世已经二十六年，我现在已经是他那个年纪了。他去世的时候，我写了两首挽诗，略抒了我的感激之情。现在抄下为本篇作结：

道德文章并世尊，老成人去典型存。

应无遗憾目长暝，犹记弥留手尚温。

万里难修师弟谊，十年负尽死生恩。

从今请益知何处，遗札盈箱有泪痕。

饱看沧海变桑田，八秩文星返九天。

劳动纪勋来域外，校仇绝学出灯前。

丈人慷慨推知友，贱子沉沦结胜缘。

厚谊高情无可报，唯将余日事丹铅。

诗中提到的一些事情，上文都简单说过了。只有孙先生曾获匈牙利政府授予的劳动勋章一事，是上文没有说过的。

2009 年 9 月 1 日

（原载《随笔》2009 年第 6 期）

傅斯年与周氏兄弟

一

傅斯年（字孟真）还在北京大学国文门当学生的时候就已经在《新青年》杂志发表文章，参加"五四"新文化运动了。1918年1月，他在《新青年》第四卷第一号上发表了第一篇：《文学革命新申义》。接着，他在第二号、第四号，以及后来的五、六、七各卷，都有文章发表。可是他并不满足于向《新青年》投稿，于1919年1月，和一些好友合作创刊了《新潮》月刊。它追随《新青年》之后，也成了推动新文化运动的一本重要刊物。

116　拾零新集

　　鲁迅和周作人都是《新青年》月刊的重要作者。傅斯年以很大的兴趣和敬意细读了他们的作品，情不自禁地表示了由衷的赞扬。他在《新潮》第一卷第二号发表的《怎样做白话文》一文中谈到中国话的欧化问题，说：

　　　偏有一般妄人，硬说中文受欧化，便不能通，我且不必和他打这官司，等到十年以后，自然分明的。《新青年》里的文章，像周作人先生译的小说是极好的，那宗直译的笔法，不特是译书的正道，并且是我们自己做文的榜样。

　　（《傅斯年全集》第一卷，湖南教育出版社，2003年版，第136页）

　　不但赞赏周作人的文笔，更赞赏他的见解。在《新潮》第一卷第五号上发表的《白话文学与心里的改革》一文中，傅斯年从周作人（署名仲密）新发表在《每周评论》上的《思想革命》这篇里摘引了一大段文字（见《周作人散文全集》第二卷，广西师范大学出版社，2009年版，第132页），说："我看了很受点感动，觉得他所说的都是我心里的话。"（《傅斯年全集》第一卷，湖南教育出版社，2003年版，第245页）周作人这篇的主旨，简单些说：古文所表达的荒谬思想，也可以用白话文表达，"中国人如不真是革面洗心的改悔，将旧有的荒谬思想弃去，无论用古文或白话文，都说不了好东西来。"傅斯年很赞同这个见解，他说："中国人在进化的决赛场上太落后了，我们不得不着急；大家快快的再跳上一步——从白话文学的介壳跳到白话文学的内心，用白话文学的内心造就那个未来的真中华民国。"（《傅斯年全集》第一卷，湖南教育出版社，2003年版，第246页）

这就从文学形式的革命谈到文学内容的革命了。谈到这一点，他又要引证周作人了。他说：

> 然而白话文学内心的命运却很有问题。白话文学的内心应当是，人生的深切而又著明的表现，向上生活的兴奋剂（近来看见《新青年》五卷六号里一篇文章，叫作《人的文学》，我真佩服到极点了。我所谓白话文学内心，就以他所说的人道主义为本）。
>
> （《傅斯年全集》第一卷，湖南教育出版社，2003年版，第248页）

《人的文学》，周作人作。（见《周作人散文全集》第二卷，广西师范大学出版社，2009 年版，第 85 页）傅斯年对这篇文章的评价：

> 据我看来，胡适之先生的《易卜生主义》、周启孟先生的《人的文学》和《文学革命论》（注：陈独秀作）、《建设的文学革命论》（注：胡适作）等，同是文学革命的宣言书。
>
> （《傅斯年全集》第一卷，湖南教育出版社，2003 年版，第 249 页）

这样高度评价《人的文学》的并不只是傅斯年一人，像胡适在《中国新文学大系·建设理论集》的导言中就说它"是当时关于改革文学内容的一篇最重要的宣言"。

《新潮》上经常发表一些新诗。在第一卷第五号新诗栏中，一开头就转载了周作人（署名仲密）的《背枪的人》和《京奉车中》这两首诗。傅斯年的按语说：

> 我们《新潮》登载白话诗业已好几期了，其中偏于纯粹的摹仿者居多。我想这也不是正当趋向。我们应当制造主义和艺术一贯的诗，不宜常常在新体裁里放进旧灵魂——偶一为之，未尝不可。所以现在把《每周

评论》里的这两首诗选入，作个模样。记者斯年

（《傅斯年全集》第一卷，湖南教育出版社，2003 年版，第 283 页）

转载周作人的这两首诗，诚然有傅斯年按语中说的作为范本的启思、推崇的意思吧。想来还有一个意思，就是希望在《新潮》上发表周作人的文稿。在第二卷第一号上周作人发表了他的重要文章《访日本新村记》（见《周作人散文全集》第二卷，广西师范大学出版社，2009 年版，第 174 页）。这以后，他还在这里发表了几篇译文。

在《新潮》第二卷第四号目次前一页上刊出的《本社特别启事（二）》说：

今将新加入本社社员，郑重宣布如左：

周作人（启明）

周作人成了新潮社的社员。在《新潮》第二卷第五号卷末刊有《本社纪事》一篇，其中说：

适值社员徐子俊、张申甫（朱注：徐彦之、张崧年）两君将有欧洲之行，周作人君新加入本社，于是

在京全体会员假中央公园开会，欢送张徐两君，欢迎周君，并开选举票。结果周作人君当选为主任编辑，孟寿椿君当选为主任干事。嗣由周君推定编辑四人，孟君推定干事六人。

据张菊香、张铁荣编著的《周作人年谱》，这次中央公园集会，是 1920 年 10 月 28 日的事。他当主任编辑，是接出国留学了的傅斯年的事。

二

这时，傅斯年对鲁迅，也是满怀敬意的。《狂人日记》发表，他看了，十分佩服。在《新潮》第一卷第四号上发表的《一段疯话》一文中，他说：

譬如鲁迅先生所作《狂人日记》的狂人，对于人世的见解，真个透彻极了，但是世人总不能不说他是狂人。哼哼！狂人！狂人！耶稣、苏格拉底在古代，托尔斯泰、尼采在近代，世人何尝不称他做狂人呢？但是过了些时，何以无数的非狂人跟着狂人走呢？文化的进步，都由于有若干狂人，不问能不能，不管大家愿不愿，一个人去辟不经人迹的路。最初大家笑他，厌他，恨他，一会儿便要惊怪他，佩服他，终结还是爱他，像神明一般的待他。所以我敢决然断定，疯子是乌托邦的发明家，未来社会的制造者。至于他的命运，又是受嘲于当年，受敬于死后。

（《傅斯年全集》第一卷，湖南教育出版社，2003 年版，第 214 页）

这一位深具慧心的读者对《狂人日记》一篇的主旨做了很好的阐发。

这时，傅斯年是鲁迅的"粉丝"，而另一方面，鲁迅也注意阅读傅斯年的文章，互相呼应。

傅斯年在《新青年》第五卷第四号上发表了《戏剧改良各面观》《再论戏剧改良》两篇文章，其中一些意见很引起了鲁迅的共鸣。后一篇中有这样一段：

中国人不懂"理想论"和"理想家"的真义。说到"理想"，便含着些轻薄的意味，觉得"理想"即是"妄想"，"理想家"即是"妄人"。其实世界的进步，全是几多个"理想家"造就成的。"理想家"有超过现世的见解，力行主义的勇气，带着世界上人，兼程并进。中国最没有的是"理想家"。然而一般的人，每逢有人稍发新鲜议论，便批评道，"理想的很"。

（《傅斯年全集》第一卷，湖南教育出版社，2003年版，第73页）

在《新青年》第六卷第一号上，鲁迅（署名唐俟）发表了《随感录三十九》，引用了傅斯年的这个意见，并且进一步指出：那些痛恨理想派的旧官僚和遗老，攻击理想派的利器就是"经验"，提出"经验"来和"理想"对立。从清朝的重臣摇身一变而成为民国总统的袁世凯，就是拿"经验"来和"理想"相对立的一人。梁启超在《袁世凯之解剖》一文中引用袁氏拒谏之词："吾办事专事经验，君等书生之理想，迂而无当也。"（《饮冰室合集》第四册，文集之三十四，中华书局，1989年版，第14页）这种反对理想尊崇经验的主张，发展到极端，就像鲁迅在这篇随感录里面所描写的那样：

那时候，只要从来如此，便是宝贝。即使无名肿毒，倘若生在中国人身上，也便"红肿之处，艳若桃花；溃烂之时，美如乳酪"。国粹所在，妙不可言。那些理想学理法理，既是洋货，自然完全不在话下了。

（《鲁迅全集》第一卷，人民文学出版社，2005年版，第334—335页）

用脓疮来比喻国粹，真是太奇特，太生动，也太深刻了。这给了傅斯年很深的印象。他在《新潮》第一卷第五号上发表的《随感录》中就采用了这个比喻。（《傅斯年全集》第一卷，湖南教育出版社，2003年版，第259页）

鲁迅在《新青年》第六卷第一号发表的《随感录四十三》，是批评上海《时事新报》的星期图画增刊《泼克》的。这事也可以看作是他和傅斯年的互相呼应，互相声援。这事的起因，据周作人写的《傅斯年》一文（这是他听到傅斯年死了写的骂他的文章）中说的是这样："《时事新报》其时还在反对新文化运动，由沈泊尘画过两张小漫画，第一张画出一个侉相的傅斯年从屋里扔出孔子牌位来，第二张则是正捧着一个木牌走进去，上书易卜生夫子之神位，鲁迅看了大不以为然。"（《周作人散文全集》第十一卷，广西师范大学出版社，2009年版，第432页）周作人说"鲁迅看了大不以为然"是不错的。他写的《随感录四十三》和《随感录四十六》（载《新青年》第六卷第二号）都是批评《泼克》。《随感录四十六》中说：

民国八年（1919）正月间，我在朋友家里见到上海一种什么报的星期增刊讽刺画，正是开宗明义第一回；画着几方小图，大意是骂主张废汉文的人的；说是给外国医生换上外国狗的心了，所以读罗马字时，全是外国狗叫。但在小图的上面，又有两个双钩大字"泼克"，似乎便是这增刊的名目；可是全不像中国话。我因此很觉这美术家可怜：他——对于个人的人身攻击姑且不论——学了外国画，来骂外国话，然而所用的名目又仍然是外国话。讽刺画本可以针砭社会的痼疾；现在施针砭的人的眼光，在一方尺大的纸片上，尚且看不分明，怎能指出确当的方向，引用社会呢？

这几天又见到一张所谓《泼克》，是骂提倡新文艺的人了。大旨是说凡所崇拜的，都是外国的偶像。我因此愈觉这美术家可怜；他学了画，而且画了"泼克"，竟还未知道外国画也是文艺之一。他对于自己的本业，尚且罩在黑坛子里，摸不清楚，怎能有优美的创作，贡献于社会呢？

（《鲁迅全集》第一卷，人民文学出版社，2005年版，第348页）

这两段引文，前一段讲的是钱玄同的漫画像，载1919年1月5日出版的该刊；后一段讲的是傅斯年的漫画像，载同年 2 月 9 日该刊。这一期的文字说明有这样的字句：某文学者"常出其所著之新文艺以炫人"，"然其思想之根据乃为外国偶像"。鲁迅说："外国偶像"四个字，却亏他想了出来。并且态度鲜明地回答说："即使所崇拜的仍然是新偶像，也总比中国陈旧的好。与其崇拜孔丘关羽，还不如崇拜达尔文易卜生；与其牺牲于瘟将军五道神，还不如牺牲于 Apollo。"

《随感录四十三》一开头就提出："进步的美术家，——这是我对于中国美术界的要求。"从《泼克》这刊物，鲁迅谈到了对美术界现状的不满。他说：

　　可怜的外国事物，一到中国，便如落在黑色染缸里似的，无不失了颜色。美术也是其一：学了体格还未匀称的裸体画，便画猥亵画；学了明暗还未分明的静物画，只能画招牌。皮毛改新，心思仍旧，结果便是如此。至于讽刺画之变为人身攻击的器具，更是无足深怪了。

（《鲁迅全集》第一卷，人民文学出版社，2005 年版，第 346 页）

在这篇里，鲁迅提出了他的要求：

我们所要求的美术家，是能引路的先觉，不是"公民团"的首领。我们所要求的美术品，是表记中国民族知能最高点的标本，不是水平线以下的思想的平均分数。

（《鲁迅全集》第一卷，人民文学出版社，2005 年版，第346 页）

这两篇随感录立刻引来了《泼克》的强烈反应，刊出一篇《新教训》，反说随感录的作者"头脑不清楚，可怜"。鲁迅要说的话都已经说过了，不必再纠缠，就没有作文反驳。这时候，傅斯年就奋起应战了。他在《新潮》第一卷第五号发表的《随感录》中说：

《新青年》里有一位鲁迅先生和一位唐俟先生是能做内涵的文章的。我固不能说他们的文章就是逼真托尔斯泰、尼采的调头，北欧中欧化的文学，然而实在是《新青年》里一位健者。至于有人不能领略他的意思和文辞，是当然不必怪。果然我今天在上海一家报的什么"泼克"上，看见骂他的《新教训》，说"他头脑不清楚，可怜"！

……

我平素常想，若是有人骂我，必须回答时，最要紧的是要把骂我的话看清楚了，懂透彻了，然后就他的本源之地驳去。若是丢开本题，专弄几句不相干的话回敬，既没有打赢官司的希望，更糟蹋了自己的纸墨。像这位署名"记者"的《新教训》真是驴唇不对马嘴：若是把他原来的两次骂人画，一次骂废汉字的是狗心，一次骂某君崇拜外国偶像，而且"轻佻""狂妄"等等，和鲁迅先生对他做进步的美术家的要求一则随感录，唐俟先生批评他的一则随感录，再加上他这一段《新教训》，就真好看了……

（《傅斯年全集》第一卷，湖南教育出版社，2003年版，第258页）

就在刊登这一篇声援鲁迅的文章的同一号《新潮》上，还以《对于〈新潮〉一部分的意见》为题，刊出了鲁迅和傅斯年的通信。1919年4月16日，刘半农将傅斯年的一封信转交给鲁迅，征求鲁迅对《新潮》的意见。鲁迅在复信中表示，以为纯粹介绍科学知识的文章"不要太多"，要"讲科学而仍发议论"，"无论如何总要对于中国的老病刺它几针。譬如说天文忽然骂阴历，讲生理终于打医生之类"。

先是在《新潮》第一卷第三号"通信"栏中，有读者史志元来信批评该刊"于科学之新潮，尚未能充分提倡"，建议增加这方面的内容。傅斯年答复说："我们杂志上没有纯正科学的东西，是我们的第一憾事。以后当如尊命，竭力补正。"（《傅斯年全集》第一卷，湖南教育出版社，2003年版，第211页）后来他重新考虑，觉得这一条建议不应该接受。他在复鲁迅的信中说：

> 我现在所以把《新潮》第三期里加入科学文一条意见自行取消的缘故，不过以为我们当发挥我们的比较的所长，大可不必用上牛力补足我们天生的所短。先生的一番见解是更进一层了。此后不有科学文则已，有必不免于发议论；不这样不足以尽我们的责任。
>
> （《傅斯年全集》第一卷，湖南教育出版社，2003年版，第273页）

可见他重视鲁迅的意见。

在《新潮》上，鲁迅发表了短篇小说《明天》（第二卷第一号）和尼采《察拉图斯忒拉》序言的译文（第二卷第五号），表示了对刊物的支持。

1920年初，傅斯年赴英国留学。《新潮》月刊出版了

第三卷第二号（1922 年 3 月）之后也不再出版。傅斯年和鲁迅、周作人交往的第一阶段也就结束了。这期间，既有学生一辈对于师长一辈的尊敬，也有声气相同的亲近感。

1926 年上半年，傅斯年在德国留学期间，在致罗家伦的一封信中谈到他对周氏兄弟的一个看法。这时他是《现代评论》周刊的读者，对于陈源（笔名西滢，字通伯）和鲁迅、周作人兄弟的激烈论战留有深刻的印象。他在这信中这样评论了论战的双方：

> 现在《现代评论》甚不如从前，陈翰笙大作其文。通伯近有一文，竟是赞章行严（朱注：即章士钊），甚不可取，思有以规之。

> 通伯与两个周实有其同处。盖尖酸刻薄四字，通伯得其尖薄（轻薄尖利），大周二周得其酸刻，二人之酸可无待言。启明亦刻，二人皆山中千家村之学究（吴学究之义），非你们 damned（朱注：讨厌的）绍兴人莫办也。仆虽不才，尚是中原人物，于此辈吴侬，实甚不敬之。他们有些才是不消说的。

> （《傅斯年全集》第七卷，湖南教育出版社，2003 年版，第 31 页）

信末未署日期。其中说"通伯近有一文，竟是赞章行严"，当是指第三卷第五十九期（1926 年 1 月 23 日出版）所载的西滢《闲话》。文中又说"陈翰笙大作其文"，在第三卷第五十三期（1925 年 12 月 12 日）、第五十五期（12月 26 日）、第五十六期（1926 年 1 月 2 日）、第五十八期（1 月 16 日）都有陈翰笙的文章。可以推知傅斯年这信当写于 1926 年 2 月或稍后。信中虽对论战的双方都有所批评，但是可以看出他的感情是倾向于陈源一方的，也就是说，他属于鲁迅十分反感的"现代"派了。只是此刻鲁迅还不知道，要一年之后和他有共事的机会才知道。

三

1926 年秋天，傅斯年学成归国。正好这个时候，广东大学改组为中山大学。受到主持校务的朱家骅的邀请，12月，傅斯年就到中山大学任教了。

正好这时鲁迅也接了中山大学的聘书，于 1927 年 1 月18 日从厦门来到广州，任中山大学文学系主任兼教务主任，就和傅斯年成了同事了。开始，两人的关系看来还是可以的。在鲁迅日记中，可以看到两人交往的一些记载：

3 月 5 日：谢玉生等七人自厦门来，同至福来居夜饭，并邀孟真、季市、广平、林霖。

3 月 13 日：上午与季市、广平访孟真，在东方饭店午饭，晚归。

4 月 1 日：江绍原来，同至福来居夜餐，并邀孟真、季市、广平。

可见这时他们还是很正常的友好往来。可是不久关系就恶化了，起因就是中山大学聘请顾颉刚这件事。许寿裳在《亡友鲁迅印象记·广州同住》中回忆说："有一天，傅孟真（其时为文学院院长）来谈，说及顾某可来任教，鲁迅听了就勃然大怒，说到：'他来，我就走。'态度异常坚决。"顾颉刚 1927 年 4 月 28 日致胡适的信也证实了鲁迅是因他而辞职的：

孟真见招，因拟到粤。鲁迅在粤任中大教务主任，宣言谓顾某若来，周某即去。适厦门邮局罢工十天，孟真来书未能接到，我就单身到粤观看情形。孟真告鲁迅后，鲁迅立时辞职。

（《胡适来往书信选》上册，中华书局，1979 年版，第 429 页）

顾颉刚是 4 月 18 日到中山大学的。鲁迅决定提出辞职，4 月 20 日致李霁野的信中是这样叙述这件事的：

> 我在厦门时，很受几个"现代"派的人排挤，我离开的原因，一半也在此。但我为从北京请去的教员留面子，秘而不说。不料其中之一，终于在那里也站不住，已经钻到此地来做教授。此辈的阴险性质是不会改变的，自然不久还是排挤、营私。我在此的教务，功课，已经够多的了，那可以再加上防暗箭，淘闲气。所以我决计于二三日内辞去一切职务，离开中大。
>
> （《鲁迅全集》第十二卷，人民文学出版社，2005 年版，
> 第 29—30 页）

这里，鲁迅有一点不了解情况，顾颉刚并不是在厦门大学站不住了才自己钻到中山大学来的，而是傅斯年主动找他来的。傅斯年在《〈新潮〉之回顾与前瞻》一文中说，"民国六年（1917）的秋天，我和顾颉刚君住在同一宿舍同一号里"，就是从他们每天的交谈中，促成了《新潮》月刊的创刊和新潮社的成立。而对于顾氏史学的成就，傅更是推崇到无以复加的地步。他在《与顾颉刚论古史书》中称赞顾氏提出的"累层地造成的中国古史"这一观点，

说："你这一个题目，乃是一切经传子家的总锁钥，一切中国古代方术思想史的真线索，一个周汉思想的摄影镜，一个古史学的新大成。"又说："学科的范围有大小，中国古史学自然比力学或生物学小得多。但它自是一种独立的，而也有价值的学问。你在这个学问中的地位，便恰如牛顿之在力学，达尔文之在生物学。"（《傅斯年全集》第一卷，湖南教育出版社，2003 年版，第 447 页）他对顾的学术地位，评价就有这样高。现在他在中山大学主持文史方面的教学，当然会要延聘顾来校任教了。当出现了鲁迅和顾颉刚只能二者择一的时候，傅斯年不怎么困难地做出了抉择。当然，他也曾经想找出一个两全的办法。1927 年 5 月 15 日鲁迅致章廷谦的信中说：

> 我到此只三月，竟做了一个大傀儡。傅斯年我初见，先前竟想不到是这样人。当红鼻（朱注：鲁迅在私人通信中对顾颉刚的蔑称）到此时，我便走了；而傅大写其信，给我，说他已有补救法，即使鼻赴京买书，不在校；且宣传于别人。我仍不理，即出校。现已知买书是他们的豫定计划，实是鼻们的一批大生意，因为数至五万元。但鼻系新来人，忽托以这么大事，颇不妥，所以托词于我之反对，而这是调和办

法，则别人便无话可说了。他们的这办法，是我即不辞职，而略有微词，便可以提出的。

现在他们还在挽留我，当然无效，我是不走回头路的。季黻也已辞职，因为我一走，傅即探他的态度，所以也不干了。

（《鲁迅全集》第十二卷，人民文学出版社，2005 年版，第 32—33 页）

正好在 4 月 15 日广州发生了反共政变。鲁迅不迟不早，在这个时候辞职，是不是也有政治的因素在内呢？5 月 30 日鲁迅致章廷谦的信中说：

不过事太凑巧，当红鼻到粤之时，正清党发生之际，所以也许有人疑我之滚，和政治有关，实则我之"鼻来我走"……之宣言，远在四月初上也。然而顾傅为攻击我起见，当有说我关于政治而走之宣传……

（《鲁迅全集》第十二卷，人民文学出版社，2005 年版，第 34 页）

不久之后鲁迅即离开广州，定居上海，直到 1936 年去世，和傅斯年再也没有什么交往了。

四

在 1937 年至 1945 年的抗日战争全面爆发期间，傅斯年先在云南昆明，后来又在四川南溪李庄镇主持中央研究院历史语言研究所的工作。有时到重庆出席国民参政会的会议。周作人呢，却留在沦陷了的北平，落水当汉奸了，做到了伪华北教育总署督办。两人之间，当然没有任何的交往了。

1945 年 8 月，日本战败投降。傅斯年被任命为北京大学代理校长。而这时的周作人当然想到他的叛国罪行将会受到惩处，正在提心吊胆地等待着那一天的来临。12 月 2 日他写了一篇散文《石板路》，文末在记下写作日期之后，还添写了"时正闻驴鸣"五个字。这是什么意思呢?《周作人年谱》有记载:

北平各报载"十一月三十日重庆专电":"北大代理校长傅斯年，已由昆明返渝，准备赴平，顷对记者谈:'伪北大之教职员均系伪组织之公职人员，应在附逆之列，将来不可担任教职，至于伪北大之学生，应以其学业为重，已开始补习，俟补习期满，教育部发给证书后，可以转入北京大学各系科相当年级，学校将予以收容。'"

周作人见报后在当天日记中悻悻然写道：

见报载傅斯年谈话，又闻巷内驴鸣，正是恰好，因记入文末。

原来他写的"驴鸣"是指傅斯年的谈话。其实傅斯年的这篇谈话跟周作人并没有多少关系。他当了特任官这个级别的大汉奸，已经不是能不能继续担任教职的问题，而是怎样惩处治罪的问题了。这篇谈话对于他是一个新的刺激，使他对傅斯年充满了敌意，比作驴子以泄愤吧。

傅斯年确实也没有放过周作人的意思。几天之后他到达北平，12月8日北平《世界日报》刊出了他的答记者问，其中就说"如同周作人，原来享有声望，如今甘心附逆，自不可恕"。（《傅斯年全集》第四卷，湖南教育出版社，2003年版，第313页）

周作人在庭审中为自己辩护的材料之一，是北京大学校长蒋梦麟曾经从云南昆明打电报给他，叫他照管北大校产。傅斯年认为，确实有这么一回事，但是这完全不能为他的汉奸罪行开脱。1946 年 10 月 12 日傅斯年致胡适的信中谈到这事，指出"北大并未托他下水后再照料北大产业"。(《傅斯年全集》第七卷，湖南教育出版社，2003 年版，第 317 页)

1949 年初周作人出狱。这时傅斯年已经到台湾去，担任台湾大学校长，两人之间也就再也没有任何交往。可是周作人余恨未消，还写过几篇文章骂他。一篇是刊登在 1950 年 6 月 14 日《亦报》的《〈新潮〉的泡沫二》，说："罗家伦不失为真小人，比起傅斯年的伪君子来，还要好一点。"(《周作人散文全集》第十卷，广西师范大学出版社，2009 年版，第 764 页)

1950 年 12 月 20 日傅斯年死了。周作人又在 1951 年 1 月 12 日的《亦报》上刊出《傅斯年》(《周作人散文全集》第十一卷，广西师范大学出版社，2009 年版，第 432 页) 一文来骂他。这两篇都没有提出什么有分量的材料，只不过表明怨恨甚深就是了。到了晚年写《知堂回想录》，回顾自己一生的经历，还在《每周评论》(上) 里写了他一段，这是周最后一次写到他，现在摘录一点，就作为周作人对这两人关系的最后陈述吧：

《新潮》的主干是傅斯年，罗家伦只是副手，才力也较差，傅在研究所也单认了一种黄侃的文章组的"文"，可以想见在一年之前还是黄派的中坚，但到七年（1918）十二月便完全转变了，所以陈独秀虽自己在编《新青年》，却不自信有这样大的法力，在那时候曾经问过我，"他们可不是派来做细作的么？"我虽然教过他们这一班，但实在不知底细，只好成人之美说些好话，说他们既然有意学好，想是可靠的吧。结果仲甫（即陈独秀）的怀疑到底是不错的，他们并不是做细，却实在是投机。

（《周作人散文全集》第十三卷，广西师范大学出版社，2009年版，第556页）

"投机"，这就是周作人对傅斯年最后的看法吧。

（原载《随笔》2010年第1期）

从曹州教案到普方协会

我的《公式的缺陷》（载《随笔》2002年第1期，又见《随笔三十年精选》下册，第64页）一文是据曹州教案立论的。作为对比，文章还提到了2000年发生在南京的普方一家被杀的案件。

我写曹州教案，所依据的仅仅是中国社会科学出版社1980年出版的《义和团史料》中所收的那一篇署名"若虚"的私人记载。它大体上如实记下了事情的梗概，只是稍嫌简略。

至于普方被杀一案，我是根据阅读报纸残留的记忆写下的，就更加简略了，连受害人的姓名、案发的具体时间，都没有写（我不记得了）。

这两件案情，都是盗贼入室行窃，惊醒事主，以致杀伤人命。案情相同，可是事后的影响大不相同。曹州教案，众所周知，直接引发了义和团事件和八国联军的滔天奇祸。而普方一家的横死，我只写了"没有引起任何外交纠纷"一句，至于它后来还有什么发展，我不知道，当然也就没有写了。后来我看到了一些相关材料，可以把这两件事都说仔细一些了。本来这两件事都是值得细说一下的。

先据中华书局1990年出版的《义和团档案史料续编》来说曹州教案。曹州教案，起因是光绪二十三年十月初七（1897年11月1日）在山东省曹州府（今菏泽地区）巨野县张家庄发生的一起凶杀案。其经过，据山东巡抚李秉衡的一份奏折（1897年11月15日）说：

据署巨野县知县许廷瑞禀报：光绪二十三年十月初八日，据地保姚云章禀，据教士薛田资投称，德国教士能方济，自汶上至曹县传教，在伊教堂与韩理一处住宿，于初七日夜三更时分，被贼抗门进院行窃，经教士韩理等惊觉喊捕，贼即临时行强，砸毁窗户，入室用标枪扎伤韩理、能方济倒地，劫得钱票、衣物逃逸。韩理、能方济均各移时因伤身死。

（《义和团档案史料续编》上册，中华书局，1990年版，第32页）

后来总理衙门（即 1901 年以后的外务部）大臣奕䜣关于结案办法的一份奏折（1898 年 1 月 15 日）把这事的始末说得更清楚一些：

兹据李秉衡咨称：缘惠二哑吧即惠潮现、雷协身即雷继参、张高妮即张沁春、王大脚即王莽又名王衍溃、贾木即贾东洋、高大青、萧盛业、姜三绿、张允，分隶巨野、嘉祥等县，平素游荡度日，均先未为匪犯案。雷协身探知巨野县张家庄洋教堂存有钱物，起意行窃，纠允高大青及惠二哑巴、张高妮、王大脚、贾木、萧盛业、姜三绿、张允，并不识姓名二人，于光绪二十三年十月初七日傍晚时分，在巨野县杨家楼村外会齐。即于是夜二更时分，惠二哑巴、张高妮、王大脚、贾木各携尖刀，高大青持绳鞭，雷协身、萧盛业、姜三绿、张允及不识姓名二人分携刀棍。行至中途，萧盛业、姜三绿、张允三人畏惧同逃。惠二哑巴等偕抵张家庄教堂门外，惠二哑巴、雷协身爬墙进院，开启大门，放张高妮等进院。惠二哑巴用刀撬拨屋门未开，教士能方济、韩理惊觉，由窗孔开放洋枪，轰伤不识姓名两人，随各逃逸。惠二哑巴因同伙被伤，气忿莫遏，起意行强，雷协身允从。

惠二哑巴即与雷协身砸开窗户进屋，开门放进张高妮等。惠二哑巴用刀扎伤教士肚腹，雷协身亦用木棍抵格，随即搜劫赃物，分携逃逸，亦有将赃物、刀棍撩弃路上。讵教士能方济、韩理伤重，旋各殒命。

（《义和团档案史料续编》上册，中华书局，1990 年版，第 79—80 页）

对这些案犯如何惩办，奕劻的这道奏折接着提出的是：惠二哑巴和雷协身两犯"斩立决枭示"（朱注：枭首示众，即把砍下的头颅悬挂在木柱上示众），张高妮、王大脚、贾木、高大青四犯"监候待质"，萧盛业、姜三绿、张允三犯"从重监禁五年"。

这分明是一宗简简单单的刑事案件。有意思的是，德国政府不愿意这样看。德国公使在致总理衙门的照会中对这事件做了另外一种叙述：

十月初七日夜间，约有三十人携带刀枪等凶器，闯入巨野县张家庄教堂，堂内有韩理、薛田资、能方济三人安歇。该匪撬窗进屋，持刀向韩理、能方济二人如野兽扑人相似，刀扎数次致死，后查能方济尸身伤痕有十三处，韩理有九处，内有五处甚重。按杀伤情形如此惨毒，可知非寻常抢掠，必系格外暴虐仇杀所致。

（《义和团档案史料续编》上册，中华书局，1990年版，第44页）

德国政府不肯承认这是一宗"寻常抢掠"的刑事案件，表明他们决心尽量扩大事态，作为外交谈判的筹码。这一点，清廷是看到了的。据《光绪朝东华录》（中华书局，1984年版，第四册，第4000页）所记："壬申（即光绪二十三年十月十六日，1897年11月10日），上还宫。以山东曹州杀毙洋人，饬李秉衡速派司道大员驰往该处根究起衅情形，务将凶盗拿获惩办。"当天总理衙门就用电报将这一道圣旨发给李秉衡了。圣旨提醒李秉衡注意："现在德方图借海口，此等事适足为借口之资，恐生他衅。"（《义和团档案史料续编》上册，中华书局，1990年版，第30页）果然，德国就以此为借口侵占了胶州湾。

官方档案中的这些原始文件说的，就比若虚的私人记载更翔实，更具体，也更具权威性了。

关于普方被杀一案，我原来不知其详。最后在1月12日的《作家文摘》上看到一篇《普方协会：源于凶案的慈善》（摘自2009年12月30日《中国青年报》蒋昕捷文）

我才知道了这一凶杀案的详情和这以后的事情。

文章里，简单地叙述了案情：

2000 年 4 月 1 日深夜，来自江苏北部沭阳县的 4 个失业青年潜入南京一栋别墅行窃，被发现后，他们持刀杀害了屋主德国人普方（时任中德合资扬州亚星——奔驰公司外方副总经理）及其妻子、儿子和女儿。案发后，4 名 18 岁~21 岁的凶手随即被捕，后被法院判处死刑。

这 4 个男青年并非有预谋要杀人。他们一开始只是想偷摩托车，但换来的钱并不多，后来他们看到一个广告，得知玄武湖畔的金陵御花园是南京最高档的别墅区。那晚，他们潜入小区，想去洗劫一间不亮灯的空宅，结果那套正在装修的别墅没有东西可偷。最终他们选择了隔壁的普方家。盗窃的行动被普方一家察觉，因为言语不通，惊惧之中，他们选择了杀人灭口。

文章也简单介绍了受害人的情况：

51 岁的于尔根·普方为人谦和，行事严谨，循规蹈矩。妻子佩特拉·普方比丈夫小 11 岁，是一位和善的全职太太。他们的一双儿女，15 岁的女儿桑德拉和 13 岁的儿子托斯腾，都是南京国际学校的学生。

这篇文章里最令人感动的是，惨案发生以后德国人的反应。文章说：

> 据说案发后，普方的母亲从德国赶到南京，在了解案情之后，老人做出一个让中国人觉得很陌生的决定——她写信给地方法院，表示不希望判 4 个年轻人死刑。
>
> "德国没有死刑。"在南京经营德国餐厅和甜品店 10 多年的贺杰克解释说，"我们会觉得，他们的死不能改变现实。"
>
> 在当时中国外交部的新闻发布会上，也有德国记者转达了普方家属希望宽恕被告的愿望。外交部方面回应"中国的司法机关是根据中国的有关法律来审理此案的"。最终，江苏省高级人民法院驳回了 4 名被告的上诉，维持死刑的判决。
>
> 与此同时，更多在南京的外籍人士已经开始寻求一种更积极的方式，去纪念普方一家。

就在那年 11 月，在南京居住的一些德国人及其他外国侨民设立了纪念普方一家的协会，自此致力于改变江苏贫困地区儿童的生活状况。协会用募集到的捐款为苏北贫困家庭的孩子支付学费，希望他们能完成中国法律规定的 9 年制义务教育，为他们走上"自主而充实"的人生道路创造机会。

庭审中的一个细节给我们触动很深：那 4 个来自苏北农村的年轻人都没有受过良好的教育，也没有正式的工作，其中有一个做过短暂的厨师，有一个摆摊配过钥匙。

"如果你有个比较好的教育背景，就有了自己的未来和机会。"普方协会现任执行主席万多明努力用中文表达自己对教育的理解，"有机会的话，人就不会想去做坏事，他会做好事，这对自己，对别人都有好处。"

万多明是德国巴符州驻南京代表处的项目主管，他坦言，自己也是在德国的农村长大的，只是在德国不需要付费，就可以完成小学、中学的学业，后来考上大学，自己才有了比较好的工作。

这事让我深深地感动了。

为了纪念在中国被杀的德国人，在北京城里，曾经有过一座克林德碑。那是义和团使国家蒙羞的纪念碑。那是强横的威廉二世皇帝欺压中国人的证据。随着德国在"一战"的失败立刻被中国人拆毁了。花岗石建造的又怎么样？它立在那里还不到二十年。今天的德国人和过去的完全不同了，他们用了一个全新的办法来纪念普方，一个深受中国人欢迎，也得到中国人真诚合作的方法。

这些德国人看清楚了普方一家被杀这一不幸事件发生的原因。假如那四个来自沭阳县的年轻人曾经有过受到正常教育的机会，能够通过正当的途径维持生计，他们就不至于成为窃贼和杀人犯吧。严刑峻法可以起一些震慑的作用，但对于解决青年人的求学和就业这样的社会问题却是无能为力的。普方协会资助贫困学生的学费，使他们不因为贫穷而失去入学的机会，这倒是一个正本清源的办法。我不知道这个普方协会将会存在多长的时间，但是我可以说，这精神，将是一块永世长存的纪念碑。有了普方协会，有了普方协会的工作和成绩，就可以说，普方一家的横死，并不是毫无价值的了。甚至四名罪犯的伏法，也起了促成此事的作用。这八个人以不同的形式丧失了生命，却都意外地获得了积极的结果。

据所引的这篇文章说，九年来，得到普方协会帮助的贫困学生超过五百人。在一个十三亿人口的大国里，五百人是一个太不起眼的数字。可是重要的并不在于人数，而在于树立了一个榜样：一个珍爱人的生命的榜样，一个为弱势群体做一点切实事情的榜样……

2010 年 1 月 28 日

（原载《随笔》2010 年第 3 期）

孙中山和宋庆龄的婚事

孙中山和宋庆龄是 1915 年 10 月 25 日在日本东京结婚的。当时因为反对袁世凯的"二次革命"失败，孙中山亡命日本。宋庆龄就是去和这一位政治流亡者结婚的。

这件事立刻给她在国内的亲戚带来了麻烦。在莫理循的档案里有一个文件谈到这事，那就是 1915 年 12 月 12 日北京基督教青年会的秘书罗伯特·尔·盖利写给伦敦《泰晤士报》驻北京记者乔治·厄内斯特·莫理循的一封信。下面是这封信的主要部分：

孔先生（朱注：孔祥熙）最近在北京去找过你两次，你都不在家。他想让你知道信内所附这一声明的事实。他是否会告诉你一些最近家庭纠纷以外的事，我不知道。不过，侦探因为这个在作调查，我认为最好把事情告诉你，那怕它是孔先生向我私下说的。孔夫人（朱注：宋霭龄）有个妹妹叫罗莎蒙德（朱注：宋庆龄的教名），最近刚从美国上学回来。孙博士（朱注：孙中山）引诱这位感情容易冲动的姑娘嫁给他，他为这个目的和他妻子离了婚。这位姑娘和他父亲一起住在上海，她母亲到山西去和她的那个怀了孕的女儿孔夫人住在一起。她母亲回到上海的当晚，这位姑娘跟孙医生派来接她的密使动身去了日本。她的父母无限悲伤。一有他们女儿行踪的线索时，就跟着到了日本。但是，到得太迟了，婚礼已经举行。就是这件伤心事，使得宋先生害了重病，把他的女儿孔夫人叫到他青岛家中的床边。这家人恨透了孙博士，抱怨他勾引一个老朋友的天真、热情的女儿离家出走；还恨他不忠于跟他共过患难的妻子。他所有的孩子全比他刚娶的姑娘年纪大。

（《清末民初政情内幕》下册，知识出版社，1986 年版，第 513—514 页）

这封信还有一个"附件"：《有关孔祥熙先生和夫人的

声明》。盖利问莫理循：是不是将这附件送给美国驻华公使芮恩施看。这时正是袁世凯的天下，孙中山是亡命日本的革命家。孔祥熙完全没有预料到，忽然成了这个革命党的亲戚，他听说官方已经派出侦探，"调查我的一切，特别是想知道有关我妻方亲戚们的事。无疑，我们犯有和我们看不起的革命党人站在一边的嫌疑，不知道下一步还会发生什么事"。(《清末民初政情内幕》下册，知识出版社，1986年版，第515页) 他认为有必要为自己洗刷一下。于是有了如下的声明："这桩婚事并没有将孔先生和革命党人结合在一起。恰恰相反，这桩婚事消除了宋小姐（朱注：指宋庆龄）和他们的任何关系。孔先生在东京期间，忠诚地拥护政府，这种事实是可以证明的。"(《清末民初政情内幕》下册，知识出版社，1986年版，第516页) 这时孔祥熙害怕的，是他会因这门新亲戚而得祸。他没有想到的是，将来他会以此为荣，并且从中得到很大的实惠。

关于这件事。宋庆龄自己有一个说明。那是她应外国友人白赛脱的提议，1921年4月28日为《字林西报》记者费金写的自述。其中说：

由于家父是孙博士在其革命工作中最早的同志之一，因此从孩提时起我就熟悉他的名字和志向。

我在家读书，一直到十二岁才被送入教会学校，我的父母都是基督教徒。我在中西女塾就读，直到我有了出洋留学的机会。在（美国）新泽西州和南部当了两年家庭教师之后，我进了佐治亚州梅肯的威斯里安女子学院。南方人非常热情好客，我常常在许多有教养的人家中做客。这些家庭文雅与快乐的气氛给我留下了深刻的印象。

当我从学院毕业回国时，正处于国内二次革命的初期。我发现我父亲在日本政治避难，孙博士也在那里。从我父亲与孙博士的交谈中，我得悉我们的民国处在很大的危险之中，因为袁世凯想阴谋推翻它。一些国家在道义上和财政上支持着袁世凯，因为他们被其狡诈的外交手腕及其手下阴险毒辣的宣传所欺骗。我国民众之声被压制。革命事业似乎无望。孙博士的某些追随者，在绝望中把革命事业看作失败的事业而放弃了。

仅仅为了满足一个自欺欺人的虚荣心，而把我们的民国倒退到君主国的想法，对我来说是绝对不能容忍的。我想起国势岌岌可危，非常痛切，决心为我们的事业而工作。我决定在美国攻读新闻学，以便使自己了解中国的真正事实和形势。我得到家父的同意，怀着这个目的，与家人一起回上海做一次游历。家父的健康状况变得很差，因此在其朋友的劝告下，回来请上海的专家看病。然而由于他身体虚弱，我不能再按计划回美国。

随后我又开始在家学习中文。在此期间，我们见到家父的许多朋友，他们来往于上海与我们的东京总部之间。孙博士得悉我正在学习中文，他赠我一些中国文学方面的书籍和有关当代政治方面的英文书。他非常关心我的学习和活动，对我的工作鼓励甚多，使我不知不觉渐渐地被他吸引，所以当他要求和我结婚时，我就同意了。

我完全明白，如果我家里知道我同意嫁给他，他们会强烈反对。出于宗教信仰，他们绝不会赞同我嫁给一个离了婚的人。因为孙博士与前夫人已离婚，她是受过旧道德熏陶的女人，不喜欢动荡不定的流亡生活，她希望在中国太太平平地过日子。她不愿意跟随孙博士背井离乡过流亡生活，却按照中国的习俗劝他娶第二个妻子。孙博士不同意，因为他的目的就是要改造国家，改造国人的家庭生活，于是他们离了婚。他们一致认为各自独立生活，离婚是唯一的办法。

我明白我父母决不会答应我的婚事，所以我接受了不经他们同意而结婚的意见。这样，我在孙博士的一位最亲密的朋友及其女儿的陪伴下一起乘船去日本，1915 年 10 月 25 日我与孙博士在日本的一个朋友家中结婚。

（《宋庆龄书信集》上册，人民出版社，1999 年版，第25—26 页）

关于这婚事，孙中山本人也有个说法。他在《致康德黎夫人函》（1918 年 10 月 17 日）中说：

从你们最近的来信，我发觉你们还没有获悉三年前我在东京第二次结婚的消息。我的妻子在一所美国大学受过教育，是我最早的一位同事和朋友的女儿。我现在过着一种前所未有的新的生活：一种真正的家庭生活，一位伴侣兼助手。

我的前妻不喜欢外出，因而在我流亡的日子里她从未有在国外陪伴过我。她需要和她的老母亲定居在一起，并老是劝说我按照旧风俗另娶一个妻子。但我所爱的女子是一个现代的女性，她不可能容忍这样的地位，而我自己又离不开她。这样一来，除了同我的前妻协商离婚之外，再没有别的办法了。

（《孙中山集外集补编》，上海人民出版社，1994 年版，第224 页）

看了这两位当事人的自我陈述，大约可以认为盖利从孔祥熙那里得到的信息是合乎事实的。他们结婚之后二十多天，1915 年 11 月 18 日，宋庆龄写信给她的朋友阿莉，说：

近日我非常心不在焉，我都怀疑我给你的信发出了没有。为了保险起见，我再匆匆数笔，告诉你我很担心、很幸福也很高兴我勇敢地克服了我的惧怕和疑虑而决定结婚了。当然我感到安定下来感受到家的气氛。我帮助我的丈夫工作，我非常忙。我要为他答复书信，负责所有的电报并将它们译成中文。我希望有一天我所有的劳动和牺牲将得到报答，那就是看到中国从暴君和君主制度下解放出来，作为一个真正名副其实的共和国而站立起来。

你在蒙特里特（北卡罗来纳）见到我时，你不会想到有一天我会变成一个热情的小革命者。你想到了吗？我的丈夫在各方面都很渊博，每当他的脑子暂时从工作中摆脱出来的时候，我从他那里学到很多学问。我们更像老师和学生。我对他的感情就像一个忠实的学生。

（《宋庆龄书信集》上册，人民出版社，1999 年版，第 11 页）

1917 年 2 月 22 日宋庆龄又写信给她，说：

> 你知道我丈夫一直是中国政治改革家，也是我们民国的创始人。你记得吗？在蒙特里特时我们去听卡梅伦先生所做的关于中国的图解讲课，他给我们看了一张孙逸仙博士的照片。当时我没有想象过我们两人之间会有超过朋友的关系。但这是命运。
>
> 他比我年长许多，知道如何使我成为一个英雄崇拜者，虽然我们已经结婚将近一年半，但我对他崇敬之心依旧。像以往一样，我是他忠实的崇拜者。

（《宋庆龄书信集》上册，人民出版社，1999 年版，第 19 页）

美国记者埃德加·斯诺在 1958 年出版的《复始之旅》一书中，也记下了关于这件婚事的一些情节，据称还是宋庆龄本人对他讲述的。斯诺是这样写的：

> "你能确切地告诉我，你是怎样爱上孙博士的吗？"我在结识她数年之后问她。
>
> "我当时并不是爱上他，"她慢条斯理地说，"而是出于对英雄的景仰。我偷跑出去协助他工作，是出于少女的罗曼蒂克的念头——但这是一个好念头。我

想为拯救中国出力，而孙博士是一位能够拯救中国的人，所以，我想帮助他。他当时在东京流亡，我从威斯莱学院回家的途中，曾去看望他，并主动提出要帮助他。不久，他捎信到上海给我，说他需要我去日本。我父母亲说什么也不同意，想把我锁在屋里。我从窗户里爬了出来，在女佣的帮助下逃了出来。"

在当时的中国，这对一个名门闺秀来说是一个大胆的举动，不仅违背了孝道，也违背了基本的家教和国法。孙博士本人意识到，不明确的关系会被人曲解，就做好了结婚的一切准备。"在我到达东京之前，"她说，"我不知道他离过婚，也不知道他打算和我结婚。他向我解释说，要不这样办，他担心人们会把我说成是他的情妇，而流言蜚语将对革命有害。我同意了，而且从未后悔过。"

在她抵达的第二天，他们就悄悄地结了婚。她刚满二十岁（朱注：应是二十二岁），而他大约已有四十八岁（朱注：应是四十九岁），后来还活了十年。第二天，她成了他的私人秘书，开始学习密码，不久之后就为他译各种密件了。

孙中山有意把与前妻离婚的事弄得含含糊糊，是为了免遭宋家及其他信奉基督教的家庭的反对，但并未达到预期的效果。宋庆龄的父亲多年来一直支持孙中山。这时,他感到他的爱女被他最好的朋友偷走了。

"我父亲到了日本,狠狠地说了他,"她说,"他企图解除婚姻,理由是我尚未成年又未征得父母的同意。他失败了,于是就与孙博士绝交,并和我脱离了父女关系!"

(《斯诺文集》第一卷,新华出版社,1984年版,第103—105页)

宋庆龄看了这本书,就在1959年5月答复斯诺的妻子(海伦·福斯特·斯诺)的信里表示了自己的不满。这信中说:

……对于过去,我们必须不断加以研究,从历史事件中获取经验。在这方面,也许我能够做一些贡献。我已经考虑写一写我的经历。特别是我必须还历史本来面目。因为多年来,我以前做过和想过的事不止一次地被歪曲和错误地解释。不幸的是,我必须把埃德最近写的书也算入其中,因为他在书中好几个地方错误地引述了我的话,使我看上去只是一个改革者，而其实我并不是。我认为埃德是了解真情的，他在书中对我的描述既不诚实也不友好。

（《宋庆龄书信集》下册，人民出版社，1999年版，第563页）

公众人物的私生活是许多人都感兴趣的。写的人多，写错的也多。不止一个斯诺。在《宋庆龄书信集》里人们可以看到：早在二十世纪三十年代就有罗伯特·佩恩写的书（见《宋庆龄书信集》下册，人民出版社，1999年版，第687—689页），到了七十年代，又有利昂·沙尔曼写的书（见《宋庆龄书信集》下册，人民出版社，1999年版，第683—684页），这些都很惹宋庆龄生气，她都写信给相关的人指出，这里就不引用了。

宋庆龄在她去世前几个月，1980年9月17日写给她的传记作者爱泼斯坦的信中，最后一次谈自己的婚事，比她以前谈的要详细具体一些。现在录在下面，以结束这篇文章：

传教士往往保守，不求进步。在那些年里在中国的传教士强烈反对我同一个离过婚的男人结婚。他们去找我的父母（他们是虔诚的卫理公会教徒），说明他们的看法并试图劝说他们把我从日本追回来。我在离开上海去东京时，留了一封信，告诉我的父母，我决心已下，我要帮助孙逸仙并同他结婚，因为他在三月份已同他的原来的妻子离异。她是专门从她独自生活的澳门前来的。事实上她非常害怕革命，曾请求他不要再继续从事革命事业了，因为满洲人会杀他们所有的亲属！因此在孙最后一次流亡日本时，她没有跟他在一起。但在1915年3月，她同朱卓文一同到东京来。朱是孙的同乡，一位受信任的革命者。经常在海外陪同孙。她在东京见到了孙，很干脆地同意离婚。她甚至于不愿意写她的名字（！），所以在离婚书上用红印泥按了指印。这个协议离婚书印了好几百份，分发给他们的亲友。他的儿子孙科当时在美国加州柏克莱念书，他也给他寄了一份，还附了一封信。孙科后来又收到他父亲在1915年10月给他写的一封信，告诉他关于我们结婚的事。我听说孙科一直保留着这些信，他的孩子们也都知道并承认这一事实。

但我们的政敌却同那些传教士站在一起，责备我们在孙中山还有妻室的时候就结了婚。我的父母还有其他的理由不赞成我同一个比我大二十六岁的男人结婚。因此，在看了我留下的告别信之后，就搭下一班航轮赶到日本来，试图劝说我离开我的丈夫，跟他们回去。我母亲哭着，身患肝病的父亲劝说着……他甚至跑去请日本政府为他们做主，说我还未成年，是被迫成亲的！当然，日本政府不能干预。

尽管我非常可怜我的父母——我也伤心地哭了——我拒绝离开我的丈夫。

啊，艾培，尽管这已是发生在半个世纪前的事情了，我仍然觉得像是几个月前的事情一样。

（《宋庆龄书信集》下册，人民出版社，1999 年版，第903—904 页）

（原载《随笔》2012 年第 1 期）

鲁迅与尼采

——闵抗生作《尼采遗稿夜读记》序

这本书是闵抗生先生研究鲁迅作品的心得，也是他研究尼采作品的心得，更是他研究鲁迅和尼采关系的心得。书中说："尼采的思想、艺术对鲁迅的创作有着深刻的影响，这是鲁迅研究绕不开的问题。"正是这样。鲁迅在日本留学的时候，在他文学活动开始的时候，就已经深受尼采的影响了。当年他在《河南》杂志上发表的那几篇文章，其中好些新意以及一些有特色的用语，都可以看出是从尼采那里来的。

闵先生对这些题目做了长时间的、深入的研究，取得了很好的成绩。他的研究成果受到了学术界的推重。像澳大利亚学者张钊贻的专著《鲁迅：中国"温和"的尼采》中就认为闵抗生是这一研究中"比较突出"的一人。说"闵抗生在1986年开始陆续发表文章二十多篇，后结集为《鲁迅的创作与尼采的箴言》，……闵抗生多年反复阅读尼采著作，比较得很细，例如指出《欢乐之学》中象征'超人'的树，跟象征鲁迅自己和'精神界之战士'的枣树非常相似。不过，闵抗生也许对此书太投入，真有点像尼采所谓'血写的书'，因此解读亦并非没有可商榷之处，……"（《鲁迅：中国"温和"的尼采》，北京大学出版社，2011年版，第42—43页）我读过这部书稿之后，觉得张钊贻的这个看法是可以接受的，既佩服作者研究的深入，有时候也觉得似有用心太过之处。

青年鲁迅对尼采有异乎寻常的兴趣，也因为尼采作为一个哲学家有他的独特之处。罗素的《西方哲学史》这样评论他："尼采虽然是个教授，却是文艺性的哲学家，不算学院哲学家。他在本体论或认识论方面没创造任何新的专门理论；他之重要首先是在伦理学方面，其次是因为他是一个敏锐的历史批评家。""尼采向来虽然没在专门哲学家中间、却在有文学和艺术修养的人们中间起了很大影响。也必须承认，他关于未来的种种预言至今证实比自由主义者或社会主义者的预言要接近正确。"（《西方哲学史》，商务印书馆，1988 年版，下卷，第 311 页、第 319 页）那时的鲁迅正是"有文学和艺术修养"的一人，正"想提倡文艺运动"，在他接触到的外国哲学家中间，首选了尼采，就是很自然的事情了。

闵先生也很看重尼采这一位敏锐的历史批评家对于未来的预言。书中介绍了尼采在 1880 年底写的一则遗稿中对 20 世纪的几个主要标志做了预测：1."俄国人进入文明"；2."社会主义分子"预示着"力量年轻化和野蛮的时代来临"；3. 一种作为"新理想"的无神论宗教的出现和盛行。

作者评论说：

他从俄国进入世界文明后新的社会思潮、政治运动的兴起，预见了新制度的建立及它发生的世界影响，预见了 20 世纪是社会主义的世纪。首先发生在俄国，继之影响了世界的社会主义运动，不过是一种信仰代替了另一种信仰，"一种类似菩萨的超越宗教教派差异的无神论宗教"代替了旧的宗教，无神论的上帝代替了神的上帝而已。如同基督教灌输给它的信徒的宗教教义："为'善'而毁灭人类"一样，无神论宗教也将它的政治伦理宗教化，实行政教合一，社会主义宗教教义、神化为"上帝"的教主，都不遗余力地灌注并实行了为了社会主义"大量地牺牲个人"。

尼采对他所预测的20世纪的社会主义，持否定态度：1. 它是一种"无文化的粗野"。这表现在它对生命、对人的敌视。它与中世纪一脉相承。2. "理想"是未曾实现、未曾得到证明的东西。它由于描述所赋予的魅力，才"最长久地、最强烈地受到追求"，人们所"追求"的"理想"不过是虚幻的乌托邦，它的实现也就是它的破灭，人们得到的只是"失望"或"一种更平凡的估价"。20世纪社会主义理想，被证明正是这样被"追求"而"失望"，最终必将被抛弃的"理想"。

本书很大一部分内容是拿鲁迅的作品和尼采做对照的研究，而得到了这样一些认识。例如：

《狂人日记》写的是异化了的人，即尼采称之为"伦理的妖怪"的"食人兽"。在中国，"吃人"乃"礼教"教化的结果。这个结果比尼采的德国或欧洲要严重得多，也恐怖得多。

借瓦格纳之名对现代欧洲文化中的颓废倾向做颠

覆性的批判——这就是《尼采反对瓦格纳》的主题。《尼采反对瓦格纳》的反颓废的主题，也是《野草》重要的思想、艺术资源。

当时中国社会的"普遍颓废或堕落"，在《野草》中有多方面的艺术表现。作为抒情类型的作品，笔涉中国颓废、堕落的人生，总饱和着作者强烈的憎厌。它构成了《野草》主题与艺术风格的基调。

尼采关于国家和人类的"目标"的思想，是鲁迅"立人"和建立"人国"思想的重要来源。

鲁迅的"立人"思想的本质内涵，是以肯定人的价值为前提，自觉地争取人的权利与地位，它属于人本主义范畴，是外来的现代的观念而被鲁迅"拿来"的，它的现代性不容混淆。尼采的相关的思想，也是被鲁迅"拿来"的外来的、现代的思想资源之一。

本书不但指出鲁迅受到尼采的影响，也指出了他们相异之处：

鲁迅从来不用"生存意志""权力意志"的概念，但交融了哲学思维和艺术思维的诗人哲学家尼采的思维方式和他创造的艺术形象，却是鲁迅重要的思想、艺术资源。鲁迅笔下的"苟活者"多半可用乏弱的"生存意志"来解释，鲁迅反对苟活，则多有尼采"生命哲学"影响的印迹，而尼采生命哲学的核心是"权力意志"说。鲁迅没有用过"权力意志"这个词，并对出自它的某些论断有过怀疑，也批评过他的偏激，但他反对"适者生存"却来自尼采。论及尼采时他说："（尼采）刺取达尔文进化之说掊击景教，别说超人。"于达尔文和尼采均有所是，也有所非。因此，说尼采是鲁迅创作重要的思想、艺术资源，不是说鲁迅抄袭或机械地照搬尼采，而是说：

1. "重要的"不是"唯一的"：由于"拿来主义"的缘故，他的思想、艺术资源是多元的。

2. 鲁迅脱胎于尼采，——正如尼采脱胎于达尔文而别说超人。千万不要小觑"别说"一辞：正是"别说"将疑似之人、之理区别开来，——不只将尼采与达尔文相区别，也将鲁迅与尼采相区别。

3. 将鲁迅与尼采区别开来的主要之点是，鲁迅的根扎在中国现实的土壤。他的一些含尼采哲学隐喻的形象，都来自他战斗中的现实感受，不是某种哲学符号或象征。

这一段是对鲁迅尼采二人异同的一个很好的说明。

闵先生在提出"鲁迅的'进化论'不过是借用达尔文进化论的名称表达自己的发展的观点,并非将达尔文的生物进化的理论机械地用来观察和解决社会问题"的时候,引《热风·生命的路》一文作为例证之一:

> 我对我的朋友 L 说,"一个人死了,在死者自身和他的眷属是悲惨的事,但在一村一镇的人看起来不算什么;就是一省一国一种……"
>
> 我的朋友 L,说,"这是 Natur(自然)的话,不是人们的话。你应该小心些。"
>
> 我想,他的话也不错。

闵先生说:"这里,鲁迅用'朋友'的话提醒读者将'自然的话'普遍地用于人类,是一种危险、有害的言论。众所周知,社会达尔文主义就是以此为理论根据,实行其反人类的种族灭绝政策的。"

显然,这一段引文是从《热风》引来的。各版《热风》和各版《鲁迅全集》,文字都是这样的。可是如果查阅最初在《新青年》第六卷第六号刊出时候的文本,就可以看到这一篇署名"唐俟",文中的两处"我的朋友 L"

原来都作"我的朋友鲁迅"。到了《热风》结集成书的时候，不得不把"我的朋友鲁迅"改为"我的朋友 L"了。可见这里所谓"朋友"的话，其实就是鲁迅自己的话。

这本书在鲁迅生平事迹的研究方面，也提出了一些很重要的意见。大家都知道：创造社、太阳社对鲁迅的攻击，鲁迅的参加左联，都是鲁迅一生经历中的大事。书中指出：

> 太阳社的钱杏邨甚至将鲁迅排除在"五四"文学革命之外，他断言鲁迅的思想"是走到清末就停滞了"，他的创作也"只能代表庚子暴动的前后，一直到清末"。这样，鲁迅之"不革命"，自不待言。比钱杏邨"革命"更彻底的是创造社的郭沫若。他以"杜荃"为笔名，干脆斥鲁迅为"封建余孽"，而"封建余孽"对于社会主义，则是比资本主义更为反动的"二重的反革命"。他还嫌"革命""革"得不够，为了危言耸听，更进而说道：
>
> "以前说鲁迅是新旧过渡时期的游移分子，说他是人道主义者，这是完全错了。他是一位不得志的 Fascist（法西斯谛）。"
>
> 在对待鲁迅的态度上，冯雪峰与创太二社并不尽

然相同。这是因为在理论上、政治上，他是创太二社的同志，在感情上，他是鲁迅的友人。作为创太二社的同志，在他的"感觉"上，鲁迅多少有些"另类"；作为鲁迅的友人，他期待鲁迅解决好"阶级立场"问题，及与此相关的"革命信念"问题，具体地说就是对革命前途的信念，以他和他的同志的信念为标准，改造好思想，而不像创太二社那样对鲁迅取排斥态度。

说一说鲁迅在左联。左联是一个完全在共产党领导之下的革命作家团体。鲁迅以他以往在文学方面的成就和声望，当然是左联排名第一的作家，可是左联的实际领导人，只能是党团书记周扬他们。鲁迅凭他那一篇《答徐懋庸并关于抗日统一战线问题》中表示的意见和态度，凭他攻击了党团书记周扬他们，拿1957年的标准，完全可以定性为"以反对社会主义和共产党为目的而恶意地攻击共产党和人民政府的领导机关和领导人员"。不要说什么"宗派主义"这一类牢骚话，胡乔木为《人民日报》（1957年7月23日）撰写的社论《用人可以不问政治吗?》说得很明白：

列宁在《国家与革命》一文中曾经这样来描写无产阶级专政的实质："马克思所运用到国家和社会主义革命问题上的阶级斗争学说，必然要归结于承认无产阶级的政治统治，无产阶级专政，即不与任何人分掌而直接凭借群众武装力量的政权。为要实现推倒资产阶级，就只有使无产阶级变为统治阶级，变为能够镇压资产阶级所必然进行的拼命反抗，并能够组织一切被剥削劳动群众来建设新经济制度的这样的统治阶级，才能够做到。"当然，这里所说的不与任何人分掌政权，并不是说无产阶级在国家政权中不与广大的非无产阶级群众联合，并不是说无产阶级不需要在经济文化工作中充分地使用一切在旧社会受教育的，但是愿意同劳动人民一道建设社会主义的专家和技术人员，而是说不与任何人分掌政权的领导。在我国，由于具体的历史条件，参加无产阶级领导的政权的，不仅有广大的农民和革命知识分子，而且有资产阶级分子和资产阶级的政治活动家。

（《胡乔木文集》第一卷，人民出版社，1992年版，第572—573页）

按胡乔木的说法，党外人士可以"参加无产阶级领导的政权"，却绝不可以"分掌政权的领导"。当年鲁迅不懂这一条，所以觉得委屈。

闵先生引证了瞿秋白的《鲁迅杂感选集序言》，引证了冯雪峰的《回忆鲁迅》，指出："在他们眼中，没有无产阶级政党，没有无产阶级革命理论，鲁迅就什么也不是!"他认为：他们对鲁迅的看法，对以后的鲁迅研究也产生了较大的负面影响。

鲁迅批判过、五四运动批判过专制主义文化传统，这个历史任务至今还没有完成。不时还有死灰复燃之势。本书指出：

> 近些年新复古主义假"反思""五四"之名，称"五四"对旧价值的重估为"过激"，即是拾的当年反对"五四"思想文化革新者的余唾。这种文化返祖现象的结果是真假和尚、道士、儒生如"泛起"的"沉渣"，通力合作把"五四"打成"过激主义"或"虚无主义"，为旧价值正名。
>
> 一些论者在反思"五四"的所谓"过激主义"思潮时，用栽赃的手段，将"文化大革命"的罪恶源头追溯到了"五四"，于是这一"反思"的赞同者和追随者中就有人将鲁迅和他们所说的"五四"的"过激

主义"捆绑在一起，也诿过于他，说他的"改造国民性"的思想和希特勒上台、"文化大革命"的发生属于同一个"思想谱系"！

对鲁迅的这种诬陷，包庇了事实上的坏种。鲁迅所反对并进而要对之进行改造的"国民性"，是一种出于官方需要而制造出来，并加以提倡的"官方民族性"，即奴性。它是本国和异族统治者加于"国民"身上的精神奴役创伤，是一种民族性的痼疾。鲁迅"改造国民性"的目的是对国民精神进行"疗救"，方法是启蒙，要国民自己起来清除统治者加于我们民族身上的可耻的奴隶性格，做一个现代人；其对国家、民族的意义，则是"立人"，建立"人国"，创立中国历史上从未有过的"第三样时代"。他的"改造国民性"的人文主义、人道主义和前进、向上的现代的、民主的内涵，不仅和促成希特勒上台及"文化大革命"发生的封建法西斯的专制主义"思想谱系"了无关系，而且它反对的正是这种压迫人、奴役人，不把人当人的专制主义"思想谱系"。

闵先生提出了一个这样的问题：

在对待民族传统问题上，是要发扬封建时代代表官方"治人"之术的以儒家思想学说为主流的传统，还是发扬以鲁迅为代表的"五四"科学、民主的以人为本的现代传统？这问题可以简化为：要孔子，还是要鲁迅？

闵先生自己答道：

最好的启蒙老师就是鲁迅。21世纪中国的现代化，最根本的是人的思想的现代化，21世纪需要以鲁迅为代表的"五四"传统：21世纪需要鲁迅！

这本书最使我感兴趣的，是作者不时流露出来的对历史、对现实的深刻的思考。其中有不少很深刻、很尖锐的意见。例如本书引用了鲁迅《半夏小集》中的一句话：

用笔和舌，将沦为异族的奴隶之苦告诉大家，自然是不错的，但要十分小心，不可使大家得着这样的结论："那么，到底还不如我们似的做自己人的奴隶好。"

作者更有发挥：

"不做一切人的奴隶！"——这就是鲁迅对 20 世纪中国人的告诫。

我以为这是一本启发人们思考的书。这里写下我的一点读后感，向作者和读者请教。

2015 年 2 月 14 日于长沙

（原载《随笔》2015 年第 3 期）

曾老与《鲁迅选集》

2011 年初，曾彦修先生想建议人民出版社出版一部《鲁迅选集》，他找了上海的倪墨炎先生和我参加这一件工作。我回信说：

> 曾老：先祝你春节快乐。您老当益壮，发此宏愿，不胜敬佩。如果社方接受你的建议，我很高兴担任你所分配的工作。数年前我曾在东方出版社出版《重读鲁迅》一书，与燕祥兄共同署名（因其中有他两篇文章），不知道您是否寓目，便中可向书元先生索阅，赐教。

> 朱正敬上

1月3日，他向人民出版社领导提出出版一套《鲁迅选集》的建议。他在报告里说：

> 鲁迅是一大文学家，但他今后在中国历史上将留下更为突出影响的，恐怕更多的会是"思想家"，即习称"现代中国的孔夫子"的一面。因此在鲁迅身上，并不严格存在着文学与思想、政治的分界问题。鲁迅是"民族魂"，是"中国的脊梁"的评价，今后也是动摇不了的。

> 过去，人社（包括我工作的两段时间在内）未出版过有关于鲁迅的书籍，实在是一个不小的遗憾。现在拟应开足马力弥补此项遗憾。

因此，他提出由人民出版社出一部50万字左右的《鲁迅选集》，分上下两册。具体进行的办法，报告提出：

> 由倪墨炎、朱正、曾彦修三人任编选工作（出版时也照此次序，依姓名笔画，最为方便）。倪、朱二人可能是目前研究鲁迅人士中最负盛名、也是掌握资料最多者，曾同此二大家关系均较好，由曾出面去动员他们，可能方便些。曾则是卖年老但仅属陪同性

质。编选者的具名关系较大，倪、朱已甚驰名。

如计划确定后，一些具体组织工作则均由朱正来抓（倪多年来偏于书斋研究工作），并由朱正来抓实际发稿（即共同同意后之全部定稿）。

选编分工

甲——倪负责照片、书信、散文、小说（包括后期历史小说）及其注释。

乙——朱负责 1927 年"四·一二"后全部杂文及其注释。（或曾再减少一点，朱再增加一点。）

丙——曾负责 1927 年"四·一二"前的杂文选择、诗作。（曾处因搬家，书已乱，根本上是能力不够，因此，曾选文也由朱正作注。出版时在说明中予以说明。）（又，"四·一二"后杂文较易选，朱、曾对调也可。）

以上具体分工，由朱正统一具体分配。所用底本，也由朱、倪二人商定。

丁——注释原则：采用"唯中哲学"，即释文条数唯中，长度唯中。

选目三人同意，注释三人交换看阅、修改定稿后，形式上由曾彦修签字发稿，曾彦修一旦去世，由朱正签字发稿。

我以为这个报告最重要的是提出编选方针，是"不搞个人迷信，也不搞拔高"：

> 对鲁迅的有些著作，不宜盲目歌颂，如《论"硬译"及文学的阶级性》《论丧家的，资本家的乏走狗》，及1936年的《答徐懋庸》等，拟均要仔细研究。

这个报告呈送给了人民出版社领导，曾老同时写信给倪墨炎和我，谈这件工作。

2月3日（大年初一）给我的信中说：

> 顺此要请朱正决定几事。1. 倪已复电话，完全赞成曾所建议的分工。因此，要请朱立即：一、指定版本；二、具体指定三人分工的书名。三、请倪选定照片，拟以四页为度。所用底版如何得来，是否由倪定？2. 封面四字怎么办。现在请不了人写了。谁担任选字？建议倪、朱各提出方案。（此事很难办）3. 照曾所提分工意见，曾是否只担任《坟》《彷徨》二书？请朱明确指定。4. 倪等待即刻动手，请朱速由电脑赐复。

在这封信里，曾老还寄来了他写的"前言"初稿，信中说：

> 在开工以前，我试拟了"前言"初稿，呈上，供修改参考，或就此修改。

> 此初稿，是想一改过去遵毛令将鲁迅置于神坛的地位。文中也未引用毛的一句话，以免过于束缚人的思想。"前言"希望以一个较新的面孔来面对读者，不要以"铁杆"拥鲁者的脸孔来对人说教。如何，请你们修改或另写。此草稿，是想尽可能不再用几十年唱诗班似的语言来表达。如果一切照老样，恐怕有些人一翻书就皱眉头了：还不是老一套。

他写的这一篇前记，其实是一篇简短的鲁迅论，值得保存。现在照录在下面：

前记（初稿）

今年是辛亥革命胜利一百周年，中国共产党成立九十周年的伟大纪念日。同时今年也是鲁迅诞生的一百三十周年纪念日。这当然是巧合。但这个巧合却在无意中说明了一件事情，即：鲁迅的一生与中华民族的历史命运是分不开的。

鲁迅是近代中国伟大的文学家、思想家、革命家。他是中国的进步、革命与现代化建设过程的旗帜。所以，我们要永远纪念他，学习他，研究他。

近几年来，在初高中的语文教学中，学生对鲁迅的某些著作，理解较难（当然也包括教师教课较难），因而在中学教科书中有减少鲁迅著作选读的事情。我们觉得，这事值不得奇怪，也不能说要减少某一篇鲁迅著作便是错误。我们知道，如果某一作家的文学作品的风格和文字太特殊了，过了一定时间它就可能会引起后人的某些阅读困难，这是常态，并非不可理解。

历史证明，当然也有司马迁的文章，李白、杜甫的诗，《西厢记》《红楼梦》小说等等，并不存在这个问题。这就是说，鲁迅的作品，有相当一部分，确实是存在着比较难懂的问题。我们过去是把鲁迅放在了上帝的地位，本不妥当，今天我们要改变把他列入神坛的做法，应是一个历史的进步。但会不会因此又有些人一窝蜂地来降低鲁迅，挖苦鲁迅呢？这种情况在今天的中国，恐怕是难免的，我们只希望读者对一切都不要轻信。我们感到，鲁迅作为思想家的身份，在今后可能越来越突出，越重要，越值得我们学习。但他最难令人理解的某些小说的思想创新与深刻性，对社会、对人物观察的细密程度，以至表达方式的简练等方面，还是值得我们永远学习的。

鲁迅作品产生的时代，同今天已是根本不同了，鲁迅作品在 1927 年以前的受众，是当时社会上的"精英"分子，即少数的学者、教师、记者之类的人，先去启蒙他们，然后再经由他们去启发更多的一些今天所说的广义的"知识分子"。（那时根本不存在"面向工农"这一类的问题。）鲁迅文章的着眼点，始终是以对国人唤醒灵魂、解放思想为根本目的。它用意深，陈词也比较深，自会令人感觉有不甚好懂之处。而另外的一些文学家则多是着力在对人的感情的激发方面，所以多用具体的情节来激动人心，相对的就比较容易引起人们的共鸣。这是两种相当不同的文风：一是重在感情的激发，一是重在理智的启蒙。更具体一点说，一种是以文学家的身份，用很具体的方法来达到激发人心的目的；一种是以文学家兼思想家的身份用半具体、半抽象的方法来表达对人的启蒙作用。目的虽然相同，但手段却不完全一样。因此，现在有颇多的青年学生看不懂鲁迅的某些作品，是自然的，这没什么值得奇怪。他们现在敢说他们不懂或不太懂，教育当局敢于考虑这个问题，这就是一个进步——过去谁敢说这种话呢？鲁迅先生自己分析自己，在1927年以前，他是个"进化论"者，在1927年以后，他是一个"阶级论"者。就是说，前面一段，他是个社会改良论者，是个逐步取得社会进步理论的相信者；而之后，就是一个主张以阶级斗争取得无产阶级政权的"阶级论"者了。相应于这两个阶段的文章，在文风上确有颇大的不同。前一阶段的文章，是比较难读一些；后一阶段的文章，要直接争取更多的人的赞同了，文章确实原则上都要好懂得多了。

我们这个选集，当然也在相当程度上注意到上述的情况。即：必须注意到读者是否喜欢，至少能够达到领悟的程度。当然，我们也不能以上述原则为唯一标准，少数或个别较难理解但又十分重要的作品，还是要选一点。

我们千万不要忘记一点：鲁迅入棺时，在他身上覆盖着的是当时上海救亡界领袖沈钧儒老人题写的"民族魂"三字的丝缎。这是符合史实的。就是这个确切的称颂，提示着每一个中国人：读一点鲁迅是十分必要的。

最后，我们要感谢人民出版社提出要编选这本书，并且要我们担任编选的任务。虽然我们自知力薄难胜，并且都已年属老迈，但是在我们接受这项光荣而艰巨的任务时，还是以战战兢兢，如临深渊，如履薄冰的态度去努力完成的。

编者　2011.2.3　（农历初一）

2月6日他来信谈到选文时候的一个困难：

我选《坟》未完已感到一个较大的问题，即：因篇幅太长不拟选的文中，有某些为后人常引的名句，就要漏下了。此一来，有一些专会寻事的人，就会乘机大做文章，骂尔等狗头缺乏常识。我在《坟》中已遇见几处，如，"自己背负着因袭的重担，肩负着黑暗的闸门，放他们到宽阔光明的地方去。"（《现在我们怎样做父亲》）又如："我的确常常解剖别人，然而更多的则是无情面的解剖我自己。"（《写在〈坟〉后面》）此等处很多人都背得出来，但为此而收全文，则篇幅不允，应为如何办才好？

我意有二法：一、在《后记》中说明此点，即："选集"必然有诸多遗憾，这是难于避免的缺点，并举例说明此点。二、未选之文，另外编一"语录"，三人分工完成。但，此法笨拙，有林彪编的语录在前，已令人厌透，此法恐怕不大可行。

如用《后记》办法解决，举例也宜从简，多者读者厌烦。请考虑。

这个问题，当时我也没有想出解决的办法。

2月8日，他来信谈到注释问题：

注释文字，建议遵照客观事实，只做说明，不做政治议论。例如，绝不吹捧"农民起义"的有关事物，绝不吹捧秦始皇及法家；绝不去骂倒一切与中国有关的外国人；等等。

当然，最难措辞的是对1927年后的蒋及蒋政权。此事恐只可能据实说明之，"骂"的口气、自宜据实减少，但又不能像当前有的人那样，转为歌颂。

我很赞成这个意见。2月10日，我去信给曾老讨论选文问题：

曾老，您好！9、10二信已阅，鄙见以为，《病中答客问》《答徐懋庸》二文宜收，《答托洛斯基派》一信似以不收为好，来信人陈其昌后被日寇所杀，冯所拟信件说他为日寇欢迎，显与事实不符。

此外，杂文集中：《记念刘和珍君》《为了忘却的记念》《忆韦素园君》《忆刘半农君》《关于太炎先生二三事》《我的第一个师父》《我的种痘》《女吊》《死》《"这也是生活"……》各篇，恐怕应算作散文，是否编入散文部分？

我设想，倪先生和您所选诸文，编为上册，我所选的编为下册，每册连注释480面左右。不知是否可以？

2月12日曾老给我复信说：

《答托洛斯基派》，我意仍应选，因太重要影响也太大了。像当时我这样的左翼救亡小青年，对国际问题的了解比一般读死书的学生当然要多得多，但对托派的性质大体上全是老观点：列宁手下二派之一。发生根本改变，即是由于鲁迅此文。鲁此信自是冯、潘之意，鲁又何从知之。我意收了加注，于鲁无损。

2月13日他给倪墨炎和我回信说：

我一直在想，全书是否以尽量编小为宜。今日及今后，要一般大学生都能读一点鲁迅，客观上实非易事。如注释过多，读起来也难。我在上世纪八十年代初，曾应四川人民出版社之约，主编过一套《鲁迅选集》（上、下，共1066页）。那时因有戴文葆、王以铸二公可依靠，便硬着头皮干了。那是八十年代初，竟印了13480套之多。今各呈上一套，以示分量太重。在后记中，我谓：有一位中央领导同志，在粉碎江青反革命集团后，曾指示应该编选一部"鲁迅选集"，有三五十万字就可以了。这是胡乔木讲的，朱大概知道。我以为他这意见恐怕是正确的。

我现在有一想法，仍编上下二册，但每册不超过400页。鲁迅正文用大一号字（即多年前说的"新四号"），注释条数视情况增、减，但释文字数要设法减少。（其中的议论，原则上恐应取消。）

曾老为四川人民出版社主编过一部《鲁迅选集》的事我是知道的，副主编戴文葆兄还和我讨论过《势所必至，理有固然》这一篇的注释问题。后来书出版了，他送了一部给我，我至今保存着。今天我又翻阅了一下。当年那些公认的名文都入选了，在选文上好像并没有什么特色。在这封信里，曾老还说：

全书排列次序，恐只能最后选定选文后，分类、分时间先后排列。究竟如何分大类，我前只是一个临时参考提议。二公专家，你们定后，文章习惯上是按时间先后排列。（杂文与一般的所谓论文包括讲演、序文，恐怕原则上要成为一类吧。但既由朱正拌菜、出菜，就由朱定案好，以免三个和尚无水吃。）

旧诗。选录很难，注释尤难，我意选择一些以典故少的为主，我已用去三天而尚无初步目录。

曾老是不断来信，我也是按部就班工作（至少我自以为是这样），可是看来出版社对此并不很热心。2 月 20 日曾老来了一信：

朱、倪二公：

久未联系，想甚急。我更急。不知编辑室愿意接受否。据知，目前每室均有多少财政上交任务，并与个人收入彻底挂钩云云。据说全都不能不利润挂帅了。近日老干处有人风闻一点，编辑室希望把"鲁选"做成一纪念本，中式化本，要求可读性强一些。

（据说，越便宜越卖不出去）并力求版本中式化，要搞得像样一点云云。

年前数日乱哄哄，社长到开罗开会被救回来的，以后是年假，年假后又要几天收心。据云意见快来了。特此报告。你们均等出版社意见来了再忙吧。

我自己分的《坟》《热风》诗，均早已选好，也因出版社尚无具体表态，而完全停止活动。

目前，一切似乎都围着放假转（正式放假前，单位又有几天宴会，全体下乡休养数日，说是总结工作）。总之，是工作围着放假转，我们正碰上此黄金一月，没法了。

曾　2011.02.20

3月8日又有一信：

倪、朱二位：

编辑部至今尚无正式对案回复。只有静待。我建议二公从最必要的文章注释做起。

看来此事不会作废的。我早已选好，下次再呈目录审视。

曾　2011.3.8

这封信发出不久，3 月 21 日人民出版社发出了《就〈鲁迅选集〉出版相关事宜给诸位编者的信》：

曾彦修、朱正、倪墨炎先生：

根据需要，人民出版社拟在 2011 年准备出版一本适合高中生、一般干部、党政军文离退休中高级干部阅读的《鲁迅选集》（上下册）。对于此书的规模、内容、开本及印数，我们建议如下：

一、近年来，不论高中生还是一般干部，对鲁迅的作品都很陌生，读鲁迅对他们来说有相当的难度，尤其是小说与散文部分，所以，我们建议尽量不要选难懂的文章。

二、营销上有一定困难，所以篇幅不宜过大：

（1）我们的选本要精，上下两册，国际 32 开，每册最好不超过 450 页。

（2）我们调查过已有"鲁选"部分营销情况：

1983 年，四川人社曾彦修主编，上下册共 1064 页。印数 5900 套。

1991 年，中国文联出版公司，曾编一卷本（456 页，印数 7300 本）。今日鲁迅图书的营销情况已大异于前，营销不是上升，总体趋势是在相当下降。

三、我们建议正文用大一号字，更便于阅读一些。

四、此书的出版由三人共同署名，因为另外两位编者朱正、倪墨炎不在北京，联系起来很不方便，所以还是要由在京的曾老签字交稿才方便。

五、我们此次出版《鲁选》，虽带有数重纪念意义。但希望至少能有 5000 本较快销售出去，不然我们就太对不起鲁迅，对人民出版社的声誉也会有所影响。因此，请各位选家在选文时务盼采取少而精的原则，务必坚持相对易懂的原则。

下面是人民出版社的公章。可以看得出来，出版社是因为曾老的大面子才很不情愿地接受这个选题的。

不久，大约是 3 月底 4 月初，倪墨炎写信给曾老，说他想退出《鲁选》的工作，说是要全力完成《鲁迅大传》的写作。于是曾老想到邀请邵燕祥兄来合作，他把这个想法告诉我，我当然十分赞成。曾老的公子小凉 4 月 13 日来信告诉我：

上个星期大概是周四或五，父亲把邵燕祥请来了（邵老耳朵不好，由夫人陪同一起来的），父亲说起《鲁选》事，并把大概的过程说了。想请邵参加进来。

邵开始觉得有些难处，但父亲力邀，邵老也就基本同意了。

4月12日曾老发出的一份《新通报》说：

4月9日下午曾、邵面商二时。邵脑健如恒。邵为照顾大局，勉为其难，承担散文、小说任务。唯已无力作注。

邵偶言及，"鲁选恐怕还是要以杂文为主"，因是邵临行前说的，未议论下去。我极赞成此论，唯我不敢说。这部分文章思想深刻，议论独到，影响特大，而又相对易懂。如朱兄赞成，我们是否即秉此精神办理？

邵提出可否请朱出面敦请王得后、孙郁二公也参加此事。我经二日考虑后觉得我们现在的大难题是注释，而王、孙二公恐各种业务与社会活动太忙，难于再掺入此事了。而且网越撒越大，收网、持网无人，我意即不必再扩大队伍了，如何？

今日最难是注释乏人。经我数月苦思，拟找人社退休原副总编吴道弘负责此事。他是原蜀本注释人之一。

十日下午又请来吴道弘、冀良（人社退休政治编辑室原主任，熟悉近代情况，极认真负责)。二人会商良久，颇觉困难。但最终答应考虑。

这几位就是最后的共事者。

我现在能够找到有关这件事的材料就只有这些。我只知道两点：一是分配给我的任务我是完成了的。二是这部选本终于没有出版，原因我猜想是营销的预测欠佳。我自问这是一部认真做出来的书稿，没有出版，未免有一点可惜。今天纪念曾老，我把这件事写出来，让大家知道：他晚年曾经有此宏愿，而且他在编注方面很多意见都是很值得重视的。

这个编辑《鲁迅选集》的大计划流产之后，曾老把他自己已经做的工作辑为《鲁迅嘉言录》一书，于2013年4月在人民文学出版社出版。在他写的《献词》后面所收的"鲁迅嘉言"分两部分，全文部分收鲁迅不太长的文章十九篇，后面就是编者认为重要的语录。他用这个办法解决了长文章收与不收的两难问题。这本书刚刚出版的时候，2013年5月20日他从协和医院签名寄赠一册给我，我想，这时他还记着他让我参与《鲁迅选集》工作时的情形吧。

(原载《随笔》2016年第1期)

史料与史料学

广东人民出版社请葛剑雄教授主编"当代学人精品丛书",邀我加盟。我就把正在编的这本书奉献出来。本书原来拟用《解"解密"》作书名。这是我在《领导者》双月刊上发表的一篇书评的题目,全篇说的是沈志华教授主编《俄罗斯解密档案选编·中苏关系》第一卷的误译之处。用篇名作书名,是因为本书中大部分内容,是我阅读这一部档案集以及《共产国际、联共(布)与中国革命档案资料丛书》(黄修荣主编、中共中央党史研究室第一研究部编译)和《苏联历史档案选编》(沈志华主编、社会科学文献出版社出版)这三部解密档案的札记:其中很大一部分是我阅读时候的收获,分析和讨论我从这些材料里看到的历史事件的真相和细节；另一部分是我发现译文里的错误，写下来为读者释疑解惑，日后编译者和出版社修订重印也好用作参考。

傅斯年说过："史学便是史料学。"这话说得真好。没有史料，当然不可能有史学。不过要注意：傅斯年说的不是"史学便是史料"，而是"史学便是史料学"。史料本身，并不就是史学，史料学才是史学。史料学就是对史料的研究。占有史料，并不能够表明已通史学；只有对史料做了深入的研究，才能够说是入了史学之门。

说到史学，人们喜欢引用刘知几的名论："史有三长：才、学、识，世罕兼之，故史者少。夫有学无才，犹愚贾操金，不能殖货；有才无学，犹巧匠无楩楠斧斤，弗能成室。"用今天的话来说，才，大约是指天分或者说智商；学，是指相关知识或者说占有的史料；识，就是指判断力了。刘知几虽然认为才、学、识这三者"世罕兼之"，我看三者彼此之间还是互有联系的。即使是史才史识，虽说天分的因素重要，都不是不可以经过训练来提高的。至于史学，更只是有待于长时间的积累了。没有在长时间里积累广博的知识，治学就难免空疏，就如同木匠没有木料和工具一样。我看这几本档案译文中的一些错误，就觉得编译者在才学识这三方面都似乎有所不足，如果相关知识多一点，有些地方是不会弄错的。这里以《俄罗斯解密档案选编·中苏关系》里面的《尤金与陆定一会谈纪要：介绍中国政治运动的状况》这一件档案的附件为例，译者缺少中共党史方面的知识，不知道这时候正在开展一场肃反运动，不知道他在翻译的这个文件是一件关于肃反运动的重要史料，以致整篇译文里根本没有出现"肃反运动"这个专有名词，把"肃反运动"全部误译为在中共党史上没有文献根据的"肃清运动"了。这当然是译文的缺点。不过我以为阅读这些有缺点的译文，对于读者也是一种史学的训练，要能够在这些缺点错误后面看出它没有正确译出来的本意、看出它的价值、它的重要性来。我就是以这种态度读这些书的。

我写这些札记，第一个目的是为了自己看懂这些档案。遇到了看不懂的地方，疑心译文有误，是在查阅相关书籍之后才弄明白的。有的年轻朋友不知底细，说我"学识渊博"，他不知道其实我一点也不"渊博"，书中我所引证的那些材料，许多都是现买现卖，临时从手边的工具书（例如《不列颠百科全书》《中国大百科全书》《苏联百科词典》《中国共产党组织史资料》等）里面查找出来的。有些俄文方面的疑难问题，我是向蓝英年兄请教才解决的。这完全是为了自己研究的需要。第二个目的就是供编译者和出版社修订重印时候做参考了。至于现在把它印成一本书出版，我想是可以供这几部档案集的读者做参考，帮他省下一些勘误的工夫；对于没有购读这几部档案集的读者，就算是给他提供一个关于读书方法的建议吧。我想，这些经过初步整理的史料，应该有助于重新思考一些长时间习惯了的传统说法吧。

我必须说，这些译文虽然有错误，对我的帮助还是很大的，它们大大丰富了我的历史知识。我根据其中的材料写出的关于瞿秋白的生平、关于朝鲜战争、关于肃反运动、关于大跃进运动、关于匈牙利事件、关于中苏关系的那些文章，就是明证。如果没有这几部书，我哪里能够写出这些文章来呢。这几部书可说是一座宝库，我不过刚刚开始发掘，相信读者诸君也能够从其中找到很多的研究题目。

除了阅读这三部苏俄档案集的札记之外，我还把历年写苏联的文章选出十几篇编在这里，一并向读者诸君请教。其中有些意见，我以为正可以和这些档案资料对照来看。

（原载《随笔》2016 年第 3 期）

"精品"成书记

2015年初，中国出版集团东方出版中心出版了沈志华教授主编的十二卷本《俄罗斯解密档案选编·中苏关系》。这是一部极重要、极有用的书。它包含从第二次世界大战末期，也就是中国抗日战争末期的1945年，直到1991年苏联解体的四十七年间中苏关系方面的大量原始档案，内容涉及现代和当代中国历史上的几乎一切重大事件。我很想读到这部书。正好这时候老友祝新刚先生是东方出版中心的副总编辑，我托他代购，他就在出书后的第一时间给我寄来。果然名不虚传，这些解密档案真让我大开眼界，它极大地丰富了我的历史知识，使我知道了一些历史事件的真相和细节。

不过，我在阅读的时候感觉到这个翻译的团队水平并不是很整齐的。书中许多文字都翻译得很好，可是也发现颇有误译之处。这多半是因为有的译员对这一段历史不十分熟悉，没有看懂原文，才译错的。这也就使读者不能正确理解甚至完全不能理解原文是什么意思了。

只说在第一卷里，例如把中国最著名的民主党派"中国民主同盟"（简称"民盟"）误译为"民主联盟"或者"民主党"。把当年张君劢领导的"中国民主社会党"（简称"民社党"）误译为"民族—社会主义党""民族—社会主义者"了。把"政学系"误译为"'政治学'派"。

错得最离奇的是把"北平军事调处执行部"误译为"北平警备司令部"了。军事调处执行部简称"军调部"，是马歇尔来华"调处国共军事冲突"时设置的机构，由国民党代表郑介民、共产党代表叶剑英和美方代表劳伯逊组成。这一件档案说的是国共谈判即将破裂，周恩来要返回延安去了，他走了之后南京、北平留下中共人员的问题。军事调处执行部是有中共人员的；而警备司令部是一个军事机关，它最重要的职能是搜捕、关押和处死政治犯。在北平警备司令部里决不存在撤退中国共产党代表的问题。现在北京的翠明庄宾馆就是当年军事调处执行部中共代表团的驻地，几年前我在那里住过，看到那里还陈列着有关历史图片。

人名也有译错的。例如把东北抗日义勇军著名领袖李杜误译为"李度"。把金人误译为"金任"。金人，本名张君悌（1910—1971），河北南宫人，翻译有苏联肖洛霍夫的《静静的顿河》、高尔基的《克里姆·萨姆金的一生》等书，1946 年被国民党逮捕时任东北司法部秘书处处长。

不但有误译，还有误注。在《米高扬与毛泽东会谈纪要：关于民族和对外关系问题》这一件档案中："毛泽东说，在与民主党派领导人会谈的时候，他们向这些人士解释了他们对废除蒋介石卖国条约的考虑。他们要求废除的不是蒋介石签订的所有条约，因为其中有些条约具有爱国主义性质。例如：1. 关于废除外国人在中国享有治外法权的条约。2. 废除所谓的八国列强条约。"这里，关于"所谓的八国列强条约"还加了一个颇长的页末注：

这里指的是九国条约，即 1922 年 2 月 6 日巴黎和会参与国签署的《九国关于中国事件应适用各原则及政策之条约》。主要内容有：缔约各国尊重中国的主权与独立及领土于行政之完整；维持各国在中国全境工商业机会均等的原则；各国不得在中国谋取特殊权利而损害友邦人民之权利；不得鼓励损害友邦安全的举动；除中国外，各国不得谋取或赞助其本国人民谋求在中国任何指定区域内获取专利或优越权。中国代表在会上提出的关于取消领事裁判权、撤退外国军警、关税自主、取消租借地和势力范围等合理要求均遭列强拒绝。条约的实质是确认了帝国主义列强在中国实行的"门户开放、机会均等"原则，从而结束了第一次世界大战爆发后日本在中国占有的优势地位，使中国再次成为列强共同宰割的对象。——编注

一看就知道：这一条注释和正文衔接不起来。正文说的是蒋介石和外国签订的条约，而这个1922年的"九国公约"却是徐世昌大总统任内签订的，为功为罪，都和蒋介石毫无关系。正文已经说明是"废除所谓的八国列强条约"，显然是指废除八国联军入侵之后的《辛丑条约》，即指1943年1月11日签订的《中美新约》和《中英新约》。《中美关于取消美国在华治外法权及处理有关问题之条约与换文》宣布：美国政府放弃在中国的治外法权及其他有关特权；取消1901年9月7日签订的《辛丑条约》，其所给予的美国政府一切权利即予废止。继美、英两国政府与国民政府签订新约后，中国又相继与巴西、比利时、挪威、加拿大、瑞典、荷兰等国签订了类似条约和换文。毛

泽东说的，显然就是指这些条约。

我觉得这一部重要的好书存在这些有待改善之处，未免可惜，于是在《领导者》总第 64 期（2015 年 6 月出版）上发表《解"解密"》一文，副题是"《俄罗斯解密档案选编·中苏关系》第一卷的误译"。我把这一期刊物送了一本给祝新刚先生。他很重视。希望我把以后各卷都仔细看看，把发现的问题告诉他，做重印时修订的参考。这也正是我愿意做的。他 2015 年 7 月 24 日来信说：

朱正先生：

发来的电子邮件及两份附件均已拜读，非常感谢您认真批阅本书，在予以肯定的同时也提出批评。您是出版界的前辈，一定能理解我们的心情：即：一部书出来，最怕如泥牛入海，没有任何反映。有表扬当然好，有批评也很好，既有表扬又有批评是最好。表扬和批评来得越热烈越好！我把您的邮件和附件一起转发给作者（主编）沈志华先生和责任编辑潘灵剑先生，他们一定也和我一样对您心存感激和钦佩。

《俄罗斯解密档案选编：中苏关系》出版以后，沈志华领导的团队还将继续翻译编辑"中国周边国家对华关系解密档案丛书"，分朝鲜卷、日本卷、印度卷、越南卷、蒙古卷、老挝卷、尼泊尔卷，等等，研究项目已列入国家社科规划，最终成果仍交给东方出版中心出版。

"中国周边国家对华关系解密档案丛书"出版的时候，《俄罗斯解密档案选编：中苏关系》将会修订增补，改为《中国周边国家对华关系解密档案：俄罗斯卷》。您针对本书翻译、编辑、校对提出的宝贵意见，经过译者、责编消化吸收以后，都会在修订重印时采纳、改正。

我们拟将"中国周边国家对华关系解密档案丛书"申请列入国家十三五出版规划项目，现在正在上报材料，年底专家评审，大约明年初会有结果。拜托先生拿捏一下分寸，对《俄罗斯解密档案选编：中苏关系》一书的意见（包括批评与表扬两个方面）如果有可能影响"中国周边国家对华关系解密档案丛书"列为国家项目的，请先生忍耐到明年春节过后再公开发表如何？

我已超过退休年龄，从这个月（7月1号）起，不再担任副总编辑职务。但是由于沈志华先生的"中国周边国家对华关系解密档案丛书"出版还需要我，中国出版集团批准东方出版中心继续聘我为顾问，专门负责沈志华的项目。加之接替我担任副总编辑的郑纳新先生，以前就是我的作者和朋友，这次也是我把他引荐到中国出版集团的，我们之间的衔接没有间隙。所以，先生对东方出版中心的任何批评、建议和要求，对我讲都还是有效的。上海方面有任何事情要办，尽可来信吩咐。

再次感谢您指正、赐教。

祝新刚

2015 年 8 月 12 日他又来信说：

朱老师：

您好！我把您发来的评介《俄罗斯解密档案：中苏关系》的两篇文章转给主编沈志华和责编潘灵剑以后，他们两位都很重视，特别是对于您指出的书中翻译和编校存在的错误，都心悦诚服地全部接受。沈志华两次来电话让我转达对您的敬意和感谢，同时希望我们出版社尽快按照您的意见对第一卷进行修改重印。我跟他解释，现在对第一卷重印还不是时机：一是，你的文章中可能只是指出了主要问题，译者和编辑需要以此为例举一反三，查找一下是否还有类似的您没有指出的问题；二是，你的文章只涉及第一卷，如果修改，应该其他各卷一起修改；三是，这么大体量的一部书，不便多次修改，此书修订重印时列为《中国周边国家对华关系解密档案：俄罗斯卷》已是既定方针，大约明年就可付诸实施，到时候一起改好重版为宜。他也基本同意了，但是他希望我们现在先就您已经发现的主要问题印出一份"勘误表"，随书一起发，用他自己的话说，"于心稍安，不负读者"。

我今去信主要是征得您同意，允许我们在勘误表和接下来的修订重印中使用您的审读成果……

《解"解密"》能否成书，如何出版，从容再议。如有可能，我愿献绵薄，乐见其成。天气凉快之后，您若有机会再来上海，请到东方出版中心小坐，能给这里青年编辑做一次讲座最好。

即颂秋安，请多保重！

祝新刚

我于是接着把以下各卷看下去。

在以下各卷遇到的问题，例如人名译错的，像刘不同被误译为"刘步童"。刘不同（1905—1969），他从1942年起就是立法院立法委员，1949年8月13日在香港参加一些立法委员签名声明脱离国民党政府，拥护中国共产党的领导，此后到华北大学接受政治训练，1957年，他在西安西北大学任经济系教授的时候被划为右派分子。

一件档案提到"韩光和任坤一"两个人，这里"任坤一"是"任仲夷"的误译。当时韩光是中共旅大行政公署党组书记，任仲夷是副书记，正好由他们正副职两人去和苏方会谈。

贺耀组被误译为"贺耀祖"。贺耀组（1889—1961），字贵严，历任国民党政府军政要员，这时以中国国民党革命委员会中央常委的身份被安排为中南军政委员会交通部部长。

于斌被误译为"余彬"。于斌（1901—1978），1946年任天主教南京教区总主教，同年出席国民大会，为主席团成员，1949年初被中共宣布为战争罪犯。

李强被误译为"李灿"。李强（1905—1996），当时是中央人民政府新闻总署广播事业局局长。

毕鸣岐被误译为"毕明齐"。他当时是天津市工商联主任委员，1957年被划为右派分子。

黄乃被误译为"黄鼐"。黄乃（1917—2004），是黄兴的遗腹子，青年时期曾留学日本，1938年到延安，先后在中共中央宣传部、八路军政治部工作，后来视力严重衰退，中共中央安排他到苏联就医，也无效果，从苏联回国以后就完全失明，失明后在盲文研究方面做出了成绩。

陈昌浩被误译为"陈臧沪"。陈昌浩（1906—1967），1939年8月赴苏联治病，后来在莫斯科外文出版社任翻译。

赵守一被误译为"赵守义"。赵守一（1917—1988），后来担任过中共中央宣传部副部长、劳动人事部部长，是中共第十二届中央委员。

瞿独伊被误译为"瞿杜翼"，同一卷另一处又被误译为"邱杜易"。她是瞿秋白的女儿。我在编辑《瞿秋白文集》的时候同她有过接触。她对我说起过，那时的新华社莫斯科分社，就是她和李何的夫妻店。

女作家草明的名字被误译为"曹敏"。她的中篇小说《原动力》是1948年在哈尔滨东北书店初版的。

日本共产党领导人德田球一被误译为"德田秋一"。

斯大林说到当时的法国总理"普列文"，通译为"普利文"。斯大林说的是一个人。可是本书编者在这里加了一条注释："（保加利亚城市，某州首府)"。我觉得奇怪，人名怎么变成地名了呢。我在查阅《不列颠百科全书》的时候才明白这原因。原来在第13册第349页右下角有相邻的两条：上面的一条正是地名"普列文"，注文确实是"保加利亚北部城镇"，接着的一条是人名"普利文"，注文说的就正是这一位法国总理。译者所用的或许也是这一部工具书，在同一页上看到这两个词条，不知道为什么要选用地名这一条而不选用人名这一条。如果译者想得到斯大林所说的是一个人，大约就不会选错了吧。

中国新民主主义青年团中央委员会书记冯文彬（1910—1997），浙江诸暨人，被误译为笔名废名的作家冯文炳（1901—1967），湖北黄梅人。

张稼夫被误译为"张家福"。张稼夫（1903—1991），1953 年 1 月被任命为中国科学院副院长，3 月更被任命为中国科学院党组书记。

高岗和苏联朋友杰沃相、尤金会谈，介绍中国的民主人士的情况，高岗说，"受到比较多的怀疑"的，有"罗隆基、陈济棠和其他人"。这里说的"陈济棠"必定译错了。高岗在同他的苏联朋友说这些话的时候，陈济棠正在台湾蒋介石那里当他的总统府资政、战略顾问，并没有过来当民主人士。《辞海》里有他的词条。

周鲠生被误译为"周凯申"。周鲠生（1889—1971），著名国际法学家，曾任武汉大学校长。

一件档案里面说道："中华人民共和国档案专家代表团（一行 4 人）团长曾山同志"这里的"曾山"是"曾三"的误译。曾三（1906—1990），湖南益阳人，他担任过国家档案局局长、中共中央档案馆馆长。他是长郡中学的老校友，我在某一年长郡中学的校庆活动中见到过他。现在校园墙上还有他题写的校训"朴实沉毅"。曾山（1899—1972），江西吉安人，当时是中共中央交通工作部部长，这以前做过商业部部长，这以后做过内务部部长，这些经历都和档案工作没有关系。

中共中央对外联络部第一局负责人叶蠖生被误译为"中共中央与兄弟党联络部第一局负责人叶护生"了。

机构名称的误译，例如"中华全国总工会"被误译为"全国劳动联合会"或者"中国全国工联"或者"中国工会中央"。"志愿军"被误译为"外籍军团"。中国民主妇女联合会被误译为"中国妇女民主联合会"。中国新民主主义青年团被误译为"新民盟（新民主青年联盟)"。"工商联"被误译为"工商协会"。"公私合营企业"被误译为"国家和私人所有制混合所有制企业"。

长春电影制片厂被误译为"重庆电影制片厂"，当时并不存在一个"重庆电影制片厂"。

美国国务院在"白皮书"中的用语"民主个人主义者"被误译为"民主个性"。这只要一看毛泽东写的评白皮书的文章《丢掉幻想，准备斗争》就知道了。

中国公众熟知的"华尔街"，被译为"沃尔－斯特里特"，中国读者乍一读还不知何所指。

"中国人民政治协商会议共同纲领"被误译为"人民政治协商会议总纲"。把专有名词"抗美援朝运动"误译为"反对美帝国主义、援助朝鲜的运动"。

"人造卫星"被音译为"斯普特尼克"，说"人造卫星"人们都知道，不宜用这种人们不熟悉的音译。

铁托、尼赫鲁、苏加诺、纳赛尔曾经发起不结盟运动，1961 年 9 月 1 日至 6 日在贝尔格莱德举行了有二十五个国家参加的第一次不结盟国家和政府首脑会议，通过了《不结盟国家和政府首脑宣言》和《关于战争的危险呼吁和平的声明》。一件档案里把"不结盟国家"误译为"中立国家"了。

一件档案里引用了毛泽东说的有五个党攻击中国，就是保加利亚、匈牙利、捷克斯洛伐克、意大利、东德的共产党。他没有说其中有比利时共产党。可是译者把"保加利亚"误译为"比利时"了。

"附属国"被译为"依附性国家"。"附属国"，这是列宁在《帝国主义论》里提出来的概念。在《帝国主义论》的中文译本里正是译为"附属国"。

我把在全书十二卷里遇到的诸如此类的许多问题发给祝新刚先生。同时表示因为自己历史知识的不足，必定还有我没有能够发现的问题，希望能够多请几位相关的专家看看。

……

我已经对祝新刚先生说过，我想把这些读书札记编为《解"解密"》一书。十二卷读完，就可以着手做这件事情了。不过，我以为如果单只把这些勘误性质的文字编为一书，那么对这一部档案集就太不公平了，似乎只是说这部档案集是一部有许多错误的书。我首先应该从正面证明这部书的用处和价值。我还得补写几篇文章：从俄罗斯解密档案看中苏关系、看朝鲜战争、看匈牙利事件、看"大跃进"等等。比方说关于朝鲜战争这一篇，有关档案就充分证明了战争是谁发动的，是怎样发动的，中国早在战争爆发之前实际上就已经介入了，在战争中，中国又承担了多大的负担与牺牲，等等。许多事情都和长时间流行的说法大不相同。这一部档案集才提供了历史的真相和细节。我以为这几篇文章足以显出这部解密档案集的价值。

我这工作还没有最后完成的时候，书稿却意外地得到了出版的机会。那是广东人民出版社请葛剑雄教授主编"当代学人精品丛书"，邀我加盟。我就把这本书稿的已经写成的部分交给他们，同上赶写最后的部分随时陆续发过去。我在书的自序里说了我写这本书和出这本书的目的：

我写这些札记，第一个目的是为了自己看懂这些档案。遇到了看不懂的地方，疑心译文有误，是在查阅相关书籍之后才弄明白的。有的年轻朋友不知底细，说我"学识渊博"，他不知道其实我一点也不"渊博"，书中我所引证的那些材料，许多都是现买现卖，临时从手边的工具书（例如《不列颠百科全书》《中国大百科全书》《苏联百科词典》《中国共产党组织史资料》等）里面查找出来的。有些俄文方面的疑难问题，我是向蓝英年兄请教才解决的。这完全是为了自己研究的需要。第二个目的就是供编译者和出版社修订重印时候做参考了。至于现在把它印成一本书出版，我想是可以供这几部档案集的读者做参考，帮他省下一些勘误的工夫；对于没有购读这几部档案集的读者，就算是给他提供一个关于读书方法的建议吧。我想，这些经过初步整理的史料，应该有助于重新思考一些长时间习惯了的传统说法吧。

在自序里，我也对有志于史学的朋友贡献了一个意见：

傅斯年说过："史学便是史料学。"这话说得真好。没有史料，当然不可能有史学。不过要注意：傅斯年说的不是"史学便是史料"，而是"史学便是史料学"。史料本身，并不就是史学，史料学才是史学。史料学就是对史料的研究。占有史料，并不能够表明已通史学；只有对史料做了深入的研究，才能够说是入了史学之门。

当年是祝新刚先生排除许多困难第一次出版了我的反右史，是我们的第一次成功的合作。这一回就是我们第二次成功的合作。这两本书都是我自己喜欢的书。

这本书于2016年6月出版。不相识的读者有什么反应我还不知道。友人的反应，2016年9月8日《南方周末》刊出了邵燕祥兄的《勘误的学问》一文，其中说：

如现在置于我案头的《当代学人精品丛书·朱正卷》，就是由他原来所编《解"解密"》书稿扩充而成，其主体部分是朱正阅读《俄罗斯解密档案选编·中苏关系》（沈志华主编，东方出版中心，2015），《共产国际、联共（布）与中国革命档案资料丛书》（黄修荣主编，中共中央党史研究室第一研究部编译）

和《苏联历史档案选编》（沈志华主编，社科文献出版社出版，2002）这三部档案的札记。朱正说："其中很大一部分是我阅读时候的收获，分析和讨论我从这些材料里看到的历史事件的真相和细节；另一部分是我发现译文里的错误，写下来为读者释疑解惑，日后编译者和出版社修订重印也好用作参考。"在这后一部分里，像瞿秋白女儿、新华社驻苏记者瞿独伊的名字被写作"瞿杜翼""邱杜易"，在我们这代人似乎还较易辨认，但更多的人名、地名、机构和职衔，如果没有朱正的细心考证，读者真的就莫名所以了。

诚如当年傅斯年所说，并经朱正在此书中郑重引用的，史学便是史料学。没有实实在在的史料，那所谓史学的研究就是空中楼阁。当然，史料并不是史学，但史料是史学研究的基础，如果史料有误，那将贻害无穷，甚至导致错误的、虚假的结论，引起一连串史学研究的多米诺骨牌式的坍塌。一般读者也不会"读书越多越明智"，而是盲人瞎马不知走向哪里去了。

朱正在他对新发现的史料（如国外档案的中文译本）中差错的勘误，意义就在防止以讹传讹，让据以从事的研究工作有一个可靠的起点。

朱正这方面的探索，更让我想起他早年为许广平先生回忆录所写的正误一书，那时已奠定了他在文史校勘方面的基础。他重视史料的积累和辨别，进而对史料深入研究，正是这样一步一步地入了史学之门。

老友过奖。我只好把这看作对我的鼓励。

单埠教授2016年9月30日来信，充分肯定了我做的工作，同时指出了我书中的一处差错："有一个人名（第296页、第343页）哈马舍尔德，他当联合国秘书长时，我正读高中大学，常在报上看到。好像没有用过其他译法。现在百度也这样译。"这里确实是我弄错了，没有校对出来。一本大谈别人差错的书，自己出错，很是惭愧。书中错误当不止这一处，请发现了的朋友告诉我，十分感谢。

（原载《随笔》2017年第1期）

鲁迅与中国现代木刻运动

——《鲁迅藏中国现代版画全集》序

在现代绘画艺术的各个门类中，版画（特别是木刻）是很重要的一种。湖南美术出版社出版的这一部《鲁迅藏中国现代版画全集》，可以看作是八十年前中国版画的纸上画展。因为喜爱版画，鲁迅并不止于收藏，他还花了很大的力气，来推动早期中国版画的发展。这些成绩，同当年鲁迅以左翼文坛领袖的声望大力提倡，有很大的关系。

1928 年，鲁迅和柔石等几个朋友组织文艺团体朝花社，出版《艺苑朝华》美术丛刊，其中就有鲁迅编选的《近代木刻选集》第一、第二两辑，介绍外国的版画作品，供给有志于此道的青年参考。第一辑的十二幅木刻，都是从英国的《文人》《画室》《当代木刻》等美术杂志中选取的。有惠勃的《高架桥》《农家的后园》和《金鱼》。司提芬·蓬的一幅，是为美国作家乔治·勃恩的《一个农夫的生活》作的插图之一。此外还有达格力秀、法国人哈曼·普耳、意大利人迪绥尔多黎，麦格努斯·拉该兰支、美国人富耳斯和华惠克的作品。鲁迅在《附记》里对这些作者和作品都做了简单的介绍和评论。例如他说：

> 达格力秀（E. Fitch Daglish）是伦敦动物学会会员，木刻也有名，尤宜于作动植物书中的插画，能显示最严正的自然主义和纤巧敏慧的装饰的感情。《田凫》是 E. M. Nicholson 的 Birds in England 中插画之一；《淡水鲈鱼》是 Izaak Walton and Charles Cotton 的 The Compleat Angler 中的。观这两幅，便可知木刻术怎样有裨于科学了。

1930 年朝花社解体以后，鲁迅依然以个人之力介绍外国版画。最著名的就是 1934 年编印苏联木刻作品选集《引玉集》了。他 1934 年 6 月 2 日给郑振铎的信中谈到出版《引玉集》的意图，他说：

盖中国艺术家，一向喜欢介绍欧洲十九世纪末之怪画，一怪，即便于胡为，于是畸形怪相，遂弥漫于画苑。而别一派，则以为凡革命艺术，都应该大刀阔斧，乱砍乱劈，凶眼睛，大拳头，不然，即是贵族。我这回之印《引玉集》，大半是在供此派诸公之参考的，其中多少认真，精密，那有仗着"天才"，一挥而就的作品，倘有影响，则幸也。

《引玉集》出版之后，除了在内山书店销售一部分以外，鲁迅把它赠送给好些木刻家了。

鲁迅对木刻的提倡，还得说到暑期木刻讲习班这件事。1931 年 8 月 17 日到 22 日，鲁迅在上海长春路日语学校请日本人内山嘉吉向十三个青年人讲授木刻技法，并自任翻译，为期一周。讲习班学员十三人：陈广、陈铁耕、顾洪干、周熙（即江丰）、黄山定、李岫石、胡仲持、倪焕之、郑川谷、苗勃然、乐以钧、钟步卿、邓起凡。其中有几位就有作品收在这部画册中。

许多木刻家把自己的作品送给鲁迅。1934 年他从这些作品中选编出版了一本《木刻纪程》。1934 年 6 月 6 日致陈铁耕的信中说："我为保存历史材料和比较进步与否起见，想出一种不定期刊，或年刊，二十幅，印一百二十本，名曰《木刻纪程》，以作纪念。"这本书收 1933 年至 1934 年两年间八位木刻作家的作品二十四幅：一工（黄新波）的《推》，何白涛的《艇》《街头》《烟》《上市》，李雾城（陈烟桥）的《窗》《风景》《拉》，陈铁耕的《母与子》《岭南之春》，普之（陈普之）的《船夫》，张致平（张望）的《出路》《负伤的头》《丐》《猪》，刘岘的《少女》《乐人》《风景》《风景之二》，兰加（陈普之）的《黄包车夫》，罗清桢的《爸爸还在工厂里》《静物》《韩江舟子》《夜渡》。鲁迅在为《木刻纪程》写的《小引》中谈到他编印这本书的动机时说："本集即愿做一个木刻的路程碑，将自去年以来，认为应该流布的作品，陆续辑印。"希望木刻作者"不断的奋发，使本集能一程一程的向前走"。他为这件事花了不少力气，可是结果并不如他所希望的好。1934 年 10 月 6 日他致何白涛信中说："《木刻纪程》已印出，即托书店寄奉四本，……此次付印，颇费心力，经费亦巨，而成绩并不好，颇觉懊丧。"又在同月 8 日致郑振铎信中谈到："近选了青年作者之木刻二十四页，印成一本，名《木刻纪程》，用力不少，而印订殊不惬意。"同月 21 日致罗清桢信又说：《木刻纪程》"这回的印刷是失败的，因为版面不平，所以不合于用机器印"。从这里他总结出了一条经验：木刻只能用手印，

1934 年 10 月 21 日鲁迅致罗清桢的信中说："《木刻纪程》及原版已于数日前寄出，想已收到。这回的印刷是失败的，因为版面不平，所以不合于用机器印。可见木刻莫妙于手印，否则，版面必须弄得极平。"

按照鲁迅原来的设想，《木刻纪程》是要作为一种不定期刊不断出下去，以反映中国新兴木刻的不断进步的。可是第一本就失败，以后当然没有继续出下去了。

现在《鲁迅藏中国现代版画全集》出版，可以说是中国新兴木刻运动早期（1936 年以前）成绩的总集，规模比《木刻纪程》不知大了多少倍。要是鲁迅还在世，看到这部书，当会很感欣慰的吧。

从这部《鲁迅藏中国现代版画全集》里，我们可以看出当年木刻运动的许多情形。先说这些木刻家的政治态度、政治倾向。鲁迅在《英译本〈短篇小说选集〉自序》说他自己创作小说的态度是：

后来我看到一些外国的小说，尤其是俄国，波兰和巴尔干诸小国的，才明白了世界上也有这许多和我们的劳苦大众同一运命的人，而有些作家正在为此而呼号，而战斗。而历来所见的农村之类的景况，也更加分明地再现于我的眼前。偶然得到一个可写文章的机会，我便将所谓上流社会的堕落和下层社会的不幸，陆续用短篇小说的形式发表出来了。原意其实只不过想将这示给读者，提出一些问题而已，并不是为了当时的文学家之所谓艺术。

许多在鲁迅影响之下的木刻家也是这样。他们努力在自己的作品里反映出"上流社会的堕落和下层社会的不幸"来。像张望的《贫病》、许秀始的《狱中》、唐英伟的《逃难者》、李桦的《何处是家》（两个流离失所的愁苦的老妇人）、赖少麒的《帝国主义者的囚徒》、洪野的《饥饿》、陈拓烟的《失业》（一个愁眉苦脸的失业者坐在正在哺乳的妻子的身旁）。在这一部藏画集里，这一类题材的作品真是举不胜举，可以说是一部集体创作的《流民图》，充分反映出了"下层社会的不幸"。

一些艺术家也努力反映"所谓上流社会的堕落"。在这一部画册里可以看到刘岘刻的两帧《有闲阶级胡娱乐》，有一幅的画面是一对青年男女在跳交谊舞。这乐曲声中翩翩起舞的场景，当然和失业、饥饿、逃难、坐牢这些对比太强烈了。如果不拿这些来做对比，单说跳舞，那就各个阶级都有人有此爱好了。不要说现在，就是当年在延安，在那样艰苦的战争时期，也是常常举行舞会的。我们不妨看看鲁迅本人的意见。他在《花边文学·过年》一文中说："叫人整年的悲愤，劳作的英雄们，一定是自己毫不知道悲愤，劳作的人物。在实际上，悲愤者和劳作者，是时时需要休息和高兴的。古埃及的奴隶们，有时也会冷然一笑。这是蔑视一切的笑。不懂得这笑的意义者，只有主子和自安于奴才生活，而劳作较少，并且失了悲愤的奴才。"可见人们在劳作之余去跳舞，是无可非议的正当娱乐。说这是"胡娱乐"，这态度是左了一点。当时左翼作家、左翼美术家，一个共同点特色，就是左，左翼这个称号真是当之无愧。如果不用左和右这种政治概念，恐怕应该说是一种愤青的表现。

人受到压迫就要反抗，要斗争。画册里就有不少反映反抗和斗争的作品。像力群的《斗争》，画面是工厂里工人们不顾武装人员举枪威胁群起闹事；李桦的《大众起来》，画面是街头的群众示威。有些作品使人感觉到这斗争是在共产党的旗帜下进行的。像刘仑的《爱国提灯》，画面上，游行队伍的标语牌上写着共产党的口号"巩固抗日救亡的联合阵线"，陈光的《五月之回头》，画面上五一游行的工人队伍打出了五一节的横幅。

鲁迅在提倡木刻的同时，也提倡新文字，即所谓汉字拉丁化运动。这件事本来是瞿秋白提出来的，他费了许多力气提倡的汉字拉丁化，还草拟了《新中国文草案》。鲁迅接受了瞿秋白的这个主张，写了《门外文谈》等好几篇文章来宣传。他们两位都把中国人使用了几千年的文字即方块字贬得很低，鲁迅在《中国语文的新生》一文里称方块字为"阻碍传布智力的结核"，必须废除；而在《关于新文字》这篇里又热情称赞拉丁化新文字，说："这回的新文字却简易得远了，又是根据于实生活的，容易学，有用，可以用这对大家说话，听大家的话，明白道理，学得技艺，这才是劳苦大众自己的东西，首先的唯一的活路。"这也是当年左翼文化界的一件大事。有木刻家愿意为宣传新文字运动做点贡献，像小苇（即唐英伟）的《二文盲》，画面上两个身强力壮的成年文盲后面传单上的文字是"新文字运动"。陈烟桥 1936 年 4 月 14 日致鲁迅的信中，告诉他："新文字运动在香港、中山亦日有进展，月来香港关于新文字的书籍销路颇不恶。"（《鲁迅、许广平所藏书信选》，湖南文艺出版社，1987 年版，第 151 页）他知道鲁迅关心这事，说一点好听的给鲁迅听。

这里顺便说一下后来的情况。1954 年 12 月 23 日，国务院直属的中国文字改革委员会成立，可以认为是有意以国家之力来推动文字改革，设置专门机构来研究推行汉字拉丁化方案了。可是经过多年试验研究也没有结果，到了

1985 年 12 月 16 日，国务院决定将中国文字改革委员会改名为国家语言文字工作委员会，表示放弃了将拉丁化新文字取代方块字的意图。1998 年 3 月，国务院机构改革，把这个委员会并入教育部，只是对外保留其名称，实际上已经不独立存在了。这件事可以认为是最终放弃了文字改革的计划了。当年鲁迅瞿秋白他们提倡拉丁化，以及一些木刻家作画为之鼓吹，都算是白费了力气。

从这些可以看出：当年鲁迅所提倡的木刻运动，实际上是左翼文化运动的一个重要的组成部分，因此也就受到迫害。鲁迅 1935 年 1 月 4 日致李桦信中说："上海，现在已无木刻家团体了。开初是在四年前，请一个日本教师讲了两星期木刻法，我做翻译，听讲的有二十余人，算是一个小团体，后来有的被捕，有的回家，散掉了，此后还有一点，但终于被压迫而迸散，实际上，在上海的喜欢木刻的青年中，确也是急进的居多，所以在这里，说起'木刻'，有时即等于'革命'或'反动'，立刻招人疑忌。"在《木刻纪程》的小引里，鲁迅说："到一九三一年夏，在上海遂有了中国最初的木刻讲习会。又由是蔓衍而有木铃社，曾印《木铃木刻集》两本。又有野穗社，曾印《木刻画》一辑。有无名木刻社，曾印《木刻集》。但木铃社早被毁灭，后两社也未有继续或发展的消息。前些时在上海还剩有 M. K. 木刻研究社，是一个历史较长的小团体，曾经屡次展览作品，并且将出《木刻画选集》的，可惜今夏又被私怨者告密。社员多遭捕逐，木版也为工部局所没收了。"木刻家受迫害的很有些人，这里就不细说了。只说最著名的曹白一案，鲁迅写在《写于深夜里》的，许多人都知道了：他是木刻研究会的会员，就因为刻了一帧卢那却尔斯基的肖像被捕了。理由是：这人是俄国的红军军官！

当年和鲁迅交往的这些木刻家有不少人参加了中国左翼作家联盟，参加了中国左翼美术家联盟，有的还参加了共产党，成为职业革命家。已经知道的，抗日战争时期投奔延安的有陈铁耕、江丰、刘岘、郝力群、程沃渣、张望、金肇野、胡一川、温涛、黄山定、叶洛、汪占非等人。参加了八路军的有黄新波。参加了新四军的有赖少麒、曹白、林夫，1936 年 10 月 8 日和鲁迅合影的青年木刻家林夫，后来被囚禁在上饶集中营，因参加赤石暴动被敌人杀害。

在画册中，相当集中地反映了战斗这个主题；此外风俗画、风景画、装饰画也都有很出色的成绩。像罗清桢的风景画《初夏》和《五指峰的白雾》，古达的《晚归》，赖少麒的风俗画《满月》和《骑布马》，李桦的《北国风景》和《龙舟》，张影的《秋景》和《渔村》，李灿荣的《屋景》，唐英伟的《元宵夜》，陈烟桥的《风景》，都是十分可喜的。

这部画册的第五卷是"连环画"。不少木刻家热心于连环画，我想是受了比利时麦绥莱勒（1889—1972）的连环画《一个人的受难》的影响。1933年9月上海良友图书印刷公司出版了比利时画家、木刻家麦绥莱勒（通译麦绥莱尔）的四种连环画《光明的追求》《我的忏悔》《没有字的故事》和《一个人的受难》。这《一个人的受难》乃是写实之作，表现下层社会一个不幸者苦难的一生。整个故事通过二十五幅图画叙述出来，并无一字的说明。鲁迅给它作序，逐一解说每一幅图的内容，读者自然一目了然了。这书在中国木刻界产生了影响，好几位木刻家都创作了自己的连环图画。像温涛就创作了一组四十二帧木刻组成的一部连环画，这部作品在画册上没有标题，据作者1935年11月17日致鲁迅的信中说，它的标题是《毁灭》，曾经在汉口《大光报》上连载。（《鲁迅、许广平所藏书信选》，湖南文艺出版社，1987年版，第148页）此外陈铁耕（又村）有连环画《廖坤玉故事》，郑野夫有连环画《卖盐》。这些连环画的技法和构思都有可取之处，可见作者的努力是有成绩的。

我对造型艺术包括木刻完全是门外汉，出版社看到我写过鲁迅的传记，约我作序，我为了对出版这一部大书的盛事表示高兴，也就并不推辞，凭着对鲁迅资料的熟悉，说一通外行话，顺便介绍一点时代背景，请大家指教。

（原载《随笔》2017 年第 6 期）

电报日期错了

在《共产国际、联共（布）与中国革命档案资料丛书》（简称《档案》）里收有1936年7月初《季米特洛夫给斯大林的信》，其中报告说："自中国红军主力于1934年10月撤离江西和福建后中断的共产国际同中共中央的电讯联系，已由共产国际无线电台恢复。经过（一些监控电报）检验，现在可以认为，同中共中央的无线电联系已稳定地建立起来。"信中还把从电台收到中共中央书记处给中共驻共产国际代表团的第一份电报的内容详细报告斯大林。

中共中央书记处的这个电报很长，共分十一点。电报末尾签署的日期和地点是"6月26日——陕北，瓦窑堡"。[《共产国际、联共（布）与中国革命档案资料丛书》第

十五卷，第223—228页］

现在的读者如果不十分注意，就这么看过去了，似乎没有什么问题。大家知道，红军到达陕北，胜利结束长征以后，中共中央政治局在陕北的第一个驻地就是瓦窑堡。《毛泽东选集》第一卷里的那篇《论反对日本帝国主义的策略》就是1935年12月27日他在陕北瓦窑堡召开党的活动分子会议上所做的报告。如果仔细一点，如果联系中共党史来看，就会发现电报末尾签署的"6月26日——陕北，瓦窑堡"，日期必定错了。因为这一天中共中央已经撤出瓦窑堡了。

中共中央撤出瓦窑堡的情况，据《毛泽东年谱》记载：

（1936年）6月14日 出席中共中央常委会。会议决定中央撤出瓦窑堡，并进一步讨论了西南事变问题。

同日关于东北军进攻瓦窑堡问题，同周恩来致电萧劲光、李富春转杨至诚并告彭德怀，指出："东北军分三路向瓦窑堡前进，今日其右路到平步塔，中路已过青化砭，左路似由下寺湾向上桥前进，估计明十五日可进至永坪、蟠龙、安塞之线。绥、清敌人亦有配合可能。""我军决定出瓦窑堡准备作战。"

6月21日国民党军高双成部乘虚袭击瓦窑堡。毛泽东、周恩来、张闻天等率中共中央党政军领导机关安全撤出。

既然6月21日中共中央党政军领导机关已经安全撤出了瓦窑堡,怎么可能6月26日中共中央书记处还在这里拍发电报呢。这个日期显然错了。发出这份电报必定在6月26日以前。那么它究竟是哪一天发出的呢?在《毛泽东年谱》里没有查到。我想,这个电报不是毛泽东写的,当然在《毛泽东年谱》里没有记载了。这个电报应该是张闻天写的。不久以前的遵义会议上张闻天被推举为中共中央总书记,向共产国际汇报中共的情况正是他的职责。于是我就去查阅《张闻天年谱》,果然查到了:这个电报是1936年6月16日发出的。

《张闻天年谱》1936年6月16日:

以中央书记处名义致电中共驻共产国际代表团,向代表团通报了中央到达陕北后的党和红军的全面情况,以及加速西北发动的打算,并对共产国际提出经济和物资援助的请求。电报共分十一点。电报说"中央及中央红军主力去年冬天到达陕西后,粉碎了张学良、蒋介石的进攻,奠定了党在西北建立革命大本营

的基础"，接着报告了"东征""西征"和统一战线
工作情况，张国焘分裂南下及二四方面军的大致情
况，目前中央所在苏区的概况和处境，以及中央的组
成情况等，关于中央组成，电报说："现时中央集中
的组织，政治局：洛甫、恩来、博古、泽东、邓发、
凯丰、稼祥、仲丹、德怀，常委：洛甫（书记）、恩
来、博古、泽东四人。"电报还告诉代表团："你们派
出的人，林仲丹十二月就到了，阎红彦、罗英均到
了。""国际七次大会决议今年三月收到。"

　　对照《档案》译本所载电报全文来看，《张闻天年谱》
这一条记载的就正是这个电报的摘要。只是《档案》译本
把"16 日"错成"26 日"了。

　　还有，《档案》里，《季米特洛夫给斯大林的信》标明
的日期是"1936 年 7 月初"，并不是档案原来标明的日期。
据译本页末注说："日期是根据内容标明的。"也就是说根
据"6 月 26 日"推算出来的。现在知道"26 日"是"16
日"之误，那么原来推定的日期也得相应提前，改为"6
月 16 日以后"才对，因为这样一份重要的电报，季米特
洛夫不会拖延许多日子才报告斯大林的。

（原载《随笔》2018 年第 3 期）

重读鲁迅
《答徐懋庸并关于抗日统一战线问题》

1936 年鲁迅发表《答徐懋庸并关于抗日统一战线问题》一文，是他生平一大公案。这篇文章是为答复徐懋庸的一封来信而写的。关于这篇文章，长时间以来聚讼纷纭，两个问题：徐懋庸写信，是他的个人行为、个人意见呢，还是代表了"左联"领导人呢？鲁迅的回答是他自己写的呢，还是冯雪峰为他代笔的呢？1958 年出版的十卷本《鲁迅全集》第六卷的注释说：

> 徐懋庸给鲁迅写那封信，完全是他个人的错误行
> 动，当时处于地下状态的中国共产党在上海文化界的

组织事前并不知道。鲁迅当时在病中，他的答复是冯雪峰执笔拟稿的，他在这篇文章中对于当时领导"左联"工作的一些党员作家采取了宗派主义的态度，做了一些不符合事实的指责。由于当时环境关系，鲁迅在定稿时不可能对那些事实进行调查和对证。

对以上两个问题的回答都与事实不符。

徐懋庸为什么要写这封信呢？大背景是共产国际在1935年7月、8月的第七次代表大会上实行了重大的路线转变，放弃了极左的"第三时期"理论，提出了右倾的"人民阵线"的理论，要求各国共产党和资产阶级政府合作反对法西斯。王明为中国共产党写了"八一宣言"还要求萧三写信回国通知解散"左联"，另组"文艺家协会"，周扬提出"国防文学"口号，都是执行这个新政策的必要措施。而鲁迅当时对于共产国际政策路线这个180度的转变确实不了解，所以另提"民族革命战争的大众文学"口号与周扬提出的"国防文学"口号相对立。鲁迅在感情上也不愿意解散"左联"，认为即使要解散，解散的时候要发一个宣言。对于"左联"没有发一个宣言就解散了，鲁迅一直耿耿于怀，并且拒不参加取代"左联"而新成立的"文艺家协会"。这时徐懋庸是"左联"常委、宣传部长和书记，而且历来同鲁迅的关系很好，因而成了"左联"常委会和鲁迅之间的联系人，或者说是周扬和鲁迅之间的联系人。他以为自己应该向鲁迅解释共产国际的新政策，调解鲁迅和"左联"常委会即周扬等人的这些分歧。

至于鲁迅的态度，一开始就很明确，1936 年 4 月 21 日，他收到文艺家协会发起人之一何家槐来信并缘起，邀请鲁迅加入文艺家协会，24 日他即回信拒绝：

> 我曾经加入过集团，虽然现在竟不知道这集团是否还在，也不能看见最末的《文学生活》。但自觉于公事并无益处。这回范围更大，事业也更大，实在更非我的能力所及。签名并不难，但挂名却无聊之至，所以我决定不加入。

4 月 23 日鲁迅给曹靖华的信中更说了他对文艺家协会的看法：

> 这里在弄"作家协会"，先前的友和敌，都站在同一阵图里了，内幕如何，不得而知，指挥的或云是茅与郑，其积极，乃为救《文学》也。我鉴于往日之

给我的伤，拟不加入，但此必将又成一大罪状，听之而已。

近十年来，为文艺的事，实已用去不少精力，而结果是受伤。认真一点，略有信用，就大家来打击。去年田汉作文说我是调和派，我作文诘问，他函答道，因为我名誉好，乱说也无害的。后来他变成这样，我们的"战友"之一却为他辩护道，他有大计画，此刻不能定论。我真觉得不是巧人，在中国是很难存活的。

徐懋庸看到鲁迅复何家槐的信以后，5月2日给鲁迅去信解释，说："'左联'解散问题，我是前前后后多次报告了你的。'解散'得对不对，是另一问题，但你说不知下落，则非事实。"他即于下午复信给徐懋庸说：

一、集团要解散，我是听到了的，此后即无下文，亦无通知，似乎守着秘密。这也有必要。但这是同人所决定，还是别人参加了意见呢，倘是前者，是解散，若是后者，那是溃散。这并不很小的关系，我确是一无所闻。

二、我所指的刊物，是已经油印了的。最末的一本，曾在别处见过实物，此后确是不出了。这事还早，是否已在先生负责之后，我没有查考。

至于"是非""谣言""一般的传说"，我不想来推究或解释，"文祸"已够麻烦，"语祸"或"谣祸"更是防不胜防，而且也洗不胜洗，即使到了"对嘴"，还是弄不清楚的。不过所谓"那一批人"，我却连自己也不知道是"那一批"。

好在现在旧团体已不存在，新的呢，我没有加入，不再会因我而引起一点纠纷。我希望这已是我最后的一封信，旧公事全都从此结束了。

从这几封信看，鲁迅对于左联的解散、对于另外组建的文艺家协会，都是非常不满的了。而徐懋庸也很不满鲁迅不肯加入文艺家协会的态度，以为这是因为他不了解共产国际政策路线的转变，同时也是受了胡风、黄源等人的影响。于是在 8 月 1 日给鲁迅写信，讲解共产国际的新政策，并涉及一些人事关系，希望能够劝说鲁迅回心转意。信中说明共产国际的新政策说：

我要告诉先生，这是先生对于现在的基本的政策没有了解之故。现在的统一战线——中国的和全世界的都一样——固然是以普洛为主体的，但其成为主体，并不由于它的名义，它的特殊地位和历史，而是由于它的把握现实的正确和斗争能力的巨大。所以在客观上，普洛之为主体，是当然的。但在主观上，普洛不应该挂起明显的徽章，不以工作，只以特殊的资格去要求领导权，以致吓跑别的阶层的战友。所以，在目前的时候，到联合战线中提出左翼的口号来，是错误的，是危害联合战线的。所以先生最近所发表的《病中答客问》，既说明"民族革命战争的大众文学"是普洛文学到现在的一发展，又说这应该作为统一战线的总口号，这是不对的。

他说"中国的和全世界的都一样"，就是说这是共产国际的政策。信中又说：

> 我总觉得先生最近半年来的言行，是无意地助长着恶劣的倾向的。以胡风的性情之诈，以黄源的行为之谄，先生都没有细察，永远被他们据为私有，眩惑群众，若偶像然，于是从他们的野心出发的分离运动，遂一发而不可收拾矣。
>
> ……

我觉得不看事而只看人，是最近半年来先生的错误的根由。先生的看人又看得不准。

这封来信使鲁迅十分愤怒。他在冯雪峰代拟的初稿上，花了四天时间做了大量的修改和增补，写成《答徐懋庸并关于抗日统一战线问题》这篇长文，发表在《作家》月刊8月号上。接着在几封给友人的信中可以看出他恼怒的程度，如8月25日给欧阳山的信：

但我也真不懂徐懋庸为什么竟如此昏蛋，忽以文坛皇帝自居，明知我病到不能读，写，却骂上门来，大有抄家之意。我这回的信是箭在弦上，不得不发，但一发表，一批徐派就在小报上哄哄的闹起来，煞是好看，拟收集材料，待一年半载后，再作一文，此辈的嘴脸就更加清楚而有趣了。

8月28日给杨霁云的信：

是的，文字工作，和这病最不相宜，我今年自知体弱，也写得很少，想摆脱一切，休息若干时，专以翻译糊口。不料还是发病，而且正因为不入协会，群仙就大布围剿阵，徐懋庸也明知我不久之前，病得要死，却雄赳赳首先打上门来也。

他的变化，倒不足奇。前些时，是他自己大碰钉子的时候，所以觉得我的"人格好"，现在却已是文艺家协会理事，《文学界》编辑，还有"实际解决"之力，不但自己手里捏着钉子，而且也许是别人的棺材钉了，居移气，养移体，现在之觉得我"不对""可笑""助长恶劣的倾向""若偶像然"，原是不足为异的。

其实，写这信的虽是他一个，却代表着某一群，试一细读，看那口气，即可了然。因此我以为更有公开答复之必要。倘只我们彼此个人间事，无关大局，则何必在刊物上喋喋哉。先生虑此事"徒费精力"，实不尽然，投一光辉，可使伏在大蘗荫下的群魔嘴脸毕现，试看近日上海小报之类，此种效验，已极昭然，他们到底将在大家的眼前露出本相。

9 月 15 日给王冶秋的信：

上海不但天气不佳，文气也不像样。我的那篇文章中，所举的还不过很少的一点。这里的有一种文学家，其实就是天津之所谓青皮，他们就专用造谣，恫吓，播弄手段张网，以罗致不知底细的文学青年，给自己造地位；作品呢，却并没有。真是惟以嗡嗡营营为能事。如徐懋庸，他横暴到忘其所以，竟用"实际解决"来恐吓我了，则对于别的青年，可想而知。他们自有一伙，狼狈为奸，把持着文学界，弄得乌烟瘴气。我病倘稍愈，还要给以暴露的，那么，中国文艺的前途庶几有救。现在他们在利用"小报"给我损害，可见其没出息。

10 月 15 日给台静农的信：

> 我鉴于世故，本拟少管闲事，专事翻译，藉以糊口，故本年作文殊不多，继婴大病，槁卧数月，而以前以畏祸隐去之小丑，竟乘风潮，相率出现，乘我危难，大肆攻击，于是倚枕，稍稍报以数鞭，此辈虽猥劣，然实于人心有害，兄殆未见上海文风，近数年来，竟不复尚有人气也。

鲁迅的这一篇《答徐懋庸》是冯雪峰代写草稿的。那经过，冯雪峰在外调材料《有关 1936 年周扬等人的行动以及鲁迅提出"民族革命战争的大众文学"口号的经过》里说了：

> 鲁迅收到徐懋庸的那封信是在 8 月初（现在查鲁迅日记是 8 月 2 日），那天下午我刚好到鲁迅那里去，他就把徐信给我看了。我现在也还记得，他当时是确实很气愤的，一边递信给我，一边说："真的打上门来了！他们明明知道我有病！这是挑战，过一两天我来答复！"
>
> 这就明白，鲁迅自己是决定要写这篇文章的。
>
> 当时鲁迅在大病之后，我看他身体确实远没有恢复健康；又因为 6 月间我曾以"O.V. 笔录"形式，代他自理过两件事情，还符合他的意思，于是我看完徐信后就说："还是由我按照先生的意思去起一个稿子吧。"
>
> 但鲁迅说："不要了，你已经给我抢替过两次了。这回，我可以自己动手。"（意思是说，他身体已经可以写文章。）
>
> 不过，我临走时仍然向鲁迅要了徐懋庸的信，说："让我带去再看看。"我回到住处后，当晚就动笔，想写下一些话给他做参考。用意还是因为他身体

确实不好，而有许多话是他答复徐信时必须说的、也是他一定要说的，他平日又是谈到过多次的，我按照他的意思，他的态度先写下一些，给他参考，也许可以省他一些力，这就是那一份钢笔写的草稿的来由。大概第三天，我拿到鲁迅家去，说都是按他谈过的话写的，也许可以给他参考：不料他看了后说："就用这个做一个架子也可以，我来修改，添加吧。"又说："前面部分都可用。后面部分，有些事情你不清楚，我来弄吧。"其实，这也不足为奇，因为那些话都是他自己说过的，同"口授"的差不多。所以，这件事，关系很小。重要的是他原来要写这篇文章。

鲁迅大约修改和加写了一两天时间（现在保存下来的原稿可以证明，不但全篇到处有修改的地方，而且后半篇几乎全部都是他自己重写和加写的）。我过了二三天再到他那里去时，他已经请许广平誉抄了一份清稿，还没有寄出去发表。他说："正等你来，有几个字眼斟酌一下。"

这"有几个字眼斟酌一下"，也正说明鲁迅的认真和他对自己文章负责的态度。

我记得当时他曾在誉清稿上改过几个字（后来这篇文章收在文集中有几个字同保存下来的原稿不同，

就因为这缘故），但已记不清改哪几个字了。

文中有几处特别提到郭沫若，并且有意引用了郭沫若的话；同时也提到了茅盾。这都是为了团结，事前考虑过的。

这篇文章明白写出"民族革命战争的大众文学"口号是他提的。还说到同茅盾商讨过，这也表示他一向都愿意同茅盾合作的态度。

这篇文章的手稿保存下来了。我们可以看到鲁迅从头到尾做了许多修改。这里拣重要的说几处。

冯雪峰的草稿写的是：

　　然后他们加你们以"破坏统一战线"的罪名，"汉奸"的罪名。然而我们不，我们应当把笔锋去向外！看一看！华北已经不是我们了，福建也快不是我们了！

鲁迅改定为：

　　那时他们就加你们以"破坏联合战线"的罪名，"汉奸"的罪名。然而我们不，我们决不要把笔锋去专对几个个人，"先安内而后攘外"，不是我们的办法。

冯雪峰的草稿写的是：

但我可以不加入他们的文艺家协会，因为我仍一样可以做事，但倘若抗日的民族革命战争起来了，如果我的笔没有用，我（准备）也有去当一名义勇军的决心。我对于文艺界，自然××赞成一切文学家，任何派别的文学家在抗日的口号之下统一起来，但文艺家协会现在并没有实现。

鲁迅改定为：

自然，我所使用的仍是一枝笔，所做的事仍是写文章，译书，等到这枝笔没有用了，我可自己相信，用起别的武器来，决不会在徐懋庸等辈之下！

冯雪峰的草稿写的是：

拒绝友军之生力的，把抗日的力量想无形谋杀了的，是你们的这种比王伦还要狭窄的气魄。

鲁迅改定为：

> 拒绝友军之生力的，暗暗的谋杀抗日的力量的，是你们自己的这种比"白衣秀士"王伦还要狭小的气魄。

冯雪峰的草稿写的是：

> 我真不懂我怎样助长着，以及助长什么恶劣倾向。难道因为我生病么？除了怪我生病却不死以外，我想就只能有一个说法：怪我生病，不能和徐懋庸这类恶劣的倾向弄鳖扭。

这一处鲁迅改"生病却不死"为"生病而竟不死"，改"弄鳖扭"为"来搏斗"。

冯雪峰的草稿里还有这样一段：

> 我联想到像徐懋庸之类的没出息的青年在文坛上播弄是非的行为，应当无容情的揭穿。例如我和茅盾、郭沫若、郑振铎诸先生的关系。我自己觉得我和他们的关系并不坏，有的常常见面，一同战斗；有的不能见面，也甚至没有通信，然而也一同战斗，为着

同一的目标。然而有几个"恶劣"的青年终想造些谣言，离间我们，以便达到他们私人的目的，实际上也做了分散我们力量的确是近于"内奸"的行为。

徐懋庸，我说他是劣等的青年。但也许他的这种性质由他幼年的苦楚的生活所造成，就是他碰了很多的钉子，将性质碰歪了。我今天再给了他一个钉子碰，希望他碰正了过来，和我对于周起应等的希望一样。

鲁迅把这一段全部删去，概括成这样几句：

例如我和茅盾，郭沫若两位，或相识，或未尝一面，或未冲突，或曾用笔墨相讥，但大战斗却都为着同一的目标，决不日夜记着个人的恩怨。

此外的改动还不少，所有改动都比冯雪峰的草稿更好。有四张完全是鲁迅自己写的。不能因为冯雪峰草拟了初稿就说这篇不是鲁迅的作品。

文章发表之后，周扬等人陷入十分被动的境地，都责备徐懋庸闯了祸，徐懋庸感到很委屈。他在回忆录里面说：

鲁迅答复我的文章发表后，周扬他们认为我给他们惹了大祸，就开了一个会批评我，除了周扬以及原左联常委会的几个人以外，还有夏衍。他们批评我"个人行动""无组织无纪律""破坏了"他们"同鲁迅的团结"，而他们自己却毫无检讨。我很不服，驳斥了他们。我说，信虽然是我自己想起写的，可以说是"个人行动"，但其基本内容，不是你们经常向我灌了又灌的那一套么，不过我把它捅了出去而已。左联的解散，我本是赞成鲁迅先生的反对意见的，你们硬要解散，而且不发表宣言，既已解散了，还有什么"组织"，什么"纪律"。你们与鲁迅的"团结"，这几年不是由我去做的么？鲁迅的文章里所揭露的事情，绝大部分是你们所干而我不知道的，难道你们本来同鲁迅很团结，而由我这信才破坏的么？——这样，我对周扬他们的争论，强调了代表他们的方面。

这正好和鲁迅的看法相同。鲁迅8月28日给杨霁云的信中说："写这信的虽是他一个，却代表着某一群，试一细读，看那口气，即可了然。因此我以为更有公开答复之必要。倘只我们彼此个人间事，无关大局，则何必在刊物上喋喋哉。"鲁迅的看法是合乎事实的，徐懋庸在他的回忆录中说的也是这个意思。

经过几十年的时效处理，今天的读者不再重视其中涉及的许多是非问题。不过徐懋庸的这封信仍旧是一个有趣的标本：从它可以看出共产国际对于各国共产党的权威，必须跟着它的路线转变而转变；也可以看出党员作家（这时徐懋庸还没有入党，当时他为之代言的是周扬、夏衍）对于党外作家胡风、巴金、黄源（他是后来在新四军入党的）甚至鲁迅本人的宗派主义态度。这个态度在那样一个环境下都是如此强烈，真不能不使人感慨不已。

（原载《随笔》2018 年第 4 期）

陈独秀与章士钊

在陈独秀的朋友圈里，章士钊可以说是一个奇人。在无数的文人、无数的官僚里，章士钊并没有什么很出奇的地方，可是他一生同陈独秀的关系，就很是奇特了。

早在清末，《苏报》被封之后，原苏报馆和爱国学社同人章士钊、卢和生、陈去病等人于1903年8月7日在上海租界创刊《国民日日报》，继续《苏报》宣传事业。撰稿人就有陈独秀，还有苏曼殊、柳亚子、何梅士等人。陈独秀就在上面发表《哭汪希颜》《题西乡南洲游猎图》等诗作。陈独秀在国民日日报馆的情况，章士钊的小说《双枰记》中有一点反映：

> 后靡施复来自闽，余方经营某新闻社，即约与同
> 居。……独秀山民性伉爽，得靡施恨晚。吾三人同居
> 一室，夜抵足眠，日促膝谈，意气至相得。时更有燕
> 子山僧喜作画，亦靡施剧谈之友。

这里"某新闻社"即国民日日报馆，独秀山民即陈独秀，靡施即何靡施，其号为梅士，燕子山僧即苏曼殊。《双枰记》虽说是一篇小说，这一段文字却是写实的。何梅士，福州人。报纸停刊，女友同他分手后不久，1904 年 2 月 16 日，他为殉情，就在日本蹈海而死。《双枰记》这篇小说就是写这个爱情悲剧的。独秀为小说作序，在序言里还谈到他对小说作者烂柯山人即章士钊的看法："烂柯山人尝以纯白书生自励，予亦以此许之。烂柯山人素恶专横政治与习惯，对国家主张人民之自由权利，对社会主张个人之自由权利，此亦予所极表同情者也。"这时陈独秀是把章士钊引为同调的。

蔡元培说起过这样一件事：1905 年东京同盟会成立后，他和杨笃生、何海樵、苏凤初等六人，学制造炸弹法于某日人。这六个人里有陈独秀和章士钊。后来陈独秀在《蔡子民先生逝世后感言》一文中回忆起这件事，说起章士钊写信把他从安徽叫来的。（《陈独秀著作选编》第五

卷，上海人民出版社，2009年版，第347页）

1911年春天，陈独秀写了一组诗《存殁六绝句》，怀念他已经死去的朋友吴樾、何梅士、汪仲伊、熊子政、章谷士和葛循叔，以及当时在世的六个朋友。第二首是写何梅士和章士钊的：

> 何郎弱冠称神勇，章子当年有令名。
>
> 白骨可曾归闽海，文章今已动英京。
>
> （存为长沙章行严，殁为福州何梅士。）
>
> （《陈独秀著作选编》第一卷，上海人民出版社，2009年版，第113页）

从"文章今已动英京"这一句里很可以看出当时陈独秀对章的评价了。

章士钊1914年5月10日在日本东京创刊政论性期刊《甲寅杂志》。他把办刊物的意思写信告诉陈独秀，陈给他回信说：

> 记者足下：得手书，知暂缓欧洲之行，从事月刊，此举亦大佳。但不识能否持久耳？国政剧变，视去年今日，不啻相隔五六世纪。政治教育之名词，几

耳无闻而目无见。仆本拟闭户读书,以编辑为生。近日书业,销路不及去年十分之一,故已阁[搁]笔,静待饿死而已。杂志销行,亦复不佳。人无读书兴趣,且复多所顾忌,故某杂志已有停刊之象。《甲寅杂志》之运命,不知将来何如也?……自国会解散以来,百政俱废,失业者盈天下。又复繁刑苛税,惠及农商。此时全国人民,除官吏兵匪侦探之外,无不重足而立。生机断绝,不独党人为然也。国人唯一之希望,外人之分割耳。……仆急欲习世界语,为后日谋生之计。足下能为觅一良教科书否?东京当不乏此种书,用英文解释者益好也。

(《陈独秀著作选编》第一卷,上海人民出版社,2009 年版,第 143 页)

陈独秀在这信中诉说了他当时困难的情况,也流露出了他消沉而又愤激的心情。章士钊把它刊登在 1914 年 6 月 10 日《甲寅杂志》第一卷第二号上,标题《生机》,署名 CC 生。在发表这信的同一期杂志上还刊出了他的复信:

CC 生足下:

捧书太息。此足下之私函,本不应公诸读者,然以寥寥数语，实足写尽今日社会状态。愚执笔终日，竟不能为是言，足下无意言之，故愚宁负不守秘密之罪，而妄以示读者。呜呼！使今有贾生而能哭，郑侠而能绘，不审所作较足下为何如。然日国人唯一之希望在外人之分割，又何言之急激一至于斯也。至《甲寅杂志》当与国运同其长短，己身无所谓命运也。有友鲁莽不文，贻愚书曰："趁国未亡，尔有甚么说，尽管说出来，免得国亡，尔有一肚皮话未说，要又气闷。"如此君言，则国亡时《甲寅杂志》将不作矣，换位而言，《甲寅杂志》不作，或有他力使《甲寅杂志》不能更作，亦必国亡时矣。折柬邀愁人，相逢只说愁。以语足下，其信然否？

记者

（《陈独秀书信集》，新华出版社，1987 年版，第 3 页）

章士钊信中用了两个典故："贾生而能哭"用的是汉朝贾谊的典故。"郑侠而能绘"用的是宋朝的典故：郑侠与王安石同时，是新法的反对者。《宋史》卷三百二十一《郑侠传》说"郑侠，字介夫，福州福清人。……侠知安石不可谏，悉绘所见为图……臣谨以逐日所见，绘成一图，但经眼目，已可涕泣，而况有甚于此者乎！……神宗反覆观图，长吁数四……"，他用绘画表现"天下之民质妻鬻子，斩桑坏舍，流离逃散，惶惶不给之状"上奏皇帝。章士钊拿陈独秀这封信同贾谊和郑侠相比。章士钊称赞这封信"以寥寥数语写尽今日社会状态"，而对于信中说的"国人唯一之希望在外人之分割"一句，却以为是激愤之谈，"又何言之急激一至于斯也"。

在这次通信之后不久，1914 年 9 月以前，陈独秀即应章士钊的邀请前往东京，协助编辑《甲寅杂志》了。在 11 月出版的《甲寅杂志》第四号上，陈独秀发表了《爱国心与自觉心》一文，解释了他在前面所引的信中说的"国人唯一之希望在外人之分割"的意思，他把这种感触做痛快淋漓的发挥，他说：

> 然则立国既有所难能，亡国自在所不免，瓜分之局，事实所趋，不肖者固速其成，贤者亦难遏其势。且平情论之，亡国为奴，岂国人之所愿。惟详察政情，在急激者即亡国瓜分，亦以为非可恐可悲之事。国家者，保障人民之权利，谋益人民之幸福者也。不此之务，其国也存之无所荣，亡之无所惜。若中国之为国，外无以御侮，内无以保民，不独无以保民，且适以残民，朝野同科，人民绝望。如此国家，一日不

亡，外债一日不止；滥用国家威权，敛钱杀人，杀人敛钱，亦未能一日获已；拥众攘权，民罹锋镝，党同伐异，诛及妇孺，吾民何辜，遭此荼毒！"奚我（俟予）后，后来其苏"。海外之师至，吾民必且有垂涕而迎之者矣。若其执爱国之肤见，卫虐民之残体，在彼辈视之，非愚即狂，实则国人如此设心，初不为怪。盖保民之国家，爱之宜也；残民之国家，爱之也何居？岂吾民获罪于天，非留此屠戮人民之国家以为罚而莫可赎耶？或谓：恶国家胜于无国家？予则云：残民之祸，恶国家甚于无国家。失国之民诚苦矣，然其托庇于法治国主权之下，权利虽不与主人等，视彼乱国之孑遗，尚若天上焉，安在无国家之不若恶国家哉！其欲保存恶国家者，实欲以保存恶政府，故作危言，以耸国民力争自由者之听，勿为印度，勿为朝鲜，非彼曲学下流，举以讽戒吾民者乎？夷考其实，其言又何啻梦呓也。夫贪吏展牙于都邑，盗贼接踵于国中，法令从心，冤狱山积，交通梗塞，水旱仍天，此皆吾人切身之痛，而为印度、朝鲜人之所无。犹太人非亡国之民乎？寄迹天涯，号为富有，去吾颠连无告之状，殆不可道里计。不暇远征，且观域内，以吾土地之广，惟租界居民得以安宁自由。是以辛亥京津之变，癸丑南京之役，人民咸以其地不立化夷场为憾。此非京津、江南人之无爱国心也，国家实不能保民而致其爱，其爱国心遂为其自觉心所排而去尔。呜乎！国家国家，尔行尔法，吾人诚无之不为忧，有之不为喜。吾人非咒尔亡，实不禁以此自觉也。

（《陈独秀著作选编》第一卷，上海人民出版社，2009年版，第149—150页）

文章对袁党及其政府残民祸国的统治做了深刻的揭露。

这两个青年时代的好友，后来却渐渐走上不同的道路了。陈独秀创办《新青年》，提倡新文化，提倡科学和民主，直到和第三国际合作，创立中国共产党，并且担任共产党的领袖。而章士钊却投靠皖系军阀首领段祺瑞，1925年进入段祺瑞内阁，任司法总长和教育总长。

章士钊担任了司法总长。陈独秀在报纸上看到司法部一道惩治共产党员的训令，于是就在1925年2月14日的《向导》第102期发表了一封给他的公开信予以驳斥：

行严先生：

项见上海报载：北京司法部训令京外各机关，凡查获宣传共产党员，依刑律内乱罪从严办理；如有政党为护符者，亦一律依法办理，仰即严秘检查等语。

老朋友！你所长的司法部如果真有这道训令，便实在令人不解了！这道训令词中有三点最不可解：第一，共产党本是代表工人阶级及贫农利益的政党，何以说他以政党为护符？第二，法律只能制裁刑律条文上的犯罪行为，岂有一宣传某种学说某派党义即构成罪名之理？第三，司法部并非立法机关，何能以一纸部令决定宣传共产党为内乱罪？

这道训令若出自军事机关或腐败官僚之手，我们毫不以为怪，乃出自应该尊重法律的司法部，并且是精通法理富有世界知识的行严先生所长的司法部，这便要令人骇怪了！

人们以为今日托足权门的章行严，已非昔日讲学论政的章行严，他已无违背军阀意旨之可能，我们和他还有什么道理可讲？但我仍不敢这样轻蔑行严先生，兹谨向先生有所陈述。

……

我记得先生是一个深知政本的人，是一个反对好同恶异的人，我还记得先生是曾说有志研究马克思学说的人，并且俄德共产党人曾传说旅欧中国人中有一个倾向共产主义的章行严先生，所以我还不象一般人那样轻蔑先生，希望先生对于我以上的陈述有一个公开的答复。先生的答覆登在京、沪任何报上我们都可以看见。

（《陈独秀著作选编》第三卷，上海人民出版社，2009 年版，第 428—430 页）

在 9 月的《向导》上，陈独秀在"寸铁"栏的《段执政的〈甲寅〉》里揭露章士钊：

自《甲寅》周报出版，许多人责备章士钊过于开倒车，胡适之竟说"老章又反叛了"，滑稽的吴老头儿更至登报报告"友丧"。其实大家都错怪了章士钊，因为《甲寅》周报乃是段祺瑞的机关报，并不是章士钊的机关报，只看该报登载许多肉麻的话恭维段执政便知道。又有人说：《甲寅》周报记者孤桐，不是章士钊吗？这我更为章士钊辩护了，办理《甲寅》周报的股款，都被章士钊送到交易所了，现在不恭维段祺瑞，这周报那来的经费出版，而且教育总长的位置又如何保得住？

（《陈独秀著作选编》第三卷，上海人民出版社，2009 年版，第 524—525 页）

1926 年 4 月 9 日，段祺瑞的执政政府被国民军推翻了，章士钊的司法总长和教育总长当然也做不成了，于是另找靠山。陈独秀在 1927 年 1 月 27 日《向导》第 185 期"寸铁"栏的《放屁狗的〈甲寅〉》讽刺他说：

> 章士钊拿黄兴的钱办的《甲寅》，也只能算是放狗屁；后来拿段祺瑞的钱办的《甲寅》，便是狗放屁了；现在拿张宗昌的钱办的《甲寅》，更是放屁狗了。放狗屁的毕竟还是一个人；狗放屁固然讨厌，或者还有别的用处；放屁狗只会放屁，真是无用的厌物。张宗昌在天津赌赢了二十万元，本拟照例赏给侑酒的妓女，薛大可伸手接去，说是拿去和章士钊办《甲寅》杂志。《甲寅》有这样多的经费，所以能够送人看不卖钱。拿张宗昌赏妓女的钱办《甲寅》，这《甲寅》要比放屁狗还下流！可是，薛、章二人拿这笔赏钱全部用在《甲寅》上面还算好，倘若拿若干给他们的夫人用了，那便如何对得起他们的夫人?! 然而张宗昌或者很高兴这样！
>
> （《陈独秀著作选编》第四卷，上海人民出版社，2009 年版，第 201 页）

后来他们两个人都有了很大的变化。陈独秀追随托洛茨基，被中国共产党开除了党籍，成为中国托派组织的领袖。章士钊没有官做了，在上海做了开业律师，实际上是杜月笙的食客。1932年10月15日，中国托派组织被破获，陈独秀、彭述之等十人被捕，于1933年4月14日上午9时，在江宁地方法院刑事二庭公开审讯，15日二次开审，20日三次开审。这时，章士钊就以律师身份自愿为他辩护。据当时报纸报道："陈独秀抗辩后，其辩护律师章士钊起立辩护，从言论及行为方面，说明陈并未叛国，并谓陈对于三民主义，亦非极不相容，请求庭上宣告陈无罪。其词甚长，自1时至1时53分始毕。"章士钊这篇四五千字的辩护词写得很用心，竭力为陈独秀做了无罪辩护。可是陈独秀并不满意。特别是其中说的"清共而后，独秀虽无自更与国民党提携奋斗，而以己为干部派摈除之故，地位适与国民党最前［线］之敌人为敌，不期而化为缓冲之集团。即以共产党论，托洛斯基派多一人，即斯丹林派少一人，斯丹林派少一人，即江西红军少一人，如斯辗转，相辅为用，谓托洛斯基派与国民党取犄角之势以清共也，要无不可。即此以论功罪，其谓托洛斯基派有功于国民党也，且不暇给，罪胡为乎来哉？"这一段，在陈独秀看来，党内斗争中（托洛茨基派和斯大林派的斗争他以为是党内斗争）说"托洛斯基派有功于国民党"是他绝对不能接受的。8月1日他给汪原放的信中说："望与行严先生一商，是否可将其中'清共而后……罪胡为乎来哉'这一段删去？"（《陈独秀著作选编》第五卷，上海人民出版社，2009年版，第71页）

后来的宣判是：陈独秀、彭述之共同以文字为叛国之反宣传，各处有期徒刑十三年，褫夺公权十五年。陈不服，写了《上诉状》送上去，1934年6月30日，最高法院终审判决，有期徒刑八年。

陈独秀在服刑期间，通过老朋友汪原放和外面的友人联系，章士钊是找得最多的一人，从1934年11月3日陈独秀给汪原放的信中可以看到这时章士钊和他的关系：

静（朱注：指郑超麟的妻子刘静贞）带来一日手书并钞洋二十四元，均收到。日内如能在行翁处取得一百四十元，望拿交静收不误。

兹托静带上文稿一册，请交行翁，无论能用与否，尚望寄还。倘能用，俟全部写定誊清后再寄上转送行翁处。倘不能用，亦望示知，以便另写别稿。

……

行翁之款，仍以交由兄转为宜，倘他往或有他项故障，不便经手再说。

（《陈独秀著作选编》第五卷，上海人民出版社，2009 年版，第 97—98 页）

陈独秀在狱中想要写书卖钱。这信中写的"行翁"即行严，章士钊。他也是陈独秀托他卖稿的一人。在以前 9 月 4 日他给汪原放的信中也说：

哲民来信言你说我的文章有法出版，我意非止出版，主要的是筹款。我每月开支非百元不可，此时一文没有，十分为难。我的文章至少要卖每千字十元（要现金，不要版税），此条件不独亚东，即他处亦未必能办到，故只有托行翁商之商务，即请吾兄将弟困苦情形转告行翁。以现在的市场，我若给稿亚东，非助之，实害之也。一旦市场好转，我必为亚东写几部有价值的书。孟翁与我多年好友，必不负之。望兄放心。

（《陈独秀著作选编》第五卷，上海人民出版社，2009 年版，第 93 页）

10 月 10 日他给汪原放的信中又说：

行翁处之款倘本月份能继续付出，望存兄处，候弟去信拨用。此信到兄处，已属月半，兄可问行翁一问能否继续付款。文稿已动手，题为《道家概论》。此一种稍冗长，一时不易写完，拟先写一短文，题名《老子考略》，写好即寄兄处转行翁，乞兄先告行翁，不知合用否？行翁收到拙稿，系售诸书局出版，或暂存置行翁处以待价，请兄询明行翁示知！

（《陈独秀著作选编》第五卷，上海人民出版社，2009年版，第96页）

一封写信日期不详的信中说：

刘女士回沪带去之信及文稿，谅已收到。稿送行翁后，不知彼以为可用否？接来函，屡述及行翁付款为难情形，可见此款纯由行翁拿出，并未将文稿售于书店。行翁未有书店营业，收稿何用？望兄言之行翁，可否将稿设法售出。如实无处可售，则弟便无意续作矣。

（《陈独秀著作选编》第五卷，上海人民出版社，2009年版，第91页）

12 月 7 日的信中说：

行翁出钱收稿给亚东，我自不反对，惟有三事请兄答复：

1. 亚东是否承认每千字稿费十元，而且外国文翻译权保留。

2.《自传》是否收用。

3. 以现在之市面，亚东是否能印此类冷僻之书？

亚东近出二书，书名及作者之名均不能号召读者，不知何以要印那样的书？行翁《论衡》及李译《马可·波罗》都要行销些，若照那样书，我的书也可印。

（《陈独秀著作选编》第五卷，上海人民出版社，2009 年版，第 99 页）

1935 年 2 月 25 日的信中说：

弟比来手中奇窘，不知行翁处能商得若干否？如有所得，望交上海银行直寄东厂街十七号舒宜之先生转弟收不误。交上海银行寄，不需汇费也（中国银行或者也可）。

（《陈独秀著作选编》，上海人民出版社，2009 年版，第 105 页）

章士钊对狱中的陈独秀，还是够朋友的，经济上给他不少帮助。汪原放回忆说：“至于行翁处，后来由我经手，接济仲翁的钱实在不少。（每次都由我要仲翁写有亲笔收条交与行翁。）我记得有一次，行翁一面说困难，一面掏出皮夹，连六十几元几角（钞票）一概都交给我转与仲翁先作为另用再说。”（《陈独秀著作选编》，上海人民出版社，2009 年版，第 75 页）

陈独秀回忆起青年时代的知己章行严，想起当年的友谊，想请他写诗，1934 年 9 月 27 日写信给汪原放说：“兹托静转上宣纸一条，请即送交行翁，请其大笔一挥，写好仍交兄觅便寄来。并请兄转告行翁，最好能写他的近作诗词，愈速愈好。”章士钊即写了两首七律安慰他，写到了赵声、苏曼殊这些当年的朋友，这诗写得颇有感情：

夜郎流客意何如？犹记枫林入梦初。夙鄙诸生争蜀洛，那禁文网落潘吴。议从刻木威奚在？煎到同根泣亦徒。留取心魂依苦县，眼中台鹿会相呼。

三十年前楚两生，君时扪虱我谈兵。伯先京口长轰酒，子谷香山苦嗜饧。昌寿里过梅福里，力山声杂博泉声。红蕖聚散原如此，野马风棂目尽迎。

（佛罗伊德画一囚室，其人目送窗棂间，日光一线，生平梦想事件均浮动于中）

独秀兄近自江宁函索拙书，因便为长句写寄。世乱日亟，衣冠涂炭，如独秀幽居著书，似犹得所。奉怀君子，不尽于言。

士钊　甲戌初冬

（《陈独秀著作选编》，上海人民出版社，2009 年版，第95—96 页）

抗日战争全面爆发，陈独秀出狱。在武汉结识了一个新朋友杨朋升，四川渠县人。陈定居四川江津时，杨在成都川康绥靖公署担任少将参谋。他知道陈的生活拮据，对陈时有所接济。1940 年初陈去重庆治病，杨就通过当时住在重庆的章士钊给他送钱了。2 月 26 日陈独秀给他的信中说：

回江津后即上一函，谅已收到，顷接行严兄由渝转来十六日手书并汇票三百元一纸，不胜惶恐之至！此次弟留渝只二星期，所费有限，自备差足，先生此时想亦不甚宽裕，赐我之数耗去先生一月薪金，是恶乎可，寄回恐拂盛意，受之实惭感无既，辱在知己，并谢字亦不敢出口也。

（《陈独秀著作选编》第五卷，上海人民出版社，2009年版，第304页）

杨鹏升想请陈独秀为他的父亲写墓表，在陈独秀这是一个答谢的好机会，欣然同意了。1940年11月17日把写好的墓表寄去。墓表作好，请谁来写，杨鹏升提出章士钊或者胡适。陈独秀以为不如就近请章士钊好了。谁知章士钊拖了半年，答应写的墓表还是没有写好。陈独秀催促无果，很生气，写信给杨说章"此人疏懒生活无秩序，自幼即如此，老来更习名士派，不可治矣"，可以说相知甚深了。至于他最后写了没有写，我现在不知道。章士钊写过一首诗《独秀书来促写杨鹏升父墓表》：

懒性从来作答迟，多君笃老重风期。

剧伤羊祜碑仍□，为识杨雄字失奇。

笔债偿从积薪后，作家误被隔怜嗤。

恰逢湘水归休日，定与书成当去思。

这首诗记下了陈独秀写信来催促他为杨鹏升的父亲写墓表的事。明明白白，从题目到内容，它都只能是章士钊写的。可是不知道为什么编入了《陈独秀著作选编》第五卷，第365页，闹了一个大笑话。据书上注明："这首诗录自白吉庵著《章士钊传》第333页。"也许这个笑话在白吉庵著《章士钊传》上面就闹出来了的吧。我没有看过那本书，不知道。

1944年，陈独秀死后两年，章士钊有一首《过江津怀独秀》的诗：

> 鹤山曾此住幽人，鹤去人空剩古津。
>
> 我是山阳江上客，怕嫌闻笛失寻邻。

魏晋之间，向秀与嵇康吕安友善，二人被司马昭所杀害。向秀经过其山阳旧居，闻邻人笛声，感怀亡友，于是作《思旧赋》。这年章士钊过江津，想起死在这里的陈独秀，用这个典故写了一首诗，纪念故人。

（原载《随笔》2019年第1期）

《谭延闿日记》中的江霞公

——给《鲁迅全集》寻找一点注释材料

鲁迅《而已集》里《谈"激烈"》一文里说:

澳门是正在"征诗",共收卷七千八百五十六本,经"江霞公太史(孔殷)评阅",取录二百名。第一名的诗是:

南中多乐日高会…… 良时厚意愿得常……

陵松万章发文彩…… 百年贵寿齐辉光……

这是从香港报上照抄下来的,一连三圈,也原本如此,我想大概是密圈之意。

"江霞公太史"的评语是：

> 以谢启为题，寥寥二十八字。既用古诗十九首中字，复嵌全限内字。首二句是赋，三句是兴，末句是兴而比。步骤井然，举重若轻，绝不吃力。虚室生白，吉祥止止。泂属巧中生巧，难上加难。至其胎息之高古，意义之纯粹，格调之老苍，非寝馈汉魏古诗有年，未易臻斯境界。

书中对"江霞公太史"有注：

> 江霞公太史即江孔殷，字少泉，号霞公，广东南海人。清末翰林，故称太史。他当时是广东军阀李福林的幕僚，经常在广州、港澳等地以遗老姿态搞复古活动。

可以补充一点的是：据《光绪三十年甲辰恩科会试同年齿录》，他是清同治十二年（1873 年）生，光绪三十年（1904 年）甲辰恩科会试进士，和谭延闿同科。后来谭延闿在广州先后做大本营建设部长、湘军总司令、国民政府主席的时候，和这位同年多有往来。《谭延闿日记》多有

和他往来的记录，如 1923 年 3 月 28 日记记他同军政府诸
要人到江孔殷家宴聚的事：

　　晡，与沧白同访杨肇基，遂偕乘车至天字码头，
渡河至江霞公家，范石生先在，杨以迷道后来。顷
之，宏群、曙村来，张镜澄、李知事、徐省长、李福
林、吴铁城皆至。登楼，看席。下楼，入席。江自命
烹调为广东第一，诚为不谬，然翅不如曹府，鳆不如
福胜，蛇肉虽鲜美，以火锅法食之，亦不为异。又云
新会有鳝王，出则群鳝□，今得一五十斤者。烹过
火，烂如木屑，不知其佳，转不如鲜鳐柱蒸火方之餍
饫。若□鸽蛋、木耳、燕菜则仅足夸示浅学矣。饮食
之道诚不易也。出拿破仑勃兰地及蛇胆酒，吾为饮满
至十余杯。归，以汽（火方但肥无瘦肉，食之如东
瓜，无油腻气，故自佳）划抵岸。

　　江孔殷是美食家。谭延闿也是美食家，他的评论是很
到位的。次日日记：

　　复邀钟仙庄、王小芹、唐心涤、张廪丞、姜润
洪、彭德尊、罗香汀、李特生、安父、岳宏群、曙村

往南园，请诸人饮江虾所赠酒也。十九元菜，虽不精，然颇丰满，胜大新楼上也。

可知昨天江孔殷还赠送了酒给他。

4月2日又记江孔殷来邀赴燕春台素馨厅酒馆事：

江霞公来，邀同杨、萧、岳，乘舆至陈塘燕春台素馨厅，云西堤最有名酒馆也。有梁斗南之子及土商梅六，余皆银行界人，凡十二人。呼伎弹唱，牛鬼蛇神，传芭代舞，忆廿六年前香港时事，正与此同，所谓开厅也。麻雀、鼓钲叠为应和，至十二时后乃入席。有江所携燕菜、翅、鲍及木耳、猪肺，余亦不（粤伎颇为曼声，盖异剧场，云留音机之功，参入京调）恶。散已一时后，江以舆送归，可谓实行吃人主义者矣。

4月4日又记江孔殷来邀赴西关梅普之约事：

江霞公来，邀同杨、萧、岳、曙赴西关梅普之约，梅于三年间发三千万之财，一阔人也。房屋颇精美，有广气，无洋气。菜亦颇精洁，翅、鳆皆过江虾，入粤以来第一次佳肴也。饮十余杯即止。

4月5日又记在日本领事馆招待会上遇见江孔殷的事：

七时后，匆来，邀同步至日本领事馆，赴藤田之招。座有徐固卿、江霞公、孙科、陈少白、陈澍人、吴铁城、马某及数日人，萱野与焉。日本料理凡十四种，未能果腹也。酒十余巡。散后遂归，十一时，濯足寝。

从这一则记事可以知道江孔殷在当地还颇有一点身份。4月11日又记在江孔殷家宴聚的事：

至江霞公家，黄晦闻、孙科、陈少白、陈澍人、吴铁城先在。入席，饮勃兰地十二杯。菜皆如尔日，燕菜微不如鱼翅，作白汁，亦不如吾家，仍以玫瑰糖蒸火腿为佳耳。散后，俟诸客去，乃与沧白、绍曾、匆秋、廑丞同乘汽船归。大雨如注，冒雨至寓。

4月15日又记江孔殷邀赴味腴馆吃点心事：

江虾来，邀同杨、宋、萧、李乘电船至陈塘，入味腴馆吃点心，唐少川推为广州第一者也。梅某、梁某先在，分两室坐。凡吃粉果、烧麦、虾饺、酥合、炒河粉五种，要自胜寻常饭馆，亦未甚佳也。云主人为何碧流成浩之弟，家中落，乃率妾女为此，点心皆手制，以此中兴，未能尽信也。江虾导同人步至燕春台，复邀数客，马伯年外皆似曾相识者。呼伎来清唱，虽无开厅之嘈杂，然声皆一调，人皆一声，亦索然也。……今日菜殊不佳，酒亦平平，视前数次远逊。十时后散，以舆归。濯足，就寝，十一时后矣。

4月23日又记与江孔殷同出治牙痛事：

欲就浴，而霞公来，邀同乘舆至刘子威牙医处，陈设甚备，望而知为行家。其父为江诊，而子诊余，云余牙大坏，应拔去者十枚，复诊察痛处，云龈肉与齿根接处将成脓，非速治不可，治之法则拔去牙而已，踌躇顷之。江虾复极力怂恿，遂令拔去，此左辅第二白齿也。去年何瑞生为吾镶牙，即以此齿为根据，今其已矣。更前一齿亦松，渠亦劝拔之，初尚不觉，继乃大痛。归寓后，委顿殊甚，记吾最初拔齿时如此，后皆不然，今复尔，何也。江虾送梁财信活血除痰止痛散来，以水和勃兰地冲服一包，痛立止，亦奇剂也。江云李准受炸弹亦服此，乃堪割治，其药统治诸痛云。

4 月 28 日又记与江孔殷同至刘子威牙医处治牙的事。

4 月 29 日，谭延闿和杨庶堪（字沧白）、蒋介石同去江孔殷家吃饭，随后廖仲恺、孙科、吴铁城、罗翼群等人也来了。吃完饭，"霞公呼其二女来，与一客同演按手桌动之法"。这是一种类似扶乩的迷信活动，请熟识的鬼魂如伍廷芳、邓铿来回答问题。玩了很久。这天江孔殷对客人讲了一个他自己的奇怪的故事：

霞公又言渠为白猿后身，其尊翁由蜀买一白猿，畜之十余年，忽逸去。一日，其太夫人独坐，忽见之，遂孕，其日为九月廿一日也。孕十五月不育，人皆以为疾，至正月五日，复见白猿来，遂诞。霞公每睡，熟人视之，似有白毛。又通臂类猿，小时时试为之，一方手缩至肩，一方则及足，二十后则不能常作。今惟梦中时一为之，同卧起者见手垂床下皆大惊云。因袒而相视，了无异人处，但能以手背抵背，而肱交于胸前，又能从后扪其耳或额，臂视吾辈为长也。

谭延闿 5 月 6 日、6 月 6 日、10 日、17 日、19 日的日记都记有江孔殷请吃饭的事，28 日又记了他们的一次聚会：

> 与介石、丹父、纫秋乘江枫访江虾，少坐，偕出，乘所备电船至燕春台。将夜半乃入席，杨锦龙、王铁珊及魏邦平侄同座。小饮，食铁扒烧鸡及鱼，尚佳。十二时后，仍乘船还亚洲。濯足，就睡，已一时半矣。江虾言其所制粤讴，意谓余得把待我的恩情去待别人，愁没有人与你恩到绝顶。云唱者皆泪下，然非粤语不能传此句之神，知凡翻译皆失真也。

这一天江孔殷谈到了自己的文学创作：粤讴。

杨庶堪原来只把江孔殷看作一个美食家，不知道他还是一个文人。谭延闿 7 月 8 日的日记说：

> 沧白向以江虾为饮食之人，今读其诗乃大佩服。诗曰："弱羽巢林惜旧枝，白头供奉未衰迟。三年视突真怜汝，五岭无家更恋谁。当道豺狼宁可向，故山

猿鹤莫相思。闻歌重入岐王宅，肠断龟年正此时。"
盖送温毅夫之作。诗实婉约，然江遂写诗不已，佳句
渐稀，又不使人增重，可谓蛇足矣。沧白论诗盖犹未
入大雅之室，信解人之不易。

10 日的宴聚中，江孔殷谈到他做的"诗钟"：

渡海至南堤，王棠、孙科、吴铁城、傅秉常请
客，许汝为以下凡三席，江虾亦来。忽言及诗钟，江
虾诵其"东""望"，"黄""独"两联。"自东微雨来
彭泽，既望临皋步雪堂。""苍天已死黄当立，大厦将
倾独不支。"余遂以"山""查"首唱为期，誉虎诸
人无应者。江虾"山子本为天子马，查家犹有朱家
风。"成一联，亦不佳。

7 月 16 日，孙中山发布"大元帅令"，特任谭延闿为
湖南省长兼湘军总司令。谭延闿即率军出征。他在将要离
开广州的时候，于 7 月 22 日写了一首诗留别江孔殷：

不见霞公二十年，相逢犹未恨华颠。桑田阅世情
如昨，海月如家影共圆。别久不辞欢宴数，梦回还忆

革除前。与君更有重来约，莫为临歧意黯然。

第一句"不见霞公二十年"是说他们还是甲辰会试的时候见过的，不觉快二十年了。次日日记："江霞和诗来。"却没有记下他的和诗。

7月25日谭延闿出发赴前线，江孔殷也参加送行，还一起照了相。

谭延闿从前线回到广州以后，又和江孔殷相聚了。11月21日：

步至江干，以小划渡访江虾，相见欢然，正烹蛇，乃留饮蛇胆酒，以数盘蛇肉下之，诚为鲜美，然煮以大锅，未知冷食如何耳。张某来，滇人，足恭之士。八时后，乃偕江、张同渡，径至南堤小憩，孙哲生、吴铁城、廖仲恺、陈兴汉、罗翼群公请，凡二席，伍、萧诸人毕至。

次日：

今日江虾送蛇肉来，杨留同其部属共享，饮蛇胆酒数杯。

11 月 27 日:

登轮至江虾家。有顷，杨沧白、萧纫秋来。张廪丞来。吃酒，佐以他肴，皆乏味矣。

12 月 10 日:

赴南堤小憩，江虾与谭礼庭今请吃蛇。文白、梯云、沧白、武自、绍基、玉山凡二十余人，三桌分坐，余与杨、伍诸人同座。食蛇八小盆，他菜不能更进。刘麻子言南园诸酒家亦食蛇，然直鸡耳，蛇不过十之一二，乃腥不可进。余谓正以蛇少，故以腥表之，否则不足取信，群谓此言确也。饮蛇胆酒，亦至。散后，登楼，则烟赌窟也。下，与江虾别，计明晚吃蛇之局。

1924 年 3 月 31 日:

出至亚洲，江虾以船迎至沙南，步至其家，今年初次相见也。雅则谈红梅诗社之诗，俗则谈禁烟督办之烟。食芒果数枚，亦所谓忍俊不禁者。江治具留

饭，饮拿破仑一杯，皆针医所切戒者，既不终劾，亦
懒听他矣。

4 月 20 日：

步访江虾，至则岑敏仲光樾、梅老六先在。岑甲
辰同年，不见二十年矣。江虾设席，乃非己庖。饮勃
兰地一杯，又饮梁财信风湿酒一杯。诸客外，其子仲
雅亦与座焉。食芒果二枚而散。

5 月 17 日记江孔殷参与的一次评诗活动：

沈雁谈来，以诗见示，云陈庆笙者吟红梅诗，江
霞取以第一。未得奖而设此，又一老官僚也。沈诗亦
不佳。

江孔殷多妻。1924 年 7 月 21 日：

入江虾居……出见其新姬，云旧家女，落风尘，
号为石女，渠怜而赎之，遂不肯去。既思若以石故弃
之，亦非人道，遂于昨日迎归。医云可治，当非石

矣，且云特以完十二金钗之数云。

7月22日是江孔殷三姨太的生日。谭延闿这天的日记记下赴寿宴的情形：

> 赴江虾之约，其第三如君生日，第十二如君新入门，即昨所见也。江女求书扇，为作二柄，张某者，英德知事，亦以扇来，余皆拒之，不能为人役书也。顷之，客大至，罗祯符者，言医其新姨甚详，云西人谓为石女，渠以为带脉有病，服药月余已见功，然则虾言不诬矣。九时入席，余与杨绍基夫妇及其儿、吴参谋夫妇、显丞、祯符、江虾之女及其第八姨同席，而江虾及其三姨、四姨轮流作陪，此外更有三席宾主杂沓，男女并坐，加以弹唱，万籁齐作，虽阿光菜不能知味矣，然燕、翅两品究不凡也。散后，同显丞先行，步至船埠遂别，归已十二时。

姨太太排列的序数已经到第十二，比通常说的三妻四妾多多了。

12月1日：

余至亚洲，以小艇渡海至霞公家，江正与冠军、宏群、同□、特生、宋满于园中看菊。菊数十种，种各瑰异，然多日本产。循览一周，乃入厅事。饮蛇胆酒，食蛇肉，云乃五蛇肉，非三蛇，犹三杈之晋五杈云。蛇羹，继以蔬菜，皆甚精美。散后，以六十五年勃兰地酒瀹之。

次日：

今日霞公送熊掌、新兰花菇、蜜炙火腿、芋头盒子来，仍以蜜炙火腿为第一，味如冬瓜也。冠军、宏群、吕满、样生、宋满同享。饮六十年勃兰地数杯，亦醺醺。

1925 年 6 月 17 日：

渡海访江虾，邀看其新园，方兴土木。治馔留饮，拿破仑时勃兰地醇美无伦，有玉黍羹，入口无渣滓，信夫庖馔之精。饭毕，谈顷之，送我登舟，乃去。

19 日：

　　吾先出，还家，有江虾所送鱼翅、蜜炙火腿、荷叶肉、八宝饭，佐以曹厨鲮鱼、瓜瓢之肴，饮拿破仑酒，吕满、特生、二易、咏洪、宋满、绵仲、子承、剑帆、抱冰亦与焉。诸人皆饭后，食既不踊跃，饮尤謷然，殊无欢兴，信乎酒逢知己饮之言确也。

9 月 27 日：

　　江霞公之子来言事。

所言何事，未记。

10 月 23 日：

　　今日假江虾庖人治蛇羹待客。饮蛇胆酒凡十余海碗，羹乃尽，费当不赀。

11 月 15 日：

　　至南堤乘电船，访江虾。饮拿破仑勃兰地三杯。

游园，看菊。

11 月 17 日：

　　散后略坐，吾乃赴梯云家，江虾来作蛇主人也。精卫、湘芹、铁城、梯云、公博、澍人同座。蛇诚美矣，而江虾竟席语不停，皆言罢工事，使人烦厌。散出，犹絮絮阶前，何其不惮烦也。

11 月 24 日：

　　八时复赴政府，开国民政府会议也。泽如先至，梯云偕江霞公来。江归自港，言罢工事甚久，喷馋搭水，如长沙人所言。江去，吾辈开会，已一月不开矣。

1926 年 1 月 6 日：

　　四时后，余遂先引去，至木牌，呼剑石、吕满、大毛，同载至南堤，乘汽船至河南，步诣江霞公。霞公自云已穷，将往上海卖玉器，后日即行。以蛇羹、象鼻饷客。本欲待日本人至，后以吾不能久候，乃先开一桌。饮蛇胆酒及勃兰地，蛇羹至美，象鼻则如海参，徒名高耳。八时，以船送我辈渡海乘车，送徐、吕至木牌头。

2月8日：

得汪精卫书，又江虾书，知已归矣。

6月3日日记：

得江霞公书，穷矣，将求人矣，吾亦当时食客也，甚愧对之。

10月17日：

……乃雇亚洲汽船渡海。步至江虾家，本云敷饮食，不意其请客，乃别设食待诸人，而留余陪英领事及英美烟公司数西人，宋子文、李承翼、梁组卿及其第九子同座，群鬼啁啾，殊无趣。饮拿破仑时酒及蛇胆酒，余亦勉尽六七杯，菜亦不如昔，蜜炙火腿尚佳耳。时别席已散，而虾呶呶醉语不已，久之则得散。

11月1日：

以今日江虾送鳝王，将携至吕宅共食也。鳝王徒以大得名，实不如常时白鳝。

11月8日谭延闿请客，请江孔殷的厨子来做菜：

晚，属江虾厨治蛇羹，约胡子靖、徐大、黎九、王润生、莳棠、心涤、弗焘、安甫、权初、吕满、大、细毛、秋同食，心涤携子芝生来。蛇七副，卅五条，两火锅同陈，每锅以海碗频添者七次，客皆饱饫。蛇胆酒尽四瓶，凡五斤，吾亦饮数杯，杯盘一空，前此未有也。佐以四簋及薄饼，客半离席，惟胡、吕、细毛、安甫、心涤父子终焉。

11月20日：

至静江家，今日借江庖治蛇羹饷客，静江、协和、应潮、鼎丞、孟余、慕尹、季陶夫妇、韵松，勇公后来，蛇七副，不能尽也。

11 月 27 日：

江虾公、邹殿邦来胡缠。

胡缠什么，未记。
11 月 29 日：

今日请江厨治蛇羹，客皆不速，子靖、岸棱、护芳、谦谷、致中、伯苍、吕满、王先生、吴子镇、徐大、黎九、舒之鉴、绳、秋及余，凡十五人，人尽十盆，复有潘元耀所送蚌壳蠪肉，不能进矣。

随着北伐战争的胜利，国民政府要从广州北迁武汉，最后定都南京。12 月 11 日谭延闿从广州出发了。动身的前一天他和江孔殷最后一次聚会：

至南园，梁莩联、李尹桑作饯伍叔保，桂南屏、江霞公、沈演公、李弗侯同坐，菜乃精心结撰，翅、鳆甚丰，然炒山翠佳也。饮数杯。江、李皆云海底珊瑚佩之止便血，黄牧甫患此，买一镯带之，遂止云。归已十一时。

此后他和江孔殷就无缘再聚了。

《谭延闿日记》里记他和江孔殷的交往很多。仅仅从上面摘录的一点点，可以知道，江是一个和高层人物颇有交往的绅士，也能够做点诗文，所以澳门征诗就请他来评定了。

江孔殷晚年的活动，我只看到台湾《传记文学》月刊第五十四卷第四期关国煊的《许地山晚年在香港》一文里说了一点：1940 年 10 月，江孔殷在香港和许地山、张一麐、叶恭绰、沈演公等人搞了一个"书法研究会"，每月集会一次，直到第二年 12 月日本军队占领香港才停下来。

他的最后结局很惨。1951 年农历四月初八佛诞日，他游广州六榕寺失足，导致瘫痪，入荔湾区黎铎医院。这一年广东土改，南海农民追索"逃亡地主"，到医院强行用箩筐抬他返乡，他闭目不语，一度绝食，四十多天之后死去。

（原载《随笔》2019 年第 6 期）

谭延闿和孙中山的交往

——在《谭延闿日记》中所见

谭延闿 1912 年加入国民党，从国民党湖南支部长做到国民党中央常委、国民政府主席、行政院院长，是中国近代史上的重要人物，经历过许多重要的历史事件。在政治上，一直追随孙中山，是孙中山晚年时的重要干部。在他的日记中记载了许多和孙中山的交往。现在从台北"中央研究院"近代史研究所数字数据库 2012 年发表的《谭延闿日记》里摘录一点这方面的材料。

1920 年担任湖南省督军的谭延闿被赵恒惕逼迫去职，11 月 27 日离开长沙前往上海，过他的寓公生活。这时，他曾经得到在广州的临时大总统孙中山的资助。《谭延闿日记》1921 年 12 月 1 日记载："杨沧伯送廖仲恺电来，知昨粤寄三千乃中山意也。"

1922 年 5 月的直奉战争中奉系失败，使先后靠皖系、奉系支持的总统徐世昌失去依凭。直系以恢复法统为名，指责徐世昌的总统职务为非法安福国会选出，已失去存在的理由，迫使徐世昌于 6 月 2 日辞职。6 月 11 日黎元洪复任大总统，任命了以颜惠庆代理国务总理的新内阁，特任颜惠庆兼代理外交总长，谭延闿代理内务总长，董康代理财政总长，吴佩孚代理陆军总长，李鼎新代理海军总长，王宠惠代理司法总长，黄炎培代理教育总长，张国淦代理农商总长，高恩洪代理交通总长。《谭延闿日记》1922 年 6 月 15 日记载："八时十分醒，坐二十分钟起。忽见报及得京电，乃以内务总长浼我，心殊愤然，天下不如意事尝八九，此类是也。……吕满来商复黎电事，即以数语界之去。必有人以我为想，亦必有以我为滑者，我行我素而已。"复电如下："北京黎黄陂先生鉴，国会未能行使职权，合法政府未能统一，北廷任命，不敢承认。延闿删。"拒绝接受这一项任命，也就是不承认黎元洪政权的合法性。

这时，南方的政局也突然发生大变化。1922 年孙中山和陈炯明由于不同的政治主张导致了关系破裂。6 月 16

日，陈炯明部炮击观音山总统府，8 月 9 日，孙中山离开广州到上海去，14 日上午到达上海。正住在上海的谭延闿马上就去看望孙中山了。《谭延闿日记》1922 年 8 月 14 日记载：

> 三时，出至美利尔路孙中山家，至者数十人。中山衣蓝长衫，须已白矣，意气犹如昔。演说粤中情事，请来宾为视宣言草。伯南、大武、沧白诸人皆有斟酌，徐季龙所言为最平正。草既定，余与君武同出。

这件事在桑兵主编的《孙中山史事编年》里有记载：

> 下午，召集同志讨论国会与时局问题；与曹锟代表进行会谈。拒绝会见大量未经预约的不速之客。
>
> （《孙中山史事编年》第八卷，中华书局，2017 年版，第4496 页）

谭延闿就是应召前来的一人。接着，第二天，《孙中山史事编年》里有记载：

> △发表对内宣言，宣布粤变始末及解决国事主张。

到沪后，在寓所邀集孙洪伊、谭延闿、杨庶堪、马君武、张继、徐谦、郭泰祺及国会议员彭介石、陈荣广、杭辛斋、申梦奇、方潜等，"修正其宣言书之大意，另译英文在西报发表"。

（《孙中山史事编年》第八卷，中华书局，2017 年版，第4498 页）

谭延闿 16 日的日记：

余遂至中山家。精卫、介石先在，沧白后来。与中山谈于楼上书室，多平易近人之论，非大炮也。

一些人称孙中山为"孙大炮"，谭延闿的印象不是这样。这之后，他多次去看望了孙中山。

28 日：

至中山处，谈久之。

9 月 3 日：

九时后，以车至沧白家，遂同往孙中山先生宅，延至楼上，闭门说法，反复讨论至二小时之久，惟有俯首皈依而已。因论联省自治，云不赞成，亦不反对。又畅论久之，兼及他事。已一时矣，乃出，归饭。

10 月 3 日：

邀同石侯（朱注：张辉瓒，字石侯）往见中山。

11 月 1 日：

又至中山家，晤汉民，登楼，见中山，谈甚久。

10 日：

乃至孙中山家……登楼见中山，谈顷出。

12 月 27 日：

与张溥泉、居觉生、蒋雨岩同车至中山先生家，陈少白先在。顷之，伯南、伯群、颂云、复初均来。言办党事，大率先成立干部，再定推广办法云。

这时，孙中山派人联络的滇军杨希闵、桂军刘震寰向陈炯明进攻。陈炯明于 1923 年 1 月 15 日宣布下野，退往惠州。1923 年 1 月 16 日，杨希闵率领的滇军和刘震寰率领的桂军占领广州。杨希闵和刘震寰即电请孙中山回广东主政。于是，1923 年初，孙中山即决定从上海回广州去，他要谭延闿和他同去，做他的重要干部。原定动身的日子是 1923 年 1 月 27 日，临时得到广州政局混乱的信息就延期了。这一天《谭延闿日记》中说：

> 中山今日本赴粤，忽得电，沈滇军捕杀魏礼堂，遂中止。粤事复杂，可忧乃大。既与群兽同穴，欲不争食得乎。

这是当时沈鸿英部在广州城内四处缴械，破坏秩序，1 月 18 日，广州各军设立海陆军警联合维持治安办事处，推魏邦平（字礼堂）为主任。26 日，沈鸿英设下"鸿门宴"，以协商地方善后及军务为名，邀请胡汉民、邹鲁、魏邦平等到广州江防司令部开会，企图将他们一举拿获，不料走漏风声，只抓到了魏邦平一个，胡汉民等在滇军师长杨如轩的保护下走脱。

孙中山得知沈鸿英的作乱举动后，只能暂缓回粤行程了，并立即分别电令在广东的各军讨伐沈鸿英。2月2日，沈鸿英袭击东莞、石龙，被刘震寰军击败。6日，沈被迫将军队撤出广州城，放出魏邦平。广州局面稳定下来。1923年2月15日（壬戌岁除日），孙中山就从上海启程了，这件事在《孙中山史事编年》里简单记了一句："2月15日与随员陈友仁等六人，乘'杰弗逊总统号'邮轮回粤。"（《孙中山史事编年》第九卷，中华书局，2017年版，第4725页）这一天谭延闿是随行的一人。他在这天的日记里记得可详细了：

> 晨六时醒，坐三十分即起。诸儿女皆起，颇有别离之色。廪丞来，咏鸿来，介夫、伯苍来，叔干来，皆送行者。余此行以中山先生之约，不敢辞，仅与宏群、廪丞偕，醉六则不欲往，咏鸿船票未妥，恐不能往也。处分行事，至五弟家行礼先父母遗像前。归，戒儿女数语，属淑时归视之。九时，乃与咏鸿、大武、秋、年同车出发，送者分乘车去，诸女送于门首。过俞三门，与大武、吕满入视之，病非甚剧也。出，至百老汇路招商码头，登太平洋公司嘉尔臣总统号，居甲板第一百廿号，而岳、张居下层四十二号，与路丹斧同室，盖二等也。顷之，中山先生来，送者

大至，一一颔之，乃知道朕、良牧、周雍能皆同行者。大武及诸人去，而曙邨、衡生、秋、年、简先生、石侯、黎寄吾立待船开乃去，已十时三十分矣。

返室而马骧来，云中山居一百零二号，渠等护卫欲借憩吾室，遂告以吾不乐独居于此，愿与为易，于是岳、张、路诸人来议，与丹甫居四十二号，岳、张居三十四号，移什物至下层。与诸人更下至三等舱，舱如寻常书格，而菜殊丰，日四餐也。

此船载重方四千一百七十吨，凡六重，最高瞭望台，下为茶室、写字室，更下为图书室，大厅望室外廊有玻窗（舷间宽广），可作种种游戏。再下则一等舱，更下乃二等舱，吾所居是已。其前为餐间，列席三十六，可容二百余人。下则三等，再下货舱。至道朕、雍能室一谈。闻击琴声，乃至餐房，华人自中山先生以下凡十六人，皆同行者，余尽西人，可知非吾辈皆以度岁为重矣。餐单不甚识，颇有哑旅行之恨。散后，与丹父诸人周览久之，偕路至中山室中，谈至六时乃出。乃知船已停，仍在吴淞口，盖乘潮出口，至是潮退也。七时，晚餐，看跳舞，听音乐，惜乎不懂。坐憩烟室久之乃下。写日记，正九时，知家中团年酒方散也。余自今日始决戒烟，如丙辰出发时，一日不吸亦若无事。船八时半始开，吾九时半睡，丹父睡上层，吾睡下层，不解小袄。

今日易羊裘，登舟即觉热，乃易绵衣。

2月21日，孙中山重回广州。因正与北方谋求和平统一，不便任总统职，为了统率各军，他在广州东郊农林试验场设立大元帅府，就任陆海军大元帅。3月2日，大元帅大本营正式成立，由军政、财政、内政、外交、建设五部，法制、审计二局，及一所金库组成。程潜任军政部长，廖仲恺任财政部长，谭延闿任内政部长，伍朝枢任外交部长，邓泽如任建设部长，古应芬任法制局长，刘纪文任审计局长，林云陔为金库主任，杨庶堪为秘书长，朱培德为拱卫军总司令。

5月28日，谭延闿就任大本营建设部长职务。这天他的日记记载：

晨六时醒，坐三十分起。浴后，蒋慎先、（石侯）来谈，今日定往建设部就职也。九时后，李局长立峰、陈科长润棠来，遂与廪丞偕之乘车往，至财政厅侧一大厅，所谓建设部也。伍次长学�（字瑞南）及其译人伍大光先在，来宾亦数十人。伍岳、黄镇磐、刘公潜及内政部诸人咸在。向国旗行礼后宣誓，与来宾同演说，立而食茶点。既罢，客去。偕老伍出至大本营，适中山先生已出，伍遂去。余至秘书室见李元箸，乃知廖湘芸扣留海军小轮，致海军中人大哗，温树德亦来诉说。又闻潮汕之失，皆洪兆林为之，李登同损失最多。午饭。展堂来。顷之，中山先生归，闻东堤有何人兵以争花捐，致哄如临大敌，各部分皆与焉，事已无肯认为部下，而海军以为将缴其械，遂开同安往白鹅潭，亦可笑也。孙强夫自汕头来，云见洪告示，乃云奉大元帅令剿许，又一奇闻，今之人固无话不能说，无事不可为也。

谭延闿成为大本营的一员，和孙中山的接触多了。日记里不时流露出对孙的佩服之情。6月14日：

午饭后，精卫来，颂云亦至。二时，大元帅归，面有风尘色，衣尽湿，略坐起去。与蒋介石谈惠州事，兵多而不得用，使人怅然。四时，大元帅招至楼上开会，胡、杨、汪、程外，廖、邹、蒋皆与，议决对外方针，孙先生今乃大彻大悟，知其人非常人也。谈兵事、饷事久之。

谭延闿和孙中山的交往 299

六七月间，孙中山要他率领湘军向湖南出动。这一时期，《谭延闿日记》所记的许多次见孙中山都是谈这件事。如 7 月 8 日：

> 至大本营，以护芳消息告大元帅，谈进行计划久之。蒋介石来谈。

护芳即湘军重要将领陈嘉佑。
7 月 10 月：

> 见孙先生，言湘西事，遂决行事。与展堂谈顷之。午饭后，梅培来，同见孙先生。以横磨剑见畀，足壮行色。海滨从旁乞假贷，以十之二与之，云数日当还也。遂与海滨之财政科员同渡海畔。宏群来。至广东银行，交割已了，仍至南隄。

这天决定出动湘军了，孙中山批给了谭延闿十万元军费。这天孙中山下命令："着会计司发给谭延闿回湘费拾万元。"（《孙中山全集》第八卷，中华书局，1986 年版，第 19 页）这里，谭延闿用了一个典故，出自《旧五代史·景延广传》："晋朝有十万口横磨剑，翁若要战则早来。"说"横磨剑"即隐含了十万的意思。那时孙中山财政很困难，一笔就批了十万元是很不容易的事情。正在筹备办广东大学（即后来的中山大学）的邹鲁（即海滨）在旁边看了眼红，还向他借去两万元。

7月16日：

> 大元帅令：特任谭延闿为湖南省长兼湘军总司令。
>
> （《孙中山全集》第八卷，中华书局，1986年版，第31页）

7月24日：

> 登楼，见喻毓西。沧白、展堂先后至，同见大元帅请训。大元帅若曰今日当以革命手段挽救国家，一切法理论皆用不着。即如湘事，实奉大元帅令精神，奉党魁命，譬如对满清宣战，岂有退转，应一切不顾不理，以服从命令，达到任务为归。又云颂云此后不当生意见，并可助之。其辞甚长。复于大局、粤局有所讨论，乃辞而下。颂云来谈，吾自以为开心见诚，不知人如何耳。饭后，与胡、杨（杨映波）、李禄超、萧、宋、温良、汪潇泾握手为别，遂出门。下船，连声海者送印同行。

这里"沧白"即杨庶堪,"展堂"即胡汉民,"颂云"即程潜,当时都是大本营的要人。程潜和谭延闿曾经有过矛盾,孙中山要求他们以后不要再有意见。"连声海者送印同行",就是送大元帅颁发的湘军总司令印信。

8月7日,谭延闿率军抵达衡阳。8日发表就任孙中山所任命的湖南省长兼湘军总司令职务。这天,他在日记中说:"今日发就职电及宣言,醉六所作,极奇,亦遂用之,将表示革新态度,与常时异也。"后来谭延闿回顾往事,以为他1922年6月拒绝黎元洪的任命和这次的就职通电是他生平的重要抉择。他在1925年5月24日的日记中说:

> ……知吾当时拒黎电之适当,非用决绝词终不能斩断葛藤也。生平毅然决行者此外惟在衡州宣布就职事,亦稍纵即逝,不斩金截铁即回黄转绿也。近来此间暗潮纷纷,而无敢以游词说我者,岂非所持之正大耶,男儿固当如此。

正当谭延闿的军队在湖南和赵恒惕的军队作战的时候,10月,陈炯明叛兵向广州进攻,连下河源、平山,广九路的平湖站、博罗、广州告急。《谭延闿日记》1923年

11 月 11 日记载：

> 纫秋来电，望余援粤，词甚切至，与同人商决办
> 法。……于是决计变更计划，以退为进。……复集诸
> 人，商将来入粤办法。

12 日，孙中山向谭延闿发了"星夜来援"的电报：

> 郴州谭总司令鉴：□密。此间军事吃紧，详情如
> □□□各电。仰该总司令迅率所部星夜来援。切切。
> 此令。大元帅。侵申。
>
> （《孙中山全集》第八卷，中华书局，1986 年版，第 393 页）

同一天命湘军向敌攻击前进令：

> 着谭总司令率所部湘军到滃江口下车，集中从
> 化，向龙门方面之敌攻击前进。此令。孙文。
>
> （《孙中山全集》第八卷，中华书局，1986 年版，第 393 页）

谭延闿即遵令率部赶回广州。11 月 18 日《谭延闿日
记》记载：

五时，乘舆至火车站，与诸人登车，（六时开）即前来时所乘花车也，醉六、安甫同行。与廪丞谈久之，使人无欢。假寐顷之。十二时半到广州，沧白、纫秋、荃甫、仲恺、哲生、梯云、誉虎、铁城、兴汉、翼群偕来，相见大喜，云今尚无战事。同登南洋，开赴大本营，入见大元帅，极蒙嘉慰，陈说久之。李协和、程颂云谈最多。闻白云山石牌一带已接触，东西两军皆退，使人不怡。后闻滇军已破敌。

19 日日记：

径渡海至大本营，见孙先生。罗翼群言花县乃许汝为军队，非敌也。至参谋处、秘书处一谈，知今日各路均大胜，许部俘敌千余。朱益之报告亦云破敌，获械甚多也。

这些事情在《孙中山史事编年》里有记载：

△命北江各部队暂归谭延闿指挥。

是月 18 日，谭延闿奉召至广州晋谒，面聆机宜。孙中山嘉奖其"调兵迅速"。时北军方本仁部四旅乘东江陈军进攻之机,已占粤北之南雄,欲进窥始兴。驻防南、始之滇军赵成梁部韦杵旅以寡不敌众退守。是日,发布命令,责成湘军总司令谭延闿督率各部迅速进剿,"务先巩固边陲,再进以图大局,现在北江各部队着归该总司令指挥调遣"。

（《孙中山史事编年》第九卷,中华书局,2017年版,第5005页）

这以后一连几天,谭延闿都去见孙中山,日记多有记载。如12月8日:

渡海,谒见大元帅,温慰有加。

12月12日的《谭延闿日记》记了一件事:

方军长来电,言高凤桂遣其参谋长廖刚接洽来归事,语亦可听。饭后,遂偕吕满入大本营详陈帅座,以高所请求一一见许。

这是说当时驻守韶关的湘军打败了来犯的江西邓如琢部高凤桂旅,高凤桂只好乞降。孙中山接受了他的投降条

件。12 月 30 日，孙中山还接见了这个降将。这天《谭延
闿日记》中记载：

> 方伯雄偕高凤桂子丹来，杨啸天偕至。高人颇伉
> 爽，着军服有精神，灰色布衣加肩章，冯玉祥派也。
> 谈赣州情形极详，所谓有炮有弹及小部分未得来，皆
> 有其事，惜乎来归不早，多此始兴一役耳。……五
> 时，同高、方、杨步至木排头乘车，渡海至大本营，
> 待久之，帅座始散会来见客，谈甚久。帅固不作周旋
> 语，高亦质直能领会也。

《孙中山史事编年》没有记载这件事。在孙中山来说，
不过小事一桩，不记也罢。何况不久他又叛归北军了呢。
《谭延闿日记》1924 年 3 月 17 日记载："得南雄电，高凤
桂率所部复投北，反复小人，可哂。"

《谭延闿日记》里还记有孙中山一些重要著作，如
《建国大纲》《三民主义》写作的情形。1924 年 1 月 10 日
日记：

> （朱注：与樊钟秀、路丹父）同坐划子渡河。登
> 楼，马副官诸人已睡矣，乃请大元帅出，陈说樊部愿

出北江事，各发议论久之。大元帅方草《建国大纲》，三民、五权为经，以军政、训政、宪政三时代为号，已得十余条，出示诸人，莫赞一辞。

2月21日谭延闿为孙科（哲生）题跋孙中山手书《建国大纲》，对这部著作做了极高的评价：

书孙中山先生手书《建国大纲》后

三代后之中国，率以补苴苟且为政。所谓圣君贤相，皆仅谋一时之安，无能为国家计久长，人民图乐利者，世人亦相习而安之。有一言设施者，必相与非笑攻击，使不得逞。挽近海禁既开，人习于外事，乃知无为之不可二□；则又稗贩异国之故思事法而人效之，卒之效者形而弊乃大著。呜呼，其真吾国人之不足与言治欤。不审其致病之由，而苟幸其不死，与高言治理，而无审方施术之功，均之惑也。惟中山先生深明古今治乱之原，洞观中外异同之迹，覃精研思垂三十年，于所以建设吾国者，反复推论，断然知其可行，日以之强聒于众，而众莫之悟。比年以来，国家阽危之象益不可掩，国人知识亦日进于前，始恍然于先生所言，盖犹规矩准绳之不可偭越。先生□斠栝夙昔所论说，笔之于书，为《建国大纲》二十五条，本末次第，粲然具备，信乎再造中国舍此吴由也。既已写定，公之于世，乃书此册授之哲生，哲生敬谨奉持，固不敢与寻常书翰同其珍视。他日治定功成，读史者得见此册，将等于《大训》《河图》，夫固非孙氏一家之宝矣。延闿既亲值属笔之时，又得授简以书其后，有余荣焉。

孙中山从 1924 年 1 月 27 日起，在广州国立高等师范学校礼堂演讲三民主义。从民族主义讲起。《谭延闿日记》2 月 12 日记载：

阅中山先生民族主义演说稿一过，有云左文襄为大龙头以克新疆，闻所未闻。又云赫德受户部尚书衔，则似赫死时事，恍惚有加尚书衔事也。

3 月 9 日他去听了孙中山讲的民权主义第一讲：

出至高等师范，听大元帅演说民权主义，自三时至五时乃毕。前半颇庄重，后乃杂以诙谐，听者皆动容也。

4 月 13 日他又去听了孙中山讲的民权主义第四讲：

> 遂赴高师，听大元帅演讲民权。坐台上，于众人
> 属目之地屡打磕铳，自力乃止，可叹也。

他是太疲倦了，坐在主席台上打瞌睡。

《谭延闿日记》里记载了当时广东省省长杨庶堪去职
的事。这件事在《孙中山全集》里可以查到：

准杨庶堪辞职令

（中华民国十三年六月十二日）

大元帅令

　　广东省长杨庶堪呈请辞职，情词恳挚。杨庶堪准
免本职。

　　此令。

（《孙中山全集》第十卷，中华书局，1986 年版，第 270 页）

杨庶堪为什么要辞职，谭延闿在 1924 年 5 月 19 日的
日记中记载了这件事的背景：

> 至五时，胡、许、廖来，神色仓皇，颇滋疑怪。

忽帅召余入，以蒋介石电见示，痛诋沧白至不可堪。
喜人怒兽，可为一笑，彼固不知沧白视省长如敝屣
也。应对久之乃出。查去年以汉民代行职权，今照办
一通。李协和来，一瞥而去。与狄山语顷之，乃出。
渡海至省署，以事语沧白，又与无量、一民、纫秋、
梅修诸人谈，沧白遂决去矣。

原来是蒋介石打电报给孙中山猛烈攻击杨庶堪。谭延
闿和杨私交甚笃，就让他去转告这件尴尬事情。杨庶堪当
然决心去职了。《孙中山史事编年》没有记载蒋介石来电
攻击杨庶堪的事。人们从谭延闿的日记里，就可以知道杨
庶堪去职的背景了。

1924 年 7 月 15 日，广州政府成立军事委员会。谭延
闿这天的日记说：

许汝为、廖仲恺来，同饮酒，吃饭。已三时矣，
乃同渡海，今日军事委员会成立也。大元帅主席，绍
基（朱注：滇军总司令杨希闵，字绍基）、许（朱注：
粤军总司令许崇智，字汝为）、刘（朱注：桂军总司
令刘震寰，字显丞）、樊（朱注：豫军总司令樊钟秀，
字醒民）及余（朱注：湘军总司令谭延闿，字组庵）、

展堂（朱注：胡汉民）、仲恺、梯云（朱注：外交部长伍朝枢）、介石九人为委员，俄国高和罗夫（朱注：通译"巴甫洛夫"）将军为顾问。高为脱穆尔司坦总督，俄政府遣来，昨乘飞机至惠州视察归，所言皆确实，一军队训练方法，二广州防御方法，三利用民团办法，通俄、法、英、德文字，沉毅可敬。始则伍、廖为译，继则呼朱和中伴之。

军事委员会成立，巴甫洛夫顾问即分别拜会各位委员。7 月 17 日谭延闿日记："高和罗夫偕朱和中来，与谈甚久，问俄军事及政治、社会诸情形甚详。"可惜的是，第二天他就在石龙江面勘察的时候失足落水殉职了。19 日谭延闿日记："闻高和罗夫在石龙堕水死，为之不怡。"23 日为他举行了隆重的追悼会。谭延闿这天在日记中说：

余不及待，即赴东校场高和罗夫追悼会。孙先生以次均莅，憩无线电局甚久，乃出行礼。颂云导视其讲武学校生颇有精神。……高和罗夫堕水后，一日尸乃浮出，故迎来致祭，送之江固舰，载往火葬场。有所佩军刀，金刚钻满焉，非共产党所宜，意者俄皇时赐，则何为宝之也。送者皆乘汽车，五步一停，十步一阁，凡一小时乃至天字码头，汗浃衣，如步行也。

当时孙中山还和谭延闿讨论过马克思主义。《谭延闿日记》1924年7月27日记载：

> 欲出而大本营传帅谕来召，遂至南堤，借小汽船渡海，见孙先生。谈军事后，谈党义甚多，于共产党问题复有问难，答皆切理餍心，信为不负。又论马克斯安纪而学说及美国福特大王之新经济方法，凡坐论三小时乃出。

"安纪而"通译"恩格斯"。这件事在《孙中山史事编年》没有记载。

8月17日，谭延闿又去听了孙中山讲的民生主义第四讲：

> 九时出，遇吕满，同载至高等师范，孙先生演说也。仲恺、溥泉、元冲诸人毕至。十时始开讲，于民食问题阐发颇多。

8月22日，军事委员会开会，有俄国派来的顾问鲍罗廷参加。这天谭延闿日记：

> 至大本营军事委员会，待杨（朱注：杨希闵）、
> 许（朱注：许崇智）至。开会，鲍罗定及两军官各有
> 献议，伍梯云为译，亦颇有至理。吾俟散即归。

8月29日英国驻广州总领事为了干涉广州政府处理商
团事件，向广州大本营发出最后通牒，宣称：奉香港舰队
司令命令：如遇中国当局向城市开火时，英国海军即以全
力对待。《谭延闿日记》8月30日记载：

> 登楼谒帅，与伍梯云、傅秉常同见英领事来书，
> 极无理，帅乃大怒，因欲推翻昨案，令吾别具草，因
> 遂作数百字，帅亲加点定而出。

这篇谭延闿起草、孙中山修改定稿的《对外宣言》于
9月1日发表，现在很容易在《孙中山全集》第十一卷第
2页里看到。

《谭延闿日记》9月3日记载：

> 登楼，遇哲生，以帅西文宣言译本见示，属为点

定，乃与梯云商顷之，兼作按语。

8月30日这天的《谭延闿日记》还记了一件事：

> 仲恺电话约往高师，至则中央执行委员方开会，帅演说甚激切，反共产派皆默然，溥泉（朱注：张继）只作数语，里门（朱注：覃振）敷衍顷之。散后，与邹、廖向帅陈述罢市处分之不可轻视。偕往照相，因中央执行委员召集会今日闭会也。

这则日记从侧面反映了当时国民党内关于国共合作问题争论的形势。

9月22日谭延闿和胡汉民等人同去韶州孙中山处议事。《孙中山史事编年》记载说："胡汉民、廖仲恺、谭延闿联袂由广州赴韶关，向孙中山请示后方各项要务及北伐大计。"（《孙中山史事编年》第十一卷，中华书局，2017年版，第5748页）这天谭延闿在日记中说：

> 五时三十分起。与展堂饮牛乳一杯，即登南洋船，六时三十分行，三人者时谈时渴睡，昨夜皆未得熟睡也。八时，至火车站，岳、吕、李、张、曙诸人

来，卫兵、轿夫皆来，殊为多事矣。又三十分乃行。展堂云，戴季陶言旅行以三人为最适，可纵谈不歇，盖两人则语有穷，四人必分两组，此语颇趣。车中两点一饭，二时三十分到韶州，大本营即在站侧。同入见孙先生，谈极久，古湘芹、宋子文在座。展堂反复论辩，颇有犯颜极谏，卒能回所执，亦不易易。北伐之责，欲加我身，则诚惶诚恐耳。饭后，赵成梁来谈久之，十时乃辞出。宿大（火）车上，甚舒服，非所宜也。余与胡皆独据一室，宋子文及仲恺一室。两日着旧衣袴，殊有汗气，乃易之而睡。

这一行人次日一早就回广州去了。这时，有一个重要人物到广东来了。段祺瑞派许世英（字静仁）来联络孙中山，9 月 29 日谭延闿的日记："余出访许俊仁于亚洲，不遇。"10 月 1 日谭延闿等许多要人就陪同许世英去韶州见孙中山了。谭延闿这天的日记：

五时半醒，坐二十分起。送行者毕至。六时出门，乘电船至黄沙，登火车，岳、吕诸处长皆来送。顷之，许俊人、梯云（朱注：伍朝枢）、廖矮子（朱注：廖仲恺）、一武、铁城（朱注：吴铁城）、小田、杨虎、刘麻子（朱注：刘成禺）皆来，尚有从行多人。八时半，车行，与俊人谈，知其来意，仍是首座问题，次则和陈。其云建国大计者，门面语耳。饭，凡三桌，可见人多。途遇第三军队伍，憔悴枯槁，为之恻然。三时半到韶，偕许、伍、廖同见大元帅，许陈说极多，一一解决，光明磊落，令人起敬，不知彼以为如何耳。辞出，同步至河干，渡浮桥至方韵松船上，见赵成梁、冷公剑、曾伯兴，谈顷之。与诸人返大本营，呼谢团长，有所处分。登楼，吃饭，韶关酒席也，许、廖、伍、吴、刘、柏同座。既罢，复谈至九时后，乃辞出。与伍、廖同宿车中，谈社会主义颇详，十二时乃睡。

《孙中山史事编年》第十一卷第5777页有一条页末注说：

关于许世英赴韶关谒见孙中山之日期，《国父年谱》订为10月4日。［罗家伦主编、黄季陆增订：《国父年谱（增订本）》下册，第1238页］《中华民国史事纪要》亦称，本月3日胡汉民就广东省长职后，翌日随许世英赴韶关晋谒孙中山。［《中华民国史事纪要（初稿）一九二四年九至十二月》，第520—522页]也有作10月3日者，谓："10月2日，许世英到广州，孙中山因督师北伐去韶关，委派王宠惠、胡汉民、廖仲恺、陆荣廷、汪精卫等五人与许作初步商谈。翌晨，由廖仲恺陪同至韶关。许在韶关又与廖仲恺、伍朝枢、柏文蔚等共商讨伐吴佩孚事。许在当日受到孙中山在大本营的接见和谈话，面陈旨在邀迎孙中山先生北上共商大计，并协议于曹锟倒台后，先开'善后会议'，再召集'国民会议'。孙中山欣然允诺北上共商国事。"（沈寂：《许世英生平》，载安徽省政协文史资料委员会、东至县政协文史资料委员会编《许世英》，第33页）而《广州民国日报》之报道明确指为"一日"。另据《申报》报道："三日广州电，段祺瑞之代表许世英偕伍朝枢赴韶关，与孙中山会商，已得了解。昨已回抵广州。"（《申报》1924年10月5日，"国内专电"）6日报道又称"许世英已于四日赴海丰访陈（炯明）"。（《粤陈确将北伐之沪讯》，《申报》1924年10月6日）故10月3日、4日之说较为可疑，10月1日孙、许会面较为可信。

《孙中山史事编年》编者如果看到了参与其事的谭延

阎当天写的日记，就知道这事的日期确实是 10 月 1 日。一切种种的猜测和分析都是不必要的了。不过编者的判断力还是可取的，能够在众说纷纭之中，认为"故 10 月 3 日、4 日之说较为可疑，10 月 1 日孙、许会面较为可信"。

刘成禺是陪同许世英来广东的。据他写的《先总理旧德录》记载：

> 许到韶关后，孙在总统办公室开大会，出席者：鲍罗廷、廖仲恺、胡汉民、汪精卫、伍朝枢、谭延闿、吴铁城、郭泰祺、卢师缔、许世英、刘成禺。先生（孙）开会发言曰：予本于 9 月 18 日乘黄浦所泊俄罗斯号船赴海参崴，由西伯利亚转俄京；今中国有改革机会，予可中止俄罗斯之行矣。予曰：先生是何言也？先生（孙）曰：汝尚未知之耶？鲍顾问廖仲恺两人劝予曰：俄国自列宁死后，党事分歧，领袖无人，以共产党全体加入国民党之故，甚愿先生（孙）赴莫斯科一行，则主持有人；以先生（孙）威望名德，必能安定共产党事；对于中国西北、东北、外蒙古一带，俄国当竭其全力，辅助先生（孙）经营中国。予思一隅局处，终难发展，且英美日外交不能为友，且常为敌，予甚以此说为是，俄京要电屡至，且

派船来迎，今（许）俊仁与汝（刘）挟各方书来，中国既有大故，且可行吾所抱政策，何必多此苏俄之行？吾意决矣。予曰：成禺有一言：若先生赴苏俄，则吾主不复返矣。

鲍罗廷闻廖仲恺译言，怒目视余，先生（孙）乃命汉民起电稿，致电段祺瑞曰：国以内，兄（段）主之；国以外，弟（孙）主之。

（转引自台湾《传记文学》第五卷，第五期，第10—11页，吴相湘《许世英的一生》）

就这样确定了孙、段合作的政治基础。

这以后谭延闿就留在韶关。10月9日，孙中山在韶关会见了来华游历的俄国海军官兵，还放焰火欢迎他们。这天谭延闿日记记有：

偕吴、程、方、那、曾、韦诸人至车站迎俄游历舰员，六时始至。步行至东河坝礼堂，帅及夫人先在，就坐。演说俄将军五十余，云在海军三十年，所随练习生则皆革命党也。散后，散步厂外，复入茶会。将领演说平平，而练习生极精采，可知其国之精神矣。出看放烟火两座，小烟火无数，娱宾足矣，华人则味同嚼腊也。既散，余乘舆归。

第二天是 10 月 10 日，韶关举行了庆祝武昌起义纪念大会，还举行了阅兵式，俄国海军官兵参加了阅兵式，这些在《谭延闿日记》都是记了的：

> 乘舆至南校场，朱益之（朱注：朱培德）为指挥，俄舰长及水兵练习亦至，帅与夫人偕来。行阅兵式、分列式后，俄水兵亦行分列式，于是华人愧死矣。飞机翱翔，影片映照，则韶关所未有。礼毕，乘舆归。十时，铁城送俄人行，大元帅亦自临车次，行人呼万岁声与车俱远。

这两天孙中山在韶关的活动，《孙中山史事编年》里没有记载。

10 月 21 日，《谭延闿日记》记了孙中山向他征求对《三民主义》记录稿意见的事："孙先生以民生主义演说二本见示，为斠一过，演说体以详尽为主，与作文异，取其抵触处标出之，重复处不一一指摘，以存真也。"可见谭延闿对于《三民主义》一书的最后定稿也有所贡献。

10 月 22 日日记："奉召登楼，谈社会主义及马克思学说甚详。"

在直系军阀曹锟、吴佩孚的政府与奉系军阀张作霖的战争（第二次直奉战争）中，10月23日深夜，直系大将冯玉祥率部从前线潜回北京，发动政变，囚禁总统曹锟，推翻曹锟、吴佩孚的北京政府，推久已失势的皖系军阀段祺瑞为临时执政。冯玉祥将所部改称国民军，同情广东革命政府。这时，原来商定的孙、段合作有可能实行了，即电邀孙中山北上，共商和平统一大业。《谭延闿日记》10月27日记载：

> 汪精卫夫妇、仲恺、但怒刚、罗逸群、鲍罗汀、（宋子文）自省城来，与谈顷之。……登楼，则鲍、宋、汪、廖皆在，谈北京邀帅入京事，帅已决必行，吾始觉非计，继思元首为此则冒险，革命党魁为此则当然，且不入虎穴，安得虎子，遂亦同意。

这以后几天，谭延闿在日记里记的就是孙中山北行的事情。29日：

> 十时，帅召集诸军长、师长，表示北行之意，并询诸人意见，皆以缓行为请，后乃宣布决心而散。……至

东河坝演讲堂听大元帅演说，营长以上毕集，乃设茶会，反复数千言，皆为说明革命主旨及所以冒险之故。既散，坐谈顷之。归而刘麻子诸人来，料量行事，至为麻烦，明日随帅返广州也。

30 日：

今日帅座返广州，余与韵松诸人均从行。八时启行，刘麻子邀至一室中，朱和、喻毓西、郭泰祺、傅秉常及工程师陈世杰夫妇咸在，食面包、罐头牛、鱼，甚饱。午，又与诸人食于餐室，皆此物也。……五时到黄沙，已热不胜棉矣。展堂、精卫诸人皆来迎，同至大本营谈久之。

孙中山这次回广州，《孙中山史事编年》里的记载是：

是日，孙中山与夫人宋庆龄在廖仲恺、汪精卫等陪同下，由韶关返广州，下午 4 时 45 分抵黄沙车站，受到胡汉民、古应芬、宋子文、伍朝枢、吴铁城等及军队民众代表数百人热烈欢迎。

（《孙中山史事编年》第十一卷，中华书局，2017 年版，

第 5878 页）

从《谭延闿日记》里可知：这里有一点小小的误记，汪精卫是在黄沙迎接的一人，却把他写作同行者了。

《谭延闿日记》11 月 1 日记载：

> 乃偕胡、汪赴大本营。伍梯云、廖仲恺亦来，待鲍罗汀至四时乃至。开会，研究大元帅入京问题。鲍颇有先见，未可以外人少之。后由帅自决北行办法，及上镫乃散。

谭延闿认为鲍罗廷"颇有先见，未可以外人少之"。却没有记下鲍罗廷的意见。在解密的共产国际档案中可以看到他的意见，他以为"10 月 23 日的政变及其后发生的事件给国民党提供了一个登上国民革命斗争大舞台并成为大政党的极好机会。如不利用这一机会，不仅从策略上看是错误的，而且在一个长时期内必然地、不可避免地会削弱国民党。对我们来说整个问题在于如何积极利用这些事件"。［《共产国际、联共（布）与中国革命档案资料丛书》第一卷，中共党史出版社，2007 年版，第 566 页］因而支持孙中山北上。

11 月 13 日，孙中山启程北上。12 月 31 日扶病到达北京。不久就得到了坏消息。《谭延闿日记》1925 年 1 月 28 日记载："得展堂电，精卫来电，孙先生廿六日六时开剖，发现肝藏重症，情形重大等语，殊为忧悬。"

2 月 5 日，孙中山给胡汉民、谭延闿等人发了一个电报：

　　展堂、组庵、汝为、显丞、小泉、慕尧、仲恺、湘芹、介石、铁城诸兄鉴：大病少苏，闻东江将战，复添系念。望诸兄努力破敌，以安内而立威信于外。引领南望，不尽欲言。文。歌。印。

（《孙中山全集》第十一卷，中华书局，1986 年版，第 581 页）

《谭延闿日记》2 月 7 日记载：

　　孙先生来电，无穷之感现于纸墨之外，读之喟然。韵松以为有英雄末路之象，可惧也。然吾以为此精卫代圣贤立言，欲以激励将士，不知其未入口气也。

谭延闿知道：这个电报是汪精卫以孙中山的名义发出的。

2 月 20 日："得京电，孙先生已移出协和医院，居铁狮子胡同，服黄者、人参有效，若以此得愈，则中医轩眉矣。"

3月11日："又得邹鲁电，孙先生疾革，尤为忧惶。"

12日：

> 昨得邹鲁电，孙先生疾大渐矣，将奈何。……得电，知孙先生于今日午前九时逝世，深为国家前途悲，有今日始途穷之怵，决明日入省，不暇择车矣。

谭延闿衷心佩服的孙中山死了，他觉得世上再也没有他佩服的人了。4月24日他的日记说：

> 作书与沧白，言孙先生既殁，吾当以二事自绳，一荀息所言使死者复生，生者不愧，一韩退之言，世无孔子，不当在弟子之列，以答其来书之意，然广州事变正未可知也。

这话说得很自负，也很自信。

(原载《随笔》2020年第2期)

陈独秀和鲁迅周作人兄弟的交往

1

鲁迅是因为给《新青年》杂志写稿才开始和陈独秀交往的。而周作人认识他却比鲁迅要早些，他和陈独秀曾经在北京大学共事。

就在 1917 年陈独秀应聘为北京大学文科学长的时候，周作人也被聘请为北京大学文科教授了，他在《知堂回想录》里面说过他们之间有过的一些合作：

大概在民六（1917）这一年里逐渐有新的发展，

胡适之在美国，刘半农在上海，校内则有钱玄同，起而响应，由文体改革进而为对于旧思想之攻击，便造成所谓文学革命的运动。到了学年开始，胡适之刘半农都来北大任教，于是《新青年》的阵容愈加完整，而且这与北大也就发生不可分的关系了。但是月刊的效力还觉得是缓慢，何况《新青年》又并不能按时每月出版，所以大家商量再来办一个周刊之类的东西，可以更为灵活方便一点。这事仍由《新青年》同人主持，在民七（1918）的冬天筹备起来，在日记上找到这一点记录：

"十一月廿七日，晴。上午往校，下午至学长室议创刊《每周评论》，十二月十四日出版，每月助刊资三元。"那时与会的人记不得了，主要的是陈独秀、李守常、胡适之等人。结果是十四日来不及出，延期至廿一日方才出第一号，也是印刷得很不整齐。当初我做了一篇《人的文学》，送给《每周评论》，得独秀覆信云：

"大著《人的文学》做得极好，唯此种材料以载月刊为宜，拟登入《新青年》，先生以为如何？周刊已批准，定于本月二十一日出版，印刷所之要求下星期三即须交稿，唯纪事文可在星期五交稿。文艺时评一栏，望先生有一实物批评之文。豫才（鲁迅）先生处，亦求先生转达。十四日。"

我接到此信，改写《平民的文学》与《论黑幕》二文，先后在第四五两期上发表。

可见周作人不单是《新青年》的作者，还是《每周评论》创刊的同人。

6月12日陈独秀在东安市场散放传单，遂被警厅逮捕，拘押了起来。周作人即和同事前往探视，他在日记中说：

> 六月十四日，同李辛白王抚五等六人至警厅，以北大代表名义访问仲甫，不得见。
>
> 九月十七日，知仲甫昨出狱。
>
> 十八日下午，至箭竿胡同访仲甫，一切尚好，唯因粗食故胃肠受病。……
>
> ……
>
> 十月五日，晴。下午二时至适之寓所，议《新青年》事，自七卷始，由仲甫一人编辑，六时散，适之赠所著《实验主义》一册。

因为陈独秀入狱，《每周评论》的继续出版发生问题，周作人日记有记载:"六月廿三日,晴。下午七时至六味斋,适之招饮,同席十二人,共议《每周评论》善后事,十时散。"

陈独秀出狱之后,不久他和《新青年》编辑部就搬回上海去了。

2

《新青年》社同仁钱玄同敦促鲁迅、周作人兄弟为《新青年》写稿这件事,后来钱玄同在《我对周豫才君之追忆与略评》一文中回忆说:

民国六年(1917),蔡孑民(元培)先生任北京大学校长,大事革新,聘陈仲甫(独秀)君为文科学长,胡适之(适)君及刘半农(复)君为教授。陈、胡、刘诸君正努力于新文化运动,主张文学革命。启明(周作人)亦同时被聘为北大教授。我因为我的理智告诉我,"旧文化之不合理者应该打倒","文章应该用白话做",所以我是十分赞同仲甫所办的《新青年》杂志,愿意给它当一名摇旗呐喊的小卒。我认为周氏兄弟的思想,是国内数一数二的,所以竭力怂恿他们给《新青年》写文章。

鲁迅在《呐喊·自序》里生动地记下了他同前来劝架的钱玄同（用的是林琴南影射小说《荆生》里面攻击他的名字"金心异"）的交谈，这件事大家都很熟悉，这里就不必引用了。

于是在 1918 年 5 月 15 日出版的《新青年》第四卷第五号上，鲁迅发表了他的第一篇白话文小说《狂人日记》。接着《孔乙己》《药》等小说陆续在《新青年》上出现了，后来鲁迅在《〈中国新文学大系〉小说二集序》里面说，这些"算是显示了'文学革命'的实绩"。此外，他还在《新青年》上发表《梦》《爱之神》和《桃花》等新诗，发表了《我之节烈观》《我们现在怎样做父亲》这样的批判旧道德观念的论文，特别是在《随感录》专栏里发表了好些针对性极强的论战文章。

周作人也在《新青年》第四卷五号上发表了《读武者小路君所作〈一个青年的梦〉》，这是他在《新青年》上发表的第一篇自己写的文章，也是他第一篇介绍武者小路实笃的文章。文章说"我们看见日本思想言论界上，人道主义的倾向日渐加多"，而"武者小路君是这派中的一个健者"。文章介绍了武者小路实笃的"只要人人都是人类的相待，不是国家的相待，才得永久和平，但非从民众觉醒不可"的思想。鲁迅对这见解"极以为然"，他在看了作人的这一篇之后，就把《一个青年的梦》这剧本找来，翻译出版了。

正如鲁迅在《自选集·自序》里说的：

> 我的作品在《新青年》上，步调是和大家大概一致的，所以我想，这些确可以算作那时的"革命文学"。……
>
> 这些也可以说，是"遵命文学"。不过我所遵奉的，是那时革命的前驱者的命令，也是我自己所愿意遵奉的命令，决不是皇上的圣旨，也不是金元和真的指挥刀。

"那时革命的前驱者"，落实到具体的人，当然就是陈独秀了。

鲁迅曾经谈到他和《新青年》杂志的关系，他在《忆刘半农君》（收《且介亭杂文》）一文中说：

> 《新青年》每出一期，就开一次编辑会，商定下一期的稿件。其时最惹我注意的是陈独秀和胡适之。

假如将韬略比作一间仓库罢，独秀先生的是外面竖一面大旗，大书道："内藏武器，来者小心！"但那门却开着的，里面有几枝枪，几把刀，一目了然，用不着提防。适之先生的是紧紧的关着门，门上粘一条小纸条道："内无武器，请勿疑虑。"这自然可以是真的，但有些人——至少是我这样的人——有时总不免要侧着头想一想。半农却是令人不觉其有"武库"的一个人，所以我佩服陈胡，却亲近半农。

可是此说不一定可信。周作人在1958年1月20日致曹聚仁信中说：

　　世无圣人，所以人总难免有缺点。鲁迅写文态度本是严肃，紧张，有时戏剧性的，所说不免有小说化之处，即是失实——多有歌德自传《诗与真实》中之诗的成分。例如《新青年》编辑会议好像是参加过的样子，其实只有某一年中由六个人分编，每人担任一期，我们均不在内。会议可能是有的，我们是"客师"的地位，向来不参加的。

　　（《周作人散文全集》第十三卷，广西师范大学出版社，2009年版，第11—12页）

周作人这里说的可以在鲁迅日记里得到印证。鲁迅日记里第一次出现陈独秀的名字，是 1920 年 8 月 7 日，"上午寄陈仲甫说一篇"，这时陈独秀已经搬回上海定居，并且就在上海编辑出版《新青年》。这天鲁迅日记说的，是他把前几天写的小说《风波》寄到上海去，向《新青年》投稿。这以后鲁迅日记所记，都是些寄信寄稿书信往来的事，因为一个住北京，一个住上海，那些"来访""往访"的见面的记载当然不可能有，更没有参加《新青年》编辑会的记载了。

陈独秀确实很看好鲁迅、周作人的文章（包括译文），把他们看作《新青年》的重要作者。周作人的《实庵的尺牍》一文汇录了陈独秀写给他的十六封信。在上海人民出版社 2009 年出版的《陈独秀著作选编》第二卷里只选入了其中三封。下面据周作人的这篇文章引用。

1920 年 2 月 19 日信：

启明兄：五号报（朱注：指第七卷第五号）去出版期（四月一日）只四十日，三月一日左右必须齐稿，《一个青年的梦》望豫才先生速将全稿译了，交洛声兄寄沪。六号报刊打算做劳动节纪念号，所以不便杂登他种文章。《青年梦》是四幕，大约五号报可以登了。豫才先生均此不另。弟仲上，二月十九夜。

（《周作人散文全集》第九卷，广西师范大学出版社，2009
年版，第610页）

同年3月11日信中说："我们很盼望豫才先生为
《新青年》创作小说，请先生告诉他。"（《周作人散文
全集》第九卷，广西师范大学出版社，2009年版，第
610页）

同年7月9日信中说："豫才先生有文章没有，也请
你问他一声。"（《周作人散文全集》第九卷，广西师范大
学出版社，2009年版，第611页）周作人当即将陈独秀催
稿的意思转告鲁迅了。鲁迅很快做出了反应。1920年8
月5日鲁迅日记："小说一篇至夜写讫。"记的就是小说
《风波》。

同年8月13日陈独秀致周作人信：

两先生的文章今天都收到了。《风波》在这号报
上（朱注：第八卷第一号）印出，先生译的那篇（朱
注：科罗连珂作品《玛加尔的梦》），打算印在第二号
报上，一是因印刷来不及，二是因为节省一点，免得
暑天要先生多写文章。倘两位先生高兴要再做一篇在

二号报上发表，不用说更是好极了。

（《周作人散文全集》第九卷，广西师范大学出版社，2009年版，第611页）

同年8月22日信：

《风波》在一号报上登出，九月一号准能出版。兄译的一篇长的小说请即寄下，以便同前稿都在二号报上登出。稿纸此间还没有印，请替用他纸，或俟洛声兄回京向他取用，此间印好时也可寄上，不过恐怕太迟了。八月廿二日。

鲁迅兄做的小说，我实在五体投地的佩服。

（《周作人散文全集》第九卷，广西师范大学出版社，2009年版，第611页）

同年9月28日信：

二号报准可如期出版。你尚有一篇小说在这里，大概另外没有文章了，不晓得豫才兄怎么样？"随感录"本是一个很有生气的东西，现在为我一人独占了，不好不好，我希望你和豫才、玄同二位有工夫都写点来。豫才兄做的小说实在有集拢来重印的价值，请你问他，倘若以为然，可就《新潮》《新青年》剪下自加订正，寄来付印。中秋后二日。

（《周作人散文全集》第九卷，广西师范大学出版社，2009年版，第612页）

陈独秀对鲁迅小说的评价，可见他鉴赏的眼光。只是他建议鲁迅将所作小说结集出版，时间还稍早了一点。这时，鲁迅还没有写他最重要的小说作品《阿Q正传》。三年之后，鲁迅的小说集《呐喊》才出版了。

3

1920年春天，第三国际派东方局代表维经斯基（中文名吴廷康）和他的助手杨明斋来中国建立支部。维经斯基他们来到中国，就通过北京大学俄文系教师柏烈伟开展工作，他先经过柏烈伟认识了李大钊，又由李大钊的介绍到上海去会见了陈独秀。陈独秀被他说服，接受了他的观点，愿意同他合作了。就在《新青年》上撰文宣传自己新近接受的学说。于是他办的《新青年》是越来越激进了。

在1920年9月1日出版的《新青年》第八卷第一号

上，陈独秀发表了《谈政治》和《对于时局的我见》两篇文章。前一篇引证了《共产党宣言》的内容，并且说：

> 他们只有眼睛看见劳动阶级底特权不合乎德谟克拉西，他们却没眼睛看见戴着德谟克拉西假面的资产阶级底特权是怎样。他们天天跪在资产阶级特权专政脚下歌功颂德，一听说劳动阶级专政，马上就抬出德谟克拉西来抵制，德谟克拉西到成了资产阶级底护身符了。我敢说：若不经过阶级战争，若不经过劳动阶级占领权力阶级地位底时代，德谟克拉西必然永远是资产阶级底专有物，也就是资产阶级永远把持政权抵制劳动阶级底利器。
>
> ……
>
> 我虽然承认不必从根本上废弃国家政治法律这个工具，却不承认现存的资产阶级（即掠夺阶级）的国家、政治、法律，有扫除社会罪恶的可能性。
>
> 我承认用革命的手段建设劳动阶级（即生产阶级）的国家，创造那禁止对内对外一切掠夺的政治法律，为现代社会第一需要。后事如何，就不是我们所应该所能够包办的了。
>
> （《陈独秀著作选编》第二卷，上海人民出版社，2009 年版，第 256—257 页）

包办后事，自有后来人。后一篇里，他说"我以社会主义者的见地"略述如下：

> 我以为世界上只有两个国家：一是资本家的劳动者的国家，但是现在除俄罗斯外，劳动者的国家都还压在资本家的国家底下，所有的国家都是资本家的国家，我们似乎不必妄生分别。各国内只有阶级，阶级内复有党派，我以为"国民"不过是一个空名，并没有实际的存在。
>
> （《陈独秀著作选编》第二卷，上海人民出版社，2009 年版，第 258 页）

在 1920 年 10 月 1 日出版的《新青年》第八卷第三号上陈独秀发表的《国庆纪念底价值》一文中说："由封建而共和，由共和而社会主义，这是社会进化一定的轨道，中国也难以独异的。"（《陈独秀著作选编》第二卷，上海人民出版社，2009 年版，第 278—279 页）可见他这时已经接受马克思列宁的学说了。

1920 年 12 月，广东省省长陈炯明邀陈独秀到广州去担任广东省教育委员长。12 月 16 日他就前往广州赴任去了。他动身前夕写了一信给《新青年》同人李守常（大钊)、钱玄同、胡适、陶孟和、高一涵、张慰慈、周豫才、周启明、王抚五（星拱）几位，交代他去广州以后有关《新青年》事务的安排。12 月 16 日陈独秀又写了一信给高一涵和胡适，继续说《新青年》的事：

> 弟今晚即上船赴粤，此间事都已布置了当。《新青年》编辑部事有陈望道君可负责，发行部事有苏新甫君可负责。《新青年》色彩过于鲜明，弟近来亦不以为然。陈望道君亦主张稍稍改变内容，以后仍以趋重哲学文艺为是。但如此办法，非北京同人多做文章不可。近几册内容稍稍与前不同，京中同人来文太少，也是一个重大的原因，请二兄切实向京中同人催寄文章。

> （《陈独秀著作选编》第二卷，上海人民出版社，2009 年版，第 318 页）

从胡适的复信中，可以看出《新青年》同人意见分歧的情况了：

> 《新青年》"色彩过于鲜明"，兄言"近亦不以为然"，但此是已成之事实，今虽有意抹淡，似亦非易

事。北京同人抹淡的功夫决赶不上上海同人染浓的手段之神速。现在想来，只有三个办法：

1. 听《新青年》流为一种有特别色彩之杂志，而另创一个哲学文学的杂志，篇幅不求多，而材料必求精。我秋间久有此意，因病不能做计划，故不曾对朋友说。

2. 若要《新青年》"改变内容"，非恢复我们"不谈政治"的戒约，不能做到。但此时上海同人似不便做此一着，兄似更不便，因为不愿示人以弱。但北京同人正不妨如此宣言。故我主张趁兄离沪的机会，将《新青年》编辑部的事，自九卷一号移到北京来。由北京同人于九卷一号内发表一个新宣言，略根据七卷一号的宣言，而注重学术思想艺文的改造，声明不谈政治。

孟和说，《新青年》既被邮局停寄，何不暂时停办，此是第三办法。但此法与新青年社的营业似有妨碍，故不如前两法。

总之，此问题现在确有解决之必要。望兄质直答我，并望原谅我的质直说话。

此信一涵、慰慈见过。守常、孟和、玄同三人知道此信的内容。他们对于前两条办法，都赞成，以为都可行，馀人我明天通知。适。

(《陈独秀著作选编》第二卷，上海人民出版社，2009 年版，第 318—319 页)

鲁迅是 1921 年 1 月 3 日午后收到胡适的这一通知的。他同周作人商量之后，就立即写了复信：

> 寄给独秀的信，启孟以为照第二个办法最好，他现在生病，医生不许他写字，所以由我代为声明。
>
> 我的意思是以为三个都可以的，但如北京同人一定要办，便可以用上两法而第二个办法更为顺当。至于发表新宣言说明不谈政治，我却以为不必，这固然小半在"不愿示人以弱"，其实则凡《新青年》同人所作的作品，无论如何宣言，官场总是头痛，不会优容的。此后只要学术思想艺文的气息浓厚起来——我所知道的几个读者，极希望《新青年》如此，——就好了。

陈独秀对胡适这封回信却是十分恼怒，他对于来信中提出的"发表新宣言声明不谈政治"一点"大生气"，至于"另办一杂志"的考虑，"他以为这个提议是反对他个人"。胡适认为，这是陈独秀对他的"误会"，于是在 1 月 22 日写了一信给《新青年》杂志同人守常、豫才、玄同、孟和、慰慈、启明、抚五、一涵诸位，信中对惹陈独秀生气一事做了这样的表白：

> 独秀对于第一办法——另办一杂志——也有一层大误解。他以为这个提议是反对他个人。我并不反对他个人，亦不反对《新青年》。不过我认为今日有一个文学哲学的杂志的必要，今《新青年》差不多成了《Soviet Russia》（朱注：当时苏俄出版的一种宣传刊物《苏维埃俄罗斯》）的汉译本，故我想另创一个专关学术艺文的杂志。今独秀既如此生气，并且认为反对他个人的表示，我很愿意取消此议，专提出"移回北京编辑"一个办法。
>
> （《陈独秀著作选编》第二卷，上海人民出版社，2009 年版，第 320 页）

胡适征求各位同人的意见。周作人和鲁迅两人的意见是这样的：

> 赞成北京编辑。但我看现在《新青年》的趋势是

倾于分裂的，不容易勉强调和统一。无论用第一、第二条办法，结果还是一样，所以索性任他分裂，照第一条或者倒还好一点。作人代。

与上条一样，但不必争《新青年》这一个名目。树。

（《陈独秀著作选编》第二卷，上海人民出版社，2009 年版，第 321 页）

这时候，《新青年》杂志不但内部的分歧已经表面化，还受到了外力的打击。1921 年 2 月初，第八卷第六号付排时，稿件被上海法租界巡捕房搜去，并罚款五十元，不准在上海印刷。陈独秀只好将它移到广州去出版了。2 月 15 日他写信给鲁迅和周作人两人：

《新青年》风波想必先生已经知道了，此时除移粤出版无他法，北京同人料无人肯做文章了，惟有求助于你两位，如何，乞赐复。

（《陈独秀著作选编》第二卷，上海人民出版社，2009 年版，第 365 页）

从这封短信里也可以看出陈独秀当时窘迫的程度。他对"北京同人"来稿已不存希望，只得请鲁迅兄弟供稿。

《新青年》的团体是散掉了。

4

1921 年 7 月，在共产国际代表马林的协助下，中国共产党成立。陈独秀担任总书记。

1922 年初，世界基督教学生同盟决定 4 月在北京清华学校举行第十一次大会。由社会主义青年团员倡导成立的上海非基督教学生同盟对此很觉不满。3 月 9 日与次日，他们连续发表宣言，反对资本主义，反对资本家在中国设立基督教青年会，反对"拥护资本主义，欺骗一般平民的"基督教会，反对在"国校"清华召开世界基督教学生同盟大会。3 月 15 日，陈独秀编辑的中国社会主义青年团机关刊物《先驱》第 4 号作为"非基督教学生同盟"专号刊登了非基督教学生同盟的宣言、通电、章程等文件。在这一期刊物上，陈独秀发表了《基督教与基督教会》一文，其中说：

> 基督教教会自古至今所作的罪恶，真是堆积如山，说起来令人不得不悲愤而且战栗！……
> 综观基督教教会底历史，过去的横暴和现在的堕

落，都足以令人悲愤而且战栗，实在没有什么庄严神圣之可言。

（《陈独秀著作选编》第二卷，上海人民出版社，2009 年版，第 430—431 页）

3 月 31 日北京《晨报》发表周作人、钱玄同、沈兼士、沈士远、马裕藻五人署名的《主张信教自由者的宣言》。《宣言》全文是："我们不是任何宗教的信徒，我们不拥护任何宗教，也不赞成挑战的反对任何宗教。我们认为人们的信仰，应当有绝对的自由，不受任何人的干涉，除去法律的制裁以外。信教自由，载在约法，知识阶级的人应首先遵守，至少也不应首先破坏。我们因此对于现在非基督教非宗教同盟的运动表示反对，特此宣言。"陈独秀看了，很不赞成，他 4 月 2 日给周作人、钱玄同他们写信，说：

启明、玄同、兼士、士远、幼渔诸先生：

顷在报上得见公等主张信教自由者的宣言，殊难索解。无论何种主义学说皆应许人有赞成反对之自由；公等宣言颇尊重信教自由，但对于反对宗教者自由何以不加以容许？宗教果神圣不可侵犯么？青年人发点狂思想狂议论，似乎算不得什么；像这种指斥宗教的举动，在欧洲是时常有的，在中国还是萌芽，或者是青年界去迷信而趋理性的好现象，似乎不劳公等作反对运动。私人的言论反对，与政府的法律制裁不同，似乎也说不上什么"干涉""破坏"他们的自由，公等何以如此惊慌？此间非基督教学生开会已被禁止，我们的言论集会的自由在哪里？基督教有许多强有力的后盾，又何劳公等为之要求自由？公等真尊重自由么？请尊重弱者的自由，勿拿自由、人道主义许多礼物向强者献媚！

弟陈独秀白四月二日

（《陈独秀著作选编》第二卷，上海人民出版社，2009年版，第433页）

4月6日周作人复陈独秀信说：

我们宣言的正当，得先生来书而益证实，因为"无论何种主义学说皆应许人有赞成反对之自由"，而且我们宣言也原是"私人的言论"，当然没有特别不准发表之理。我们宣言的动因，已在北京报上申明，是在宗教问题以外；我们承认这回对于宗教的声讨，即为日后取缔信仰以外的思想的第一步，所以要反对。这个似乎杞忧的恐慌，不幸因了近日攻击我们的文章以及先生来书而竟证实了；先生们对于我们正当的私人言论反对，不特不蒙"加以容许"，反以恶声见报，即明如先生者，尚不免痛骂我们为"献媚"，其余更不必说了，我相信这不能不说是对于个人思想自由的压迫的起头了。我深望我们的恐慌是"杞忧"，但我预感着这个不幸的事情是已经来了；思想自由的压迫不必一定要用政府的力，人民用了多数的力来干涉少数的异己者也即是压迫。我们以少数之少数而想反抗大多数，一定要被压迫而失败，原是预先知道的；因为世上是强者的世界，而多数实是强者，我们少数的人当然是弱者，所以应当失败。先生的"请尊重弱者的自由"这一句话，倒还应该是我们对先生及其他谩骂我们的诸位说的。

（《周作人散文全集》第二卷，广西师范大学出版社，2009年版，第627—628页）

中国社会主义青年团要宣传他们的无神论，反对基督教，并没有什么奇怪。可是周作人他们见微知著，看出了一些忧虑。

5

后来陈独秀接受了托洛茨基的观点，中共中央政治局即于1929年11月15日开除了他的党籍。1931年5月成立的中国托派组织选举陈独秀为总书记。1932年10月15日他被捕，关押在南京狱中。

1933年3月鲁迅应约为上海天马书店的《创作的经验》一书写了《我怎么做起小说来》一文，故意提起不久前被捕的陈独秀来。他写道："但我的来做小说，也并非自以为有做小说的才能，只因为那时是住在北京的会馆里的，要做论文罢，没有参考书，要翻译罢，没有底本，就只好做一点小说模样的东西塞责，这就是《狂人日记》。大约所仰仗的全在先前看过的百来篇外国作品和一点医学上的知识，此外的准备，一点也没有。但是《新青年》的编辑者，却一回一回的来催，催几回，我就做一篇，这里我必得记念陈独秀先生，他是催促我做小说最着力的一个。"公开向在押的政治犯表示感谢，也有表示一点声援他的意思吧。

陈独秀在狱中，共产国际的路线却发生了一个大转变。1935年7、8月的共产国际第七次代表大会提出了

"人民阵线"的理论，改变了第六次代表大会的"第三时期"理论，要求和各国资产阶级政府合作反对法西斯。适应这个转变，左联的领导人周扬等人提出了"国防文学"口号，并决定解散左联，另组"文艺家协会"。鲁迅不赞成"国防文学"口号，另提出的"民族革命战争的大众文学"口号，因而发生了一场"两个口号"之争。托派分子陈其昌听到了这个"内部"争论的消息，写了一封信给鲁迅，信的内容是批判共产国际的路线以及路线的转变；批判中国共产党盲目执行共产国际转变前和转变后的错误路线。

第一，是说中国共产党在共产国际"第三时期"极左理论的指导下不断遭到失败的痛苦历史，信中说的：

一九二七年革命失败后，中国康缪尼斯脱不采取退兵政策以预备再起，而乃转向军事投机。他们放弃了城市工作，命令党员在革命退潮后到处暴动，想在农民基础上制造 Reds 以打平天下。七八年来，几十万勇敢有为的青年，被这种政策所牺牲掉，使现在民族运动高涨之时，城市民众失掉革命的领袖，并把下次革命推远到难期的将来。

现在 Reds 打天下的运动失败了。中国康缪尼斯

脱又盲目地接受了莫斯科官僚的命令，转向所谓
"新政策"。

第二，就是批评了共产国际（信中称为"莫斯科官
僚"）转向"人民阵线"政策，以及中国共产党追随这一
转变而提出的和国民党联合抗日的主张，并且预言了这样
做的危险，信中说：

> 他们一反过去的行为，放弃阶级的立场，改换面
> 目，发宣言，派代表交涉，要求与官僚、政客、军阀，
> 甚而与民众的刽子手"联合战线"。藏匿了自己的旗
> 帜，模糊了民众的认识，使民众认为官僚、政客、刽子
> 手，都是民族革命者，都能抗日，其结果必然是把革命
> 民众送交刽子手们，使再遭一次屠杀。……

鲁迅当时已病得很重，不能执笔，乃由 O. V.（即是
冯雪峰）代笔写了答复，公开登载在一本名叫《现实文
学》杂志上。回信对于来信提出的这两点，第一点，即说
中国革命在共产国际的错误指挥下不断遭到失败和损失这
一点完全没有反驳，总不能说中国革命没有遭到失败和损
失吧。根本不提，这一点就绕过去了。对于第二点其实也

并没有怎么反驳，没有证明为什么和这些官僚、政客、军阀组成联合阵线并没有来信所说的那些危险。全部反驳只有这样几句：

> 你们的"理论"确比毛泽东先生们高超得多，岂但得多，简直一是在天上，一是在地下。但高超固然是可敬佩的，无奈这高超又恰恰为日本侵略者所欢迎，则这高超仍不免要从天上掉下来，掉到地上最不干净的地方去。

也没有讲出一个道理来，要点不过是"为日本侵略者所欢迎"，而"为日本侵略者所欢迎"的凭据，却只不过暗示他们是拿日本人的钱办刊物而已。此外就是对放逐中的托洛茨基的调侃、对斯大林和苏联的赞颂，借鲁迅的盛名攻击了一回托派而已。托派组织都埋怨陈其昌不该写这封信。王凡西在《双山回忆录》里说："其昌做这件事时我在香港，事前他也没有和其他同志商量，故事后颇受同志们的指责，尤其是南京监狱中的陈独秀，知道了大发脾气……"

这件事情过去才几个月，鲁迅病逝。在狱中的陈独秀没有，也不可能有什么纪念的表示。几个月之后抗日战争全面爆发，陈独秀也就获释出狱了。在 1937 年 11 月 21 日出版的《宇宙风》散文十日刊第 52 期上，他发表了《我对于鲁迅之认识》一文，是应《宇宙风》编者陶亢德为纪念鲁迅逝世一周年的约稿：

世之毁誉过当者，莫如对于鲁迅先生。

鲁迅先生和他的弟弟启明先生，都是《新青年》作者之一人，虽然不是最主要的作者，发表的文字也很不少，尤其是启明先生；然而他们两位，都有他们自己独立的思想，不是因为附和《新青年》作者中那一个人而参加的，所以他们的作品在《新青年》中特别有价值，这是我个人的私见。

鲁迅先生的短篇幽默文章，在中国有空前的天才，思想也是前进的。在民国十六七年（朱注：指 1927 年、1928 年），他还没有接近政党以前，党中一班无知妄人（朱注：指创造社和太阳社），把他骂得一文不值，那时我曾为他大抱不平。后来他接近了政党，同是那一班无知妄人，忽然把他抬到三十三层天以上，仿佛鲁迅先生从前是个狗，后来是个神。我却以为真实的鲁迅并不是神，也不是狗，而是个人，有文学天才的人。

最后，有几个诚实的人，告诉我一点关于鲁迅先生大约可信的消息：鲁迅对于他所接近的政党之联合战线政策，并不根本反对，他所反对的乃是对于土豪、劣绅、政客、奸商都一概联合，以此怀恨而终。在现时全国军人血战中，竟有了上海的商人接济敌人以食粮和秘密推销大批日货来认购救国公债的怪现象，由此看来，鲁迅先生的意见，未必全无理由吧！在这一点，这位老文学家终于还保持着一点独立思想的精神，不肯轻于随声附和，是值得我们钦佩的。

（《陈独秀著作选编》第五卷，上海人民出版社，2009 年版，第 215 页）

第一段讲鲁迅同《新青年》的关系，指出他是"《新青年》作者之一人"，但"不是最主要的作者"。他这样说，正好印证了周作人所说的"客师"身份。

第二段讲鲁迅受到创造社、太阳社围攻的时候，陈独秀"曾为他大抱不平"。

第三段谈鲁迅 1936 年对共产党抗日民族统一战线政策的态度，认为他"并不根本反对"，"他所反对的乃是对于土豪、劣绅、政客、奸商都一概联合"。实际上是表示了鲁迅的意见和陈其昌信中说的其实相同。文章最后说：

"这位老文学家终于还保持着一点独立思想的精神，不肯轻于随声附和，是值得我们钦佩的。"这也就是他对亡友鲁迅最后的评定和怀念，也并没有对冯雪峰代拟的公开信耿耿于怀。

6

陈独秀出狱以后，经武汉入四川，最后定居江津。他的政治态度是坚决主张抗日的。

1938年2月9日，周作人到北京饭店出席日本大阪每日新闻社召开的"更生中国文化建设座谈会"。到会的日本人有大使馆参事官等文武官员；中国人有伪华北临时政府议政委员长兼教育总长汤尔和，新民会副会长张燕卿，前华北大学校长何克之，清华大学教授钱稻孙等。《大阪每日新闻》报道了座谈会的消息，还配发了照片。周作人就这样公开表明了自己开始同日本侵略者合作的态度。这件事使陈独秀愤怒了。他在1938年8月21日写的《告日本社会主义者》一文末尾加写一段说：

最后，我还要说到我们的周作人先生，敬爱日本人民的诚实和勇敢，洁净和富于同情心，甚至承认日本政治也比中国清明，并且痛恨中国社会之堕落和政治之不良，我都和周作人先生没有两样；然而这一切决不能减少我反抗日本帝国主义的心情，在日本帝国主义的枪尖指挥之下，在日本帝国主义走狗中国的汉奸卖国贼领导之下高谈中国文化再生，这不能不是人类文化之奇耻大辱！因此我不能不为周作人先生惋惜，严格的说，应该是斥责而不是惋惜，虽然他是我多年尊敬的老朋友！

（《陈独秀著作选编》第五卷，上海人民出版社，2009 年版，第 277 页）

在大是大非面前，虽是老朋友，也不能不斥责了。二十年的友情从此断绝。

后来周作人走得更远，汤尔和死后，他继任伪华北教育总署督办，部长级大汉奸。陈独秀 1942 年 5 月 27 日去世，没有等到抗日战争胜利。抗日战争胜利之后，周作人就为了"通谋敌国，谋图反抗本国"的罪行受到了惩处。

（原载《随笔》2020 年第 3 期）

《鲁迅杂文选集》序言

鲁迅数量最多、意义最重要的作品是杂文。他在他的杂文作品中充分地表现了他坚决反对中国专制主义的文化传统的态度，为促进中国的改革呐喊呼号。他说：

> 中国人向来就没有争到过"人"的价格，至多不过是奴隶，到现在还如此，然而下于奴隶的时候，却是数见不鲜的。

概括地说，他认为中国历史上只是这两种时代的交替：

> 一、想做奴隶而不得的时代；二、暂时做稳了奴

隶的时代。

对于那些反对改革的人提出的"保存国粹"的口号，鲁迅反驳说：

> 什么叫"国粹"？照字面看来，必是一国独有，他国所无的事物了。换一句话，便是特别的东西。但特别未必定是好，何以应该保存？

> 譬如一个人，脸上长了一个瘤，额上肿出一颗疮，的确是与众不同，显出他特别的样子，可以算他的"粹"。然而据我看来，还不如将这"粹"割去了，同别人一样的好。

> 倘说：中国的国粹，特别而且好；又何以现在糟到如此情形，新派摇头，旧派也叹气。

> 倘说：这便是不能保存国粹的缘故，开了海禁的缘故，所以必须保存。但海禁未开以前，全国都是"国粹"，理应好了；何以春秋战国、五胡十六国闹个不休，古人也都叹气。

> 倘说：这是不学成汤、文武、周公的缘故；何以真正成汤、文武、周公时代，也先有桀纣暴虐，后有殷顽作乱；后来仍旧弄出春秋战国、五胡十六国闹个

不休，古人也都叹气。

　　我有一位朋友说得好："要我们保存国粹，也须国粹能保存我们。"

　　保存我们，的确是第一义。只要问他有无保存我们的力量，不管他是否国粹。

同"保存国粹"的主张相对立，他提出了有"全盘西化"意味的主张。他说："即使所崇拜的仍然是新偶像，也总比中国陈旧的好。与其崇拜孔丘关羽，还不如崇拜达尔文、易卜生；与其牺牲于瘟将军、五道神，还不如牺牲于 Apollo。"在《青年必读书》中他甚至说："我以为要少——或者竟不——看中国书，多看外国书。"敢于这样说的人，可以说他没有主张"全盘西化"吗？那些年批判胡适的时候，说"全盘西化"是胡适的主张，其实岂但一个胡适，"五四"诸贤包括鲁迅岂不都是这样的吗？西方一些国家，现代化起步比我们早，走在我们的前面去了，我们要赶上去。这里"西化"可以看作"现代化"的同义语。胡适就是这样辩解的。

　　有人看到"国粹"难以保存，西学无力抗拒，于是提出一个折中的主张："中学为体，西学为用。"

　　鲁迅寥寥几笔给这种人画了一幅速写像：

便是学了外国本领，保存中国旧习。本领要新，思想要旧。要新本领旧思想的新人物，驼了旧本领旧思想的旧人物，请他发挥多年经验的老本领。一言以蔽之：前几年谓之"中学为体，西学为用"，这几年谓之"因时制宜，折衷至当"。

鲁迅告诉他们，这是做不到的：

其实世界上决没有这样如意的事。即使一头牛，连生命都牺牲了，尚且祀了孔便不能耕田，吃了肉便不能榨乳。何况一个人先须自己活着，又要驼了前辈先生活着；活着的时候，又须恭听前辈先生的折衷：早上打拱，晚上握手；上午"声光化电"，下午"子曰诗云"呢？

社会上最迷信鬼神的人，尚且只能在赛会这一日抬一回神舆。不知那些学"声光化电"的"新进英贤"，能否驼着山野隐逸，海滨遗老，折衷一世？

"西哲"易卜生盖以为不能，以为不可。所以借了 Brand 的嘴说："All or nothing!"

鲁迅作品与此相联系的另一个主题是改造国民性。这个题目，他说过很多："我们生于大陆，早营农业，遂历受游牧民族之害，历史上满是血痕，却竟支撑以至今日，其实是伟大的。但我们还要揭发自己的缺点，这是意在复兴，在改善。""中国人的不敢正视各方面，用瞒和骗，造出奇妙的逃路来，而自以为正路。在这路上，就证明着国民性的怯弱，懒惰，而又巧滑。一天一天的满足着，即一天一天的堕落着，但却又觉得日见其光荣。""大约国民如此，是决不会有好的政府的；好的政府，或者反而容易倒。也不会有好议员的；现在常有人骂议员，说他们收贿，无特操，趋炎附势，自私自利，但大多数的国民，岂非正是如此的么？这类的议员，其实确是国民的代表。""读史，就愈可以觉悟中国改革之不可缓了。虽是国民性，要改革也得改革，否则，杂史杂说上所写的就是前车。""幸而谁也不敢十分决定说：国民性是决不会改变的。在这'不可知'中，虽可有破例——即其情形为从来所未有——的灭亡的恐怖，也可以有破例的复生的希望，这或者可作改革者的一点慰藉罢。"他始终不懈揭露国民性的缺点，提出改造国民性的目的，就是为了中国有一个美好的未来。

鲁迅的杂文，可说是始终坚持着这样一种批判中国专制主义文化传统、促进中国改革的态度。使鲁迅自己和他的读者们意外的是：他的这种态度在 1928 年遭到了创造社、太阳社以无产阶级革命文学名义的攻击。就像他在《三闲集·通信》里描写的那样，创造社、太阳社虽然"在互相标榜，或互相排斥"，"不过似乎说是因为有了我的一本《呐喊》或《野草》，或我们印了《语丝》，所以革命还未成功，或青年懒于革命了。这口吻却大家大略一致的。"从本书选收的《"醉眼"中的朦胧》《我的态度气量和年纪》等反驳文章里可以看到这一场论战的情况。不过对鲁迅的这种攻击到 1929 年下半年也就停下来了。因为这时中共中央要求创造社、太阳社那些党员作家停止对鲁迅的攻击，团结鲁迅，和他一同组建左翼作家团体，而且还要拥戴鲁迅为左联的领袖。

中共中央的这个决策，来自于 1928 年 8 月共产国际第六次代表大会提出的"第三时期"理论。这个理论认为："这个时期必然要通过资本主义稳定中的各种矛盾的不断发展，导致资本主义稳定的进一步瓦解和资本主义总危机的急剧尖锐化"，革命高潮就要到来，要求它的各个支部即各国共产党采取行动迎接革命高潮。当时中国共产党的主要领导人李立三不遗余力贯彻、执行共产国际这一理论，组建中国自由运动大同盟、组建中国左翼作家联盟等都是当时他所采取的措施。1930 年 3 月 2 日中国左翼作家联盟（简称"左联"）成立，鲁迅成了左联的旗帜。鲁迅从这个时候起，就自觉地以左翼作家的身份写作了。细心的读者会发现：他1930年以后的杂文作品有了一点变化。瞿秋白对此做了很高的评价，他在《〈鲁迅杂感选集〉序言》里，认为鲁迅是"从绅士阶级的逆子贰臣进到无产阶级和劳动群众的真正的友人，以至于战士"。和不久以前创造社、太阳社将他定性为三个"有闲"的有产阶级相反，荣封他为无产阶级战士了。这个评价的变化，正像后来陈独秀在《我对于鲁迅之认识》一文中说的："在民国十六七年，他还没有接近政党以前，党中一班无知妄人，把他骂得一文不值，那时我曾为他大抱不平。后来他接近了政党，同是那一班无知妄人，忽然把他抬到三十三层天以上，仿佛鲁迅先生从前是个狗，后来是个神。我却以为真实的鲁迅先生不是神，也不是狗，而是个人，有文学天才的人。"

左联并不是一个独立的组织，它是共产党"文委"领导下的一个机构。这时鲁迅写的文章，有不少就是按照左联的意见也就是按照共产党的意见来写了。鲁迅从共产党那里得到他作文的论点，这里举一个例：1931年9月18日，日本军队在沈阳突然发动"九一八"事变，开始了占领了东北三省的军事行动。19日，中国共产党发表王明起草的《为日本帝国主义强暴占领东三省事件宣言》，认为"现在日本帝国主义实行占领中国东三省，不过是帝国主义进攻苏联计划之更进一步的实现"。21日，鲁迅写了《答文艺新闻社问》，回答"日本占领东三省的意义"这个题目。鲁迅说：

> 这在一面，是日本帝国主义在"膺惩"他的仆役——中国军阀，也就是"膺惩"中国民众，因为中国民众又是军阀的奴隶；在另一面，是进攻苏联的开头，是要使世界的劳苦群众，永受奴隶的苦楚的方针的第一步。

鲁迅的回答，不过是重复这篇宣言的意见。赞颂苏联，就成为他这时文章的一个主题。在《答国际文学社问》中说："现在苏联的存在和成功，使我确切的相信无阶级社会一定要出现，不但完全扫除了怀疑，而且增加许多勇气了。"又如《我们不再受骗了》，就是通篇全面为苏联辩解的文章，它轻信了苏联官方的宣传，又转过来帮同宣传。其中作为例证的实业党审判案，现在人们已经从解密的苏联档案中知道，就是一宗假案和冤案。文中那些辩词也都是强词夺理不能成立的。

《鲁迅杂文选集》序言　363

　　左联发起了几场思想斗争，鲁迅都写了文章。其中对"民族主义文学"的批判可以说是全胜，此外对"新月派"（梁实秋）的批判，对"第三种人"（杜衡）的批判，对文艺自由论（胡秋原）的论争，对胡适的批判，现在看来，这几场论战的胜负可就难说得很了，至少不是全胜之局。

　　这时鲁迅不但写这种"左"倾的文章，甚至直接参加共产国际的政治活动。共产国际为了营救 1931 年 6 月 15 日失事被捕的苏联情报人员牛兰，组建了一个中国民权保障同盟（这个组织初成立时就叫作"牛兰夫妇上海营救委员会"），鲁迅应邀参加了，并且担任上海分会执行委员。中国民权保障同盟发表文件，并据以要求"立即无条件释放一切政治犯"，希望把牛兰也作为政治犯释放出去，遭到北平分会胡适的反对。于是民权保障同盟立刻决定开除胡适，鲁迅即为此写了《"光明所到……"》一文批判胡适，瞿秋白也写了一篇攻击胡适的《王道诗话》，鲁迅给它署上自己常用的笔名"干"投寄到《申报·自由谈》发表。现在看来，这两篇的论点和论据都是禁不起推敲的。又如共产国际决定于 1933 年 9 月 30 日在上海秘密开远东反战会议，鲁迅曾捐款以补筹备经费之不足。鲁迅和毛泽东、朱德都被推为会议的名誉主席团的成员。现在看来，人们也不能知道开这样的会有什么实际作用，不过当时当事人看来是在干革命了。按照共产国际的布置做事，怎么不是革命呢！

鲁迅不但自己写这种左联需要的文章，还同意别人用他的名义发表这样的文章。他不但把瞿秋白写的《王道诗话》这一篇收在《伪自由书》里，这书中还收有《伸冤》《曲的解放》《迎头经》《出卖灵魂的秘诀》《最艺术的国家》《内外》《透底》《大观园的人才》，以及《南腔北调集》中的《关于女人》《真假堂吉诃德》，《准风月谈》中的《中国文与中国人》等十二篇文章，都是 1933 年瞿秋白在鲁迅家中避难时所作。除了瞿秋白之外还有冯雪峰，《鲁迅全集》里的《对于左翼作家联盟的意见》《答托洛斯基派的信》《论现在我们的文学运动》这几篇就是冯雪峰写的。这些别人写的文章当然都没有选入本书。本书选录的《答徐懋庸并关于抗日统一战线问题》这篇，虽然也是冯雪峰起草的初稿，但是通篇鲁迅都做了仔细的修改，并加写了几个段落，应该看作鲁迅的作品。

当鲁迅成了中国左翼作家联盟的一员，对政府当局有了甚多的敌意，几乎反对政府当局的一切措施了。例如1933 年初，北平古物南迁这事，如果从当时日本军队正在侵犯华北的实际情况来看，就应该想到：尽管政府当局做错了许多事，但是把珍贵文物抢运到安全地区以免遭到战争破坏这事，总是无可非议的，而鲁迅却一再作文进行攻击，为此写了《学生和玉佛》《崇实》等好几篇文章批评这事。

鲁迅在北京的时候，他面对的言论空间相当宽松，那时没有书报检查制度，他要办《语丝》、办《莽原》，办就是，没有申请登记批准的程序；他写文章，想写什么就写什么，想怎样写就怎样写，也没有发生过文稿被删、被改、被禁的事情。在后期，在国民党统治之下，文禁严了，设立了审查机关，他的文章被删改、被查禁的事时有发生，本书中一部分选文里加了着重号的字句，除了《答徐懋庸并关于抗日统一战线问题》一篇和几封私人通信是作者为了表示强调自己所加的以外，其余各篇都是表示在报刊上发表的时候被检查官删去的部分。他在《花边文学·序言》里谈到，在书报检查制度之下的文章，"副刊编辑先抽去几根骨头，总编辑又抽去几根骨头，检查官又抽去几根骨头"，他说他"是自己先抽去了几根骨头的"。可见他写作时的处境了。用他自己的话说，这是"戴着镣铐的跳舞"。有人把"隐晦曲折"说成是鲁迅杂文的基调或风格，其实是为了对付检查制度不得不然。

虽说鲁迅是左联的旗帜，不过他在左联内部的处境却是并不愉快的，一些年轻的战友并不很尊重他。从本书所选的《辱骂和恐吓决不是战斗》《答〈戏〉周刊编者信》《花边文学·序言》《答徐懋庸并关于抗日统一战线问题》诸文以及给胡风、萧军的信中，可以看出他和左联一些战友是怎样的关系，他又是怎样一种心情。

考虑到这种种情况，可以知道，鲁迅在杂文的风格、题材以至形式等等方面，1930 年以后也有了一些变化。在这个意义上，也就可以单独提出"后期杂文"这个概念来了。

有论者说，鲁迅后期的杂文最深刻有力，并没有片面性，就是因为这时候他学会了辩证法。只是持此论者没有可能举出鲁迅后期的任何一篇杂文作品来支持这个论点。恐怕事情正好相反，他后期虽然也写了许多很好的文章，可是因为受到了误导，也写了一些成问题的文章，这却是以前没有的事情。这就牵涉到本书选录的标准问题了。本书中选录了的《选本》一篇，其中就有鲁迅本人对于选本的意见：

> 读者的读选本，自以为是由此得了古人文笔的精华的，殊不知却被选者缩小了眼界。即以《文选》为例罢，没有嵇康《家诫》，使读者只觉得他是一个愤世嫉俗，好像无端活得不快活的怪人；不收陶潜《闲

情赋》，掩去了他也是一个既取民间《子夜歌》意，而又拒以圣道的迂士。

具体到我们的这一种选本，选不选《我们不再受骗了》《学生和玉佛》这些文章？不选它们，会不会被指摘为"掩去了"鲁迅曾经受到过"左"的思潮影响这一时代的局限呢？考虑再三，决定还是不选。因为这只是一个篇幅不大的精选本，应该让读者尽量多地读到鲁迅那些最精彩、最重要的文章。如果收一篇鲁迅没有写好的文章，就要挤去一篇鲁迅写得好的文章，对于读者来说就是一个损失。只是在这篇序言里提醒读者一下，大智大慧如鲁迅者，也有受影响、受局限的时候，也有败笔，这也就够了。这个选本主要只是供青年读者阅读的入门书。如果真要研究鲁迅所受的历史局限，是个大题目，当然不能凭仗这么一个小小的选本，就得去阅读《鲁迅全集》了。

欢迎读者对本书的选目和这篇序言提出批评指正。

（原载《随笔》2020年第6期）

都是偏见

《百年潮》2000 年 2 月号刊登的《骆宾基的初次被捕》（作者闻敏）一文，说在中学任教的骆宾基是因为设法让学生不去报名参加青年军取怨于当局，导致被捕的。文章对当时的青年从军运动持完全否定的态度，认为它的目的"并不是为了抗日，而是为了获得美式装备，积存内战'资本'"，所以，破坏这一活动的，文章就称之为"进步教师"，而报名参加的学生呢，文章就说他是"不明真相"。

说起青年从军这事，我还有一点儿记忆。那是 1944年，我十三岁，正随着父母亲逃难到了湖南蓝山县。几所逃难到那里的中学校联合办起了一个湘南临时中学，我进了该校初中二年一期，正好碰上了青年从军运动。记得学校里开了大会，校长作了动员，贴出了不少大幅红纸标语。那些动员口号，现在是几乎全忘却了，只记得有一个是"一寸山河一寸血，十万青年十万军"。高中部高班同学似乎有不少报名的，他们在大会上慷慨激昂讲话，表示以身许国的决心。我好像也颇受感染。只是有一个年龄的限制，如果我大几岁，也许会报名的吧。当了难民，身受颠沛流离之苦，也就不免有报仇雪恨之心。何况又念了一点儿书，知道古时候就有个少年汪琦杀敌卫国的故事呢。

这一类动员口号，闻敏的文章里都没有提到。他只说是"以'出国、喝牛奶、吃面包夹黄油'等为诱饵，欺骗学生参加"。说到出国，这个说法可以同那时派到缅甸战场、印度战场作战的远征军联系起来，这对于若干报名从军的学生大约是颇有吸引力的吧。不过这出国，不是去留学，更不是去观光，而是去作战。现在人们从史籍上已经知道，印缅战场上的中国远征军打得很苦，伤亡也很大。那些希望出国远征的学生，恐怕也是多少怀有年轻人立功异域的雄心壮志吧。至于说牛奶面包黄油等等呢，那时，像上海广州这些沿海的大城市，同外国人接触较早较多，情况也许不同些。至于内地，人们日常生活的"西化"程度，远没有现在这样高，一般人并没有"喝牛奶、吃面包夹黄油"这样的膳食习惯，也不会有这样的向往。再说，假如真是为牛奶面包黄油吸引而从军，那样的少爷兵还能打仗吗？

今年年初才去世的史学家黄仁宇，当年就是中国远征军中的一员。他就说过蒋介石是怎样训练青年军的：

> 抗战后期，1944 年 1 月 10 日，他在重庆对青年军第一团从军学生训话，讲到 1901 年他在（日本）本州北部新潟县为入伍生时，时值地冻天寒，但所有的士兵仍要在清晨到马厩里以稻草擦马，一直擦到马的血脉流通，而擦马的人自己身体也发热出汗。接着说："这是我生平最大的学业，到如今还觉得以苦为乐不惧艰险的精神，自认完全得力于此。"
>
> （《从大历史的角度读蒋介石日记》，中国社会科学出版社，1998 年版，第 165 页）

黄仁宇还写道：

> 在沪战期间访问过教导总队的士兵，他们即说起，蒋曾在他们开赴前方时训话称："你们赶快地去死！"以后我自己在成都中央军校时，亲自听到校长

蒋介石大声疾呼地鼓励我们，也是"你们赶快地去死"！

（《从大历史的角度读蒋介石日记》，中国社会科学出版社，1998年版，第198页）

为什么他能够以赴死、必死号召部属，而且能够获得响应，有人自动报名从军呢？这是因为他看到了：国家正处在危急存亡之秋，人们有一种不惜为国捐躯的爱国心。硬要说这些人是为了区区牛奶面包黄油的诱惑，竟愿意"赶快地去死"，就未免有一点儿忍心害理了。

那时，是举国一致的抗日战争。一些学生参加了青年军，另一些奔赴延安进了抗日大学，就其中多数人来说，动机也都是为了抗日救亡。抗日战争结束之后，抗日大学的学员大都投身于解放事业，成了人民共和国的开国功臣；而青年军作为劲敌同人民解放军周旋于内战战场，最后被人民解放军消灭。这些都是以后的事。当初，有谁预料到了这些前景呢？

闻敏的文章没有理解学生从军的热情，说是为牛奶等等诱饵所欺骗，反映了一种党派的观点、党派的立场：凡是敌人拥护的我们就要反对。如果在谈论两党相争的事件之时，持这种立场观点是十分自然的。现在是谈论举国一致的抗日战争中的事情，运用这种立场观点就不宜过"度"。比如，至今还不见有谁说台儿庄之役是为了加强自己日后在内战中的地位，就是注意了这个适当的"度"。

应该指出，在国民党方面，也同样有着党派的偏见。同样是对于这一次青年从军运动，蒋介石侍从室第六组组长、担任过军统局帮办的特务头子唐纵，在他 1943 年 12 月 13 日的日记里是这样说的：

> 近来学生从军运动，是风起云涌的。何以当抗战高潮，学生们常做逃避兵役的勾当，而今军中生活如此之苦，士兵营养如此之劣，学生们反燃起爱国的热情呢？我们不敢抹杀学生的爱国热情，但此事颇费解，是否共产党的一种运动呢？殊值得注意！
>
> （《在蒋介石身边八年》，群众出版社，1992 年版，第 396—397 页）

可见唐纵同样没有理解学生从军的热情，加以他确实知道军中生活之苦士兵营养之劣，知道这些确实没有什么吸引力，于是毫无根据地想到这是不是敌对的共产党的一种运动了。

同一件事，在抗日战争最艰苦的 1943 年、1944 年，有许多学生报名从军。一种意见说，这是国民党拿牛奶面包黄油等等为诱饵，欺骗不明真相者来报名的。另一种意见说，不是这样，并没有什么牛奶面包黄油，生活还很苦哩，伙食还很差哩。学生风起云涌前来，怕是共产党插了一手吧，可得注意呢。

两种意见的出发点，可以说是根本对立的。可是这样让党派的偏见蒙蔽了眼睛，同样看不清事情的真相。

（原载 2001 年第 2 期《东方文化》）

从"一屋图书"说开去

据鲁迅说，要做学术研究工作，首先要有两个必不可少的物质条件，就是"数年粮食，一屋图书"。他在1933年6月18日致曹聚仁的信中说：

> 中国学问，待从新整理者甚多，即如历史，就该另编一部。古人告诉我们唐如何盛，明如何佳，其实唐室大有胡气，明则无赖儿郎，此种物件，都须褫其华衮，示人本相，庶青年不再乌烟瘴气，莫名其妙。其他如社会史，艺术史，赌博史，娼妓史，文祸史……都未有人著手。然而又怎能著手？居今之世，纵使在决堤灌水，飞机掷弹范围之外，也难得数年粮

食，一屋图书。我数年前，曾拟编中国字体变迁史及文学史稿各一部，先从作长编入手，但即此长编，已成难事，剪取欤，无此许多书，赴图书馆抄录欤，上海就没有图书馆，即有之，一人无此精力与时光，请书记又有欠薪之惧，所以直到现在，还是空谈。

学术工作不能性急，不见得很快能够出成果，很快就能够"创收"，因此，预备数年粮食的条件就是很重要的了。鲁迅在教育部做官，每个月有官俸；后来到厦门大学、中山大学去教书，每个月有薪水。再后来当了职业作家，除开蔡元培每个月送他三百元"特约著作员"薪水的四年一个月以外，收入就只有稿费和版税了，不很稳定，以致请律师向老交情李小峰讨版税。学术方面他虽然做了不少小题目，但是大题目只做成功了一本《中国小说史略》，想做的《中国字体变迁史》和《中国文学史稿》，终于没有动手。

那时做学术工作，一屋图书的重要性就不用说了。现在北京鲁迅博物馆、上海鲁迅纪念馆保存的鲁迅藏书为数都很可观，他每年日记后面的"书账"详细记下了这年得到的书籍，包括自己买的和别人送的，都很不少。不过作为一个文史研究者，至少，他就缺少了一部常见的书：二十四史。他1932年8月15日致台静农的信中说："早欲翻阅二十四史，曾向商务印书馆豫约一部，而今年遂须延期，大约后年之冬，才能完毕，惟有服鱼肝油，延年却病以待之耳。"

缺少了二十四史，就使他吃苦。1919年，他给《新青年》杂志写"随感录"。写《五十八 人心很古》一篇，说"后来又在《北史》里看见记周静帝的司马后的话"就从《北史》里引了这段话：

> 后性尤妒忌，后宫莫敢进御。尉迟迥女孙有美色，先在宫中，帝于仁寿宫见而悦之，因得幸。后伺帝听朝，阴杀之。上大怒，单骑从苑中出，不由径路，入山谷间三十余里；高颎杨素等追及，扣马谏，帝太息曰，"吾贵为天子，不得自由。"

引文之后鲁迅评论说："这又不是与现在信口主张自由和反对自由的人，对于自由所下的解释，丝毫无异么?"这就是这一篇的主旨。

想必是他翻阅一部借来的《北史》，遇到了这一条可以发一点议论的材料，抄下来，写了文章，就把书还去了。可是，这里有一点小错误：人民文学出版社1956出版的《鲁迅全集》（十卷本，第一个注释本）的注释就指出："1《北史》，共100卷，唐朝李延寿撰。记载我国南北朝时代北方国家：魏、齐、周和隋的历史。这里所引的是隋文帝的独孤后的事，见该书卷十四《后妃列传》。——421页"（第575页）假如鲁迅当时多翻阅一下，是不难发现这个错误的。公元579年，北周二十二岁的皇帝死了，被谥为宣帝。这时北周的政权实际上已经归于他的丈人（杨皇后的父亲）杨坚手中，他完全可以马上接管政权，改朝换代。可是他不性急，却把宣帝年方七岁的太子立为末代皇帝，为的是要他来完成禅让的程序。果然，过了两年，一切准备就绪，禅让盛典举行，581年，"二月甲子，帝逊位于隋，居于别宫。隋氏奉帝为介国公，……隋开皇元年五月壬辰，帝崩，时年九岁。隋志也。谥曰静皇帝"（《北史》第二册，中华书局，1974年版，第384页），禅让盛典举行以后才三个月，他就死了。怎么死的，《北史》没有写，只用了一个"崩"字，可想而知是非正常死亡。如果知道了周静帝是一个这样的皇帝，就可以知道："单骑从苑中出，不由径路，入山谷间三十余里"这样的事，他做不出来；"吾贵为天子，不得自由"这样的话，他说不出来。可怜，他死的时候还是个儿童啊。

正如1956版《鲁迅全集》注释指出的，这段引文见于隋文帝的独孤后的传记里（《北史》第二册，中华书局，1974年版，第532—533页）她的这篇传记里除了记她因为吃醋杀害尉迟迥女孙这一件恶行以外，还写了她许多美德，如俭约、仁爱等等，这些就不去说了。她还有一个大贡献，就是生的五个儿子里有个鼎鼎大名的宝贝杨广，就是隋炀帝。下面就来讲有关隋炀帝的事。

日本青年学者增田涉在鲁迅的指导下翻译《中国小说史略》，遇到了这样一段：

> 不知何人作者有《大业拾遗记》二卷，题唐颜师古撰，亦名《隋遗录》。跋言会昌年间得于上元瓦棺寺阁上，本名《南部烟花录》，乃《隋书》遗稿，惜多缺落，因补以传；末无名，盖与造本文者出一手。记起于炀帝将幸江都，命麻叔谋开河，次及途中诸纵恣事，复造迷楼，急荒于内，时之人望，乃归唐公，宇文化及将谋乱，因请放官奴分直上下，诏许之，"是有焚草之变"。其叙述颇陵乱，多失实，而文笔明丽，情致亦时有绰约可观览者。
>
> （《鲁迅全集》第九卷，人民文学出版社，2005年版，第109—110页）

从"一屋图书"说开去　379

他不懂"焚草之变"是怎么一回事，就写信来问。鲁迅手边无书可查，只好请曹聚仁帮他查书。1933 年 11 月 10 日他写信给曹聚仁说：

> 我要奉托一件事——
> 《大业拾遗记》云，"宇文化及将谋乱，因请放官奴，分直上下，诏许之，是有焚草之变。"炀帝遇弑事何以称"焚草之变"？是否有错字？手头无书，一点法子也没有。先生如有《隋书》之类，希一查见示为感。

曹聚仁即从《隋书·宇文化及传》抄了一段作答。鲁迅即于 1933 年 11 月 13 日夜据以回答增田涉：

> 宇文化及谋叛之计既行，置兵城外，城内聚兵数万，举火为号通知城外（令其入城），炀帝闻声，问是何事。司马虔通（宇文化及的党羽）伪称："草坊（储存牧草的仓库）失火，外人（宫外的人＝官、兵、民）救火，故喧嚣耳。"帝信之，无防备，遂被杀。

这问题就算是解决了。

鲁迅买到《二十四史》，是在 1935 年 12 月 21 日，这天他的日记：

> 开明书店送来佳纸皮面本《二十五史》一部五本，并《人名索引》一本，价四十七元。

上海开明书店出版的《二十五史》（即原来的《二十四史》加上今人柯绍忞著的《新元史》），共精装九大册，另印行圣经纸本精装五册。鲁迅买的就是圣经纸本的。

现在距鲁迅买到《二十四史》已经过去八十五年。这八十五年里，人类有了飞速的进步。现在已经是电子时代，信息时代，网络时代了，许多重要的书籍都已经有了电子文本。学者要做一个课题，可以随时到网上去搜求所需要的种种材料，比"一屋图书"的信息量不知道要大多少。要是鲁迅生在今日，他就不必在大陆新村的住宅之外，另租一室去存放书籍了。

我这个出版行业的从业人员，开始职业生涯的时候，是只有纸质的书，没有电子书的；现在是纸质的书和电子书并存的时代：我不知道将来会不会有电子书完全取代纸质的书的时候。不知道那时还有没有出版社和图书馆，那时的出版社卖什么给读者，也不知道那时的作者怎样发表作品和得到他想要得到的报酬。以我贫弱的想象力，实在想不出来。

（原载《读书》2021 年第 10 期，题为《数年粮食，一屋图书》）